EMBRASSER LE CIEL IMMENSE

Du même auteur

Je suis né un jour bleu, Les Arènes, 2007

Embrasser le ciel immense
se prolonge sur le site www.arenes.fr

Titre original : *Embracing the Wide Sky*
A Tour Across the Horizons of the Mind
Édition originale publiée par Hodder & Stoughton
en Grande-Bretagne, 2009

Éditions des Arènes
3, rue Rollin, 75005 Paris
Tél. : 01 42 17 47 80 – Fax : 01 43 31 77 97
arenes@arenes.fr

Daniel Tammet

EMBRASSER LE CIEL IMMENSE

Le cerveau des génies

Traduit de l'anglais (Grande-Bretagne)
par Daniel Tammet et Jérôme Tabet

les arènes

Je dédie ce livre à la beauté
qui sommeille en chaque esprit.

INTRODUCTION

– Comment avez-vous fait cela ?
– Pardon ?
– Comment avez-vous fait cela ?

Le scientifique me regardait, médusé. Nous avions quitté son laboratoire, et la question qu'il me posait à présent n'avait aucun rapport avec mes capacités à mémoriser, à apprendre les langues ou à exécuter de savants calculs. Nous étions simplement sur la pelouse du centre de recherches où je venais de passer une série de tests cognitifs. À côté de moi, ma mère, qui m'avait accompagné depuis Londres.

Nous étions réunis pour la photo, en train de regarder l'objectif, quand, au bout d'une ou deux secondes, j'avais cessé de prendre la pose et décidé de m'en aller. Le scientifique ne comprenait pas comment j'avais pu percevoir que la photo avait déjà été prise, lui qui, juste à côté de moi, n'avait entendu aucun clic, ni vu aucun flash. Mon cerveau était-il vraiment si extraordinaire ?

Eh bien, oui ! Mais pas pour les raisons que le scientifique imaginait. Si l'appareil n'avait produit aucun bruit en prenant la photo, une toute petite lumière rouge de la taille d'une tête d'épingle avait cependant été émise. Mon cerveau d'autiste (ayant la capacité de percevoir des détails minuscules souvent invisibles pour les autres) l'avait discernée sans effort. Après cette explication, le scientifique demanda qu'on reprenne une photo et se concentra sur ce détail afin de vérifier mes dires : il constata que j'avais raison.

Je déclare, ici, officiellement que je n'ai aucune relation télépathique avec les appareils photo ni aucun pouvoir extrasensoriel ! Mais mon cerveau n'en est pas moins digne d'intérêt. Ce que j'ai été capable de faire ce jour-là n'est que la forme extrême de ce que la majorité des gens peuvent faire tous les jours, sans même y penser : voir. Nous sommes tous tributaires de nos yeux pour obtenir des informations sur le monde qui nous entoure, et c'est pour cette raison qu'une partie importante de notre cerveau est consacrée au processus de la vision.

Le scientifique qui m'avait doté d'une capacité mystérieuse avait tiré la conclusion fausse, mais communément admise, que les individus qui ont un cerveau différent l'utilisent de manière fondamentalement différente. Comme je suis l'un des rares autistes savants médiatisés à travers le monde, j'ai reçu toutes sortes de demandes loufoques, depuis la prédiction des numéros du prochain Loto jusqu'aux conseils pour la construction d'une machine à mouvement perpétuel ! Pas étonnant que le fait d'être autiste et atteint du syndrome d'Asperger demeure si incompréhensible pour la plupart des gens, experts inclus.

Il n'y a d'ailleurs pas seulement les autistes savants que l'on dote de pouvoirs surnaturels et que l'on classe en marge : des personnalités d'exception venant d'horizons divers comme Mozart, Einstein, Garry Kasparov ou Bill Gates ne doivent-ils pas leur réussite à un cerveau radicalement différent ? Je trouve ce point de vue erroné et dangereux. Vouloir séparer les aptitudes hors du commun des esprits surdoués de ce qui fait leur humanité est une injustice envers eux, comme envers tous les humains.

Tous les cerveaux sont stupéfiants. C'est ce qu'ont découvert les neuroscientifiques en étudiant les surdoués, mais aussi des personnes plus ordinaires : des femmes au foyer, des chauffeurs de taxi et bien d'autres encore. Le résultat : une compréhension des habiletés et du potentiel humain beaucoup plus riche et plus sophistiquée que jamais auparavant. La réussite n'est pas seulement l'apanage de quelques chanceux nés sous une bonne étoile. Elle est à la portée de tous ceux qui ont la passion et le dévouement nécessaires à la maîtrise d'un domaine ou d'un sujet. Et je crois qu'une telle compréhension de l'esprit humain enrichit, sans lui nuire, l'admiration que l'on porte aux exploits intellectuels des grands esprits. Le génie, sous toutes ses formes, ne se loge pas dans une simple cavité biscornue du cerveau. Il vient des qualités essentiellement humaines, dynamiques et chaotiques que sont la persévérance, l'imagination, l'intuition et même l'amour.

Ce livre traite de l'esprit, de sa nature et de ses capacités. Il mêle les recherches neuroscientifiques les plus récentes, mes réflexions personnelles ainsi que les descriptions détaillées de mes capacités et expériences. Mon objectif est de montrer que les esprits qui fonctionnent autrement, comme le mien, celui de Bill Gates ou de Kasparov, ne sont pas si étranges ; et que n'importe qui peut apprendre d'eux. Tout au long de mon écriture, j'espère clarifier les nombreuses idées fausses concernant les capacités des autistes savants et proposer une nouvelle conception de l'intelligence.

Le chapitre 1 explore la complexité fascinante du cerveau humain et examine les dernières découvertes dans le domaine des neurosciences. Je m'attaquerai ici aux opinions préconçues les plus fréquentes, comme l'idée que le cerveau n'évolue plus après la naissance ou que l'ordinateur est une bonne comparaison pour comprendre le fonctionnement de notre esprit. Je ferai le point sur plusieurs affirmations relatives aux savants autistes et démontrerai que leur cerveau n'est pas si différent de celui de Monsieur Tout-le-monde.

Le chapitre 2 est une étude sur l'intelligence qui remet en question la pertinence du test de QI dans l'évaluation de celle-ci et analyse des voies alternatives. J'examinerai la nature du génie, s'il résulte d'une disposition innée, d'une gymnastique cérébrale quotidienne ou des deux.

Les chapitres 3, 4 et 5 contiennent respectivement des descriptions détaillées de mes propres capacités à mémoriser, à apprendre des langues et à calculer (domaines dans lesquels je me distingue grâce à mon autisme). Ces chapitres présentent la plus complète des interprétations personnelles jamais écrites concernant ce dont sont capables les autistes savants. Plutôt que d'encourager les lecteurs à se pâmer devant les capacités savantes, j'expliquerai en quoi elles sont utiles à chacun pour mieux comprendre et utiliser son cerveau.

À partir de mes expériences personnelles (mais aussi de celles des autres savants et individus autistes), le chapitre 6 explore le thème de la créativité et l'idée que certaines maladies neurologiques prédisposent à une perception et à une façon de penser plus créatives. Je mettrai en avant des formes rares d'imagination comme la création spontanée d'un langage chez de jeunes jumeaux. Je chercherai aussi à réfuter le mythe de l'inaptitude créatrice des autistes. Pour illustrer mon propos, j'exposerai des exemples de mes travaux artistiques personnels.

Dans le chapitre 7, j'examine les résultats de recherches récentes sur la complexité et les limites de nos perceptions visuelles. J'explore aussi comment des différences biologiques peuvent altérer notre façon de voir le monde. Enfin, des passages qui abordent les illusions d'optique et la psychologie de l'art montreront combien notre vision est malléable et subjective.

Dans le chapitre 8, j'étudie la nature de l'information et sa relation avec le cerveau, dans une ère où les actualités télévisées sont en continu, la publicité, omniprésente et la culture, formatée sur Wikipédia. J'explore le rôle des mots sur notre perception et notre compréhension du monde, la diffusion de l'information par les commérages et les rumeurs. Je proposerai des idées pour apprendre à naviguer sur cette mer épaisse, débordante d'actualité et de sollicitations. Et pour réduire les risques de naufrages par submersion.

Dans le chapitre 9, j'explique et démontre les avantages de la pensée mathématique. Je donne des exemples qui montrent comment l'intuition peut conduire la majorité des gens à des conclusions erronées et comment un manque de compréhension du système des probabilités nous voue à l'échec. Je propose un éclairage mathématique de différentes organisations complexes, tels le système électoral américain et le tirage des numéros du Loto. Je montre aussi en quoi certains arguments statistiques, utilisés pour défendre des idées tapageuses, sont tout simplement faux. Une dernière partie vous permettra d'exercer, par la logique, votre esprit critique.

Dans le dixième et dernier chapitre, j'évoque l'avenir de l'esprit humain, les incroyables percées médicales et technologiques qui transforment notre façon de soigner le cerveau et les nouveaux moyens d'exploration cérébrale qui nous permettent de suivre le fil de nos pensées. Faut-il croire les futurologues qui prétendent qu'il est impossible d'éviter une fusion de l'esprit et de la machine, et l'avènement d'une nouvelle espèce d'organisme cybernétique, le «cyborg»? Je conclus par des réflexions personnelles pleines d'espoir, concernant un futur fécond pour nos esprits si différents les uns des autres.

Le titre de ce livre s'inspire d'un de mes poèmes favoris, une réflexion sur le cerveau de la poétesse américaine du XIXe siècle Emily Dickinson. Tous les enfants devraient apprendre ces vers :

Le cerveau est plus vaste que le ciel,
Car, mettez-les côte à côte,
L'un contiendra l'autre sans peine
Et vous, de surcroît.

Le cerveau est plus profond que la mer,
Car, tenez-les, bleu contre bleu,
L'un absorbera l'autre,
Comme l'éponge, l'eau du seau.

Le cerveau est du même poids que Dieu,
Car, pesez-les, once pour once,
S'ils diffèrent, ce sera comme
La Syllabe et le Son.

Chapitre 1

PLUS VASTE QUE LE CIEL

Notre esprit est un miracle. Dans notre tête, de fragiles fils de lumière perlés de rosée s'enchevêtrent de façon incroyable pour façonner la perception que nous avons de nous-même et du monde qui nous entoure. À chaque instant de la vie, notre cerveau s'active et bourdonne dans le but de créer du sens : tisser des milliers d'informations pour fabriquer toutes sortes de pensées, de sentiments, de souvenirs ou d'idées. Ces processus de réflexion, d'apprentissage et de mémorisation scellent notre appartenance à l'espèce humaine.

Pourtant, beaucoup de ce qui se passe «entre nos deux oreilles» reste énigmatique. Ce n'est pas surprenant si l'on considère que le cerveau est l'objet le plus complexe jamais découvert par l'homme. Chacun de nos actes – agiter les doigts de pied ou effectuer des calculs – implique une chorégraphie d'activités neuronales d'une sophistication à vous couper le souffle. Imbroglio que les scientifiques commencent tout juste à comprendre.

À l'âge adulte, cette masse de tissus gélatineux pèse un peu plus de un kilo et contient environ 100 milliards de neurones. Elle pourrait sans doute atteindre les 1 quatrillion

(1 000 000 000 000 000) de connexions : plus que d'étoiles connues dans l'univers !

Cette complexité unique est un vrai casse-tête pour les chercheurs qui l'examinent. Imaginez l'audace qu'il faut pour étudier quelque chose d'aussi insaisissable que la pensée ou l'éclair de l'inspiration. Malgré un tel défi et malgré la jeunesse du champ d'étude, les neuroscientifiques ont révolutionné, au cours des dernières années, notre compréhension du cerveau. Ainsi, on peut aujourd'hui traiter une foule de maladies autrefois incurables, transformant par la même occasion la perception que nous avons de nous-même. Je ne suis certainement pas le seul dans ce cas, mais je dois ma vie et la compréhension de mon être à toutes ces avancées.

Mon cerveau a été scanné plusieurs fois, par les médecins qui soignaient l'épilepsie dont je souffrais dans mon enfance et, plus récemment, par des chercheurs qui souhaitaient trouver, en le sondant, des indices sur son fonctionnement et des réponses sur l'activité neuronale en général. Pour les non-initiés, passer un scanner IRM est une expérience insolite qui débute par l'entrée en scène d'un individu vêtu de blanc qui demande si vous n'avez pas de structures métalliques sous le crâne ou si votre corps ne renferme pas d'éclats d'obus. Le scanner, appelé IRM (imagerie par résonance magnétique), utilise un aimant extrêmement puissant dont l'énergie magnétique nucléaire bouleverse l'alignement des atomes de notre tête pour produire des signaux qu'un ordinateur va transformer en images 3D.

Le scanner a la forme d'un grand tube cylindrique qui s'encastre dans un aimant circulaire. Vous devez vous allonger sur une table mobile qui glisse au centre de l'aimant. À l'intérieur, il y a de quoi être claustrophobe, et l'expérience s'avère encore plus pénible quand on sait qu'il est impossible de bouger pendant le fonctionnement de la machine (les images seraient floues). L'appareil est aussi très bruyant : il produit des claquements accompagnés d'un bourdonnement sourd tout au long de la réalisation des images. Heureusement, l'examen complet du cerveau ne prend qu'une heure au maximum et se découpe en plusieurs séances de quelques minutes.

La dernière fois que je me suis retrouvé à l'intérieur d'un scanner, il y avait un écran au-dessus de ma tête sur lequel apparaissaient des rangées de chiffres que les chercheurs me demandaient de mémoriser. Cette tâche augmente l'activité du métabolisme (notamment la dilatation des vaisseaux sanguins, les variations chimiques et la production supplémentaire d'oxygène) dans les régions du cerveau impliquées dans les activités numériques. Dans une pièce à côté, les scientifiques enregistraient cette activité neuronale avec des ordinateurs et créaient des images très détaillées. Avec ces portraits de mon cerveau, ils voyaient comment celui-ci réagissait quand je comptais et percevais les chiffres, et les comparaient aux clichés de personnes ayant passé le même test.

Mon expérience semble tout droit sortie d'un épisode de la série *Star Trek*. Pourtant, ce genre de technologie est de plus et plus courant à travers le monde. Les scientifiques commencent à combler leur retard, obtenant des éclaircissements impensables il y a quelques années. Dans les pages suivantes, j'examinerai les découvertes les plus excitantes et j'explorerai ce que cette nouvelle science nous enseigne sur le fonctionnement du cerveau. Récapitulons d'abord brièvement les différentes étapes de l'évolution du cerveau au cours de la vie.

Une brève histoire du cerveau[1]

Je ne suis pas la même personne qu'il y a dix ou vingt ans. Parce que mon cerveau n'est pas le même qu'il y a une ou deux décennies, ni même qu'il y a un ou deux jours. Chose incroyable, le cerveau est dans une situation de perpétuel changement tout au long de la vie. Ce processus continu de modification et d'adaptation commence dès les premiers jours.

Fait prodigieux, la naissance d'un enfant est un big bang qui fait apparaître un cosmos cérébral, minuscule mais extrêmement complexe. Le processus de création est rapide dès les premières semaines de gestation, accompagné d'une formation vertigineuse de neurones : un quart de millions chaque minute. Le cerveau du fœtus va produire environ le double des neurones qui lui seront utiles au cours de sa vie. Un cadeau que la nature offre aux nouveau-nés pour qu'ils aient plus de chance de venir au monde avec un cerveau sain. Ce surplus neuronal sera évacué à la mi-grossesse.

Les neurones du fœtus sont immatures et, pour la plupart, non câblés. Presque immédiatement après la naissance, le cerveau commence à créer des trillions de connexions qui lui permettront de voir, d'entendre, de sentir, de penser et d'apprendre. C'est l'activité électrique du cerveau, déclenchée par les expériences de l'enfant quand il commence à absorber les images, les sons et les sensations du monde extérieur, qui génère ces connexions entre les neurones : les synapses.

À l'âge de 2 ans, le nombre de synapses au sein du cerveau a doublé. L'organe doit alors brûler deux fois plus d'énergie qu'à l'âge adulte. De la même façon qu'on accorde une guitare avant de jouer, le jeune cerveau ajuste

1. Clin d'œil de l'auteur au livre de Stephen Hawking *Une brève histoire du temps* (NdT).

ses connexions : certaines sont taillées, d'autres renforcées. L'architecture neuronale de chaque individu est pratiquement terminée pendant les premières années cruciales de vie.

Au cours de l'adolescence surviennent également des transformations rapides et significatives de l'activité cérébrale. Ces bouleversements rendent cette période de la vie particulièrement tumultueuse et en font l'une des étapes les plus tourmentées, depuis la sortie du ventre de la mère. Les chercheurs ont découvert que, juste avant la puberté, vers 11 ans pour les filles et 12 ans pour les garçons, la quantité de tissu neuronal du lobe frontal (là où sont gérés les émotions, les impulsions et le jugement) se mettait brusquement à croître, pour subir ensuite un élagage au cours de l'adolescence. Ce processus de formation du lobe frontal se poursuit environ jusqu'à l'âge de 20 ans, ce qui expliquerait pourquoi tant d'adolescents ne parviennent pas à contrôler leurs pulsions et sont sujets aux sautes d'humeur.

Une autre étude montre combien le cerveau adolescent est en constant remodelage : si l'on demande à un groupe d'adultes et d'adolescents d'identifier l'émotion exprimée par plusieurs visages photographiés, les adultes obtiennent de bons résultats. Non les adolescents. En scannant le cerveau des participants pendant le test, les chercheurs ont découvert que les plus jeunes sollicitaient une région cérébrale différente de celle des adultes : l'amygdale (source des émotions instinctives et des réactions viscérales). Bonne nouvelle pour les parents : ce trop-plein d'activité cérébrale se déplace de l'amygdale jusqu'au lobe frontal à mesure que les adolescents se transforment en adultes.

Bien sûr, la maturité n'apporte pas toujours tranquillité et réflexion : nos années les plus productives s'accompagnent souvent de périodes de stress répétées. L'expérience de la vie se révèle coûteuse pour le cerveau. Dans des situations stressantes, notre corps produit un taux plus important de stéroïdes (les glucocorticoïdes), ce qui nous permet de rester en alerte. Malheureusement, ces substances sont toxiques pour le cerveau. Quand le stress persiste, les neurones s'affaiblissent, et l'hippocampe – partie essentielle dans l'apprentissage et la mémorisation – commence à rétrécir.

Les mêmes fluctuations ont été observées chez les adultes atteints de dépression. Cette maladie, qui touche une personne sur cinq au cours de sa vie, fait partie des troubles psychiques les plus courants. Les scientifiques ont à présent une meilleure connaissance des antidépresseurs : ils savent qu'ils sont efficaces dans le traitement de la dépression aiguë, non parce qu'ils augmentent le taux de sérotonine dans le cerveau, mais parce qu'ils favorisent la fabrication d'une catégorie de protéines (les facteurs trophiques) qui font pousser nos neurones !

Déjà dans les années 1960, les chercheurs avaient remarqué que le cerveau animal pouvait produire de nouvelles cellules. Au cours d'une série d'études pionnières sur les oiseaux, le neuroscientifique Fernando Nottebohm a montré que la neurogenèse – processus qui permet la création de neurones – jouait un rôle indispensable dans le chant. Chaque jour, certaines espèces d'oiseaux mâles renouvellent jusqu'à 1 % de leur capital de neurones afin de chanter sans fausse note des mélodies complexes.

Ce n'est que dans les années 1990 qu'ils ont découvert que la neurogenèse existait aussi chez les humains, à l'âge adulte. C'était une remise en cause fondamentale de l'idée reçue selon laquelle, au fil des ans, nous perdons inévitablement nos neurones et sommes incapables de les remplacer. Plus récemment, sur des patients cobayes, des chercheurs ont mesuré l'activité électrophysiologique de neurones fraîchement créés afin d'analyser leur comportement. Leur équipe a découvert qu'il existait une période de deux semaines (environ un mois après la naissance des nouveaux neurones) durant laquelle les cellules se comportaient comme celles du nouveau-né. Elles étaient capables de créer des connexions, et on ne pouvait pas les distinguer de celles qui s'étaient formées à la naissance. Une donnée prometteuse pour la reconstruction des tissus cérébraux endommagés ou détruits.

La neurogenèse adulte s'effectue seulement dans des régions très spécifiques du cerveau, dont la région de l'hippocampe. Ailleurs, le nombre de neurones diminue avec l'âge. En moyenne, le cerveau perd entre 5 et 10 % de son poids entre 20 et 90 ans. Malgré tout, la dégénérescence cognitive totale n'est pas inévitable. Beaucoup de personnes sont capables de vivre normalement jusqu'à un âge avancé. Le poète Stanley Kunitz, par exemple, est devenu le «poète lauréat» (distinction qui fait de lui le poète national des États-Unis) à l'âge de 95 ans et a publié son dernier recueil à 100 ans!

En fait, le cerveau soumis au processus normal du vieillissement bénéficie d'un avantage unique : la formation des bases de la sagesse. La recherche nous montre par exemple que l'avancement dans l'âge augmente la stabilité émotionnelle. Le cerveau arrive plus facilement à contrôler ses émotions négatives et à tirer profit de ses émotions positives. Au même moment, grâce à l'accumulation de leurs connaissances, les personnes âgées parviennent à développer de plus en plus de réseaux de connexions, ce qui les aide à mieux réfléchir.

Les métamorphoses du cerveau

Les neurosciences ont découvert que le cerveau était capable de se développer et de changer tout au long de notre vie (propriété qu'on appelle la «plasticité cérébrale» ou «neuroplasticité»), ce qui contredit le point de vue classique d'un cerveau rigide et mécanique, divisé en parties fixes et spécifiques, dont les tic-tac monotones se détraqueraient avec l'âge. Les scientifiques ont remplacé ce modèle strict par celui d'un cerveau animé, souple, dynamique, capable de se guérir par lui-même en créant de nouvelles connexions synaptiques. Grâce au travail de l'esprit, il nous serait même possible de réguler les propriétés physiques de notre cerveau ! Les retombées de cette vision inédite sont une manne pour les patients souffrant de troubles neurologiques ainsi que pour nous tous. Il n'est donc pas étonnant que les chercheurs aient qualifié la neuroplasticité de « l'une des découvertes les plus extraordinaires du XXe siècle ».

Prenons un exemple de cette nouvelle compréhension de la résilience du cerveau dans le cas du traumatisme. Les médecins ont toujours considéré comme irréversibles les dommages causés par un AVC (accident vasculaire cérébral), mais les avancées récentes démontrent le contraire. À l'instar de la crise cardiaque, et à l'aide de divers médicaments ainsi que d'exercices physiques et mentaux, les médecins vont aider à la guérison en entraînant la plasticité naturelle du cerveau.

Une conséquence fréquente de l'AVC est l'endommagement du cortex moteur, qui aide à contrôler et à exécuter les mouvements du corps. Désormais, inspirés par les découvertes sur la neuroplasticité, les médecins utilisent un traitement appelé « Thérapie C.I[1] » (Thérapie du mouvement contraint). Son but : encourager d'autres régions du cortex à prendre le relais des zones endommagées.

Il est très difficile de retrouver l'usage de ses membres après un AVC en raison d'un phénomène connu sous l'appellation de « non-utilisation apprise ». Après un accident de ce type, certaines parties du corps perdent de leur mobilité : conséquence de la lésion des régions cérébrales qui en avaient la charge. Incapable de faire bouger le membre affecté, le patient compense en utilisant l'autre

1. En anglais, la « Contraint Induced Movement Therapy » (NdT).

bras, l'autre main... Au bout de quelque temps, le cerveau, qui s'adapte, retrouve la capacité de faire bouger le membre affecté. Celui-ci demeure pourtant paralysé : le patient est prisonnier de l'idée fixe qu'il ne peut plus le bouger.

Dans la Thérapie C.I, le bras valide est «restreint» à l'aide d'une écharpe afin d'encourager l'utilisation de l'autre bras. De façon intensive, pendant deux semaines, le patient utilise le bras affecté dans ses activités quotidiennes : pour s'habiller, manger, cuisiner, écrire, cela afin de stimuler les zones du cortex endommagées. Il est également soumis à six heures de physiothérapie par jour. L'utilisation répétée du bras affecté stimule la région du cerveau concernée et engendre une importante réorganisation du cortex. La fonction motrice du membre est par conséquent restaurée.

Voici un exemple étonnant qui montre comment l'expérience sensorielle peut altérer l'organisation cérébrale : il s'agit du phénomène des membres fantômes qui désigne la sensation qu'un membre amputé ou déchiré continue de faire partie du corps et qu'il peut bouger normalement. La plupart des amputés expérimentent ces sensations fantômes dans la douleur. Certains patients racontent même que leur membre manquant peut bouger de façon incontrôlée !

Le neurologue V. S. Ramachandran a proposé l'hypothèse suivante : les membres fantômes seraient le résultat d'un enchevêtrement de connexions au sein du cortex somato-sensoriel, partie du cerveau où les neurones s'activent quand on touche la peau. En effet, toute la surface du corps est cartographiée dans notre cerveau. Si par exemple quelqu'un touche votre main, les neurones correspondant à la carte vont répondre. La théorie du Pr Ramachandran fut inspirée par le travail de chercheurs qui ont découvert que le cerveau modifiait sa carte sensorielle quand l'une de ses régions ne reçoit plus de signaux. Par exemple, si la main est amputée, la région neuronale correspondante perd toutes ses informations. Ce sont les régions cérébrales voisines (celles du bras et du visage) qui s'octroient alors le travail de réception des signaux.

Pour valider son hypothèse de façon expérimentale, Ramachandran a travaillé avec Tom, qui avait perdu son avant-bras gauche dans un accident de voiture et racontait ressentir des démangeaisons et des douleurs au niveau de ses doigts fantômes. Ramachandran banda les yeux de Tom et utilisa un Coton-Tige pour stimuler différentes parties de son corps. Tom devait lui dire à quel endroit il croyait être touché. Quand Ramachandran toucha sa joue, Tom déclara ressentir quelque chose au niveau de son pouce fantôme. Quand le professeur toucha sa lèvre supérieure, il rapporta une sensation au niveau de son index perdu. Pour la mâchoire inférieure, Tom sentit qu'on lui touchait le petit doigt. De cette manière, Ramachandran fut capable de trouver la carte complète de la main fantôme, au niveau du visage de Tom. Par la suite, des scanners effectués sur des patients souffrant du syndrome des membres fantômes ont confirmé ses découvertes.

Le professeur supposa que la douleur ressentie par des patients amputés était le résultat d'une forme de paralysie apprise – semblable à la «non-utilisation apprise» que des patients développent après un AVC. Il mit au point une méthode originale afin de soulager cette douleur persistante : la «boîte miroir». Son but : aider les patients à désapprendre leur paralysie en faisant croire au cerveau que le bras manquant est toujours là.

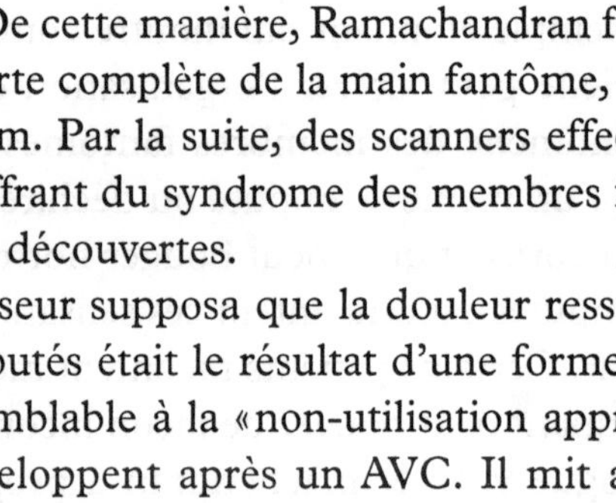

Le patient introduit son avant-bras valide dans une des deux entrées de la boîte et le membre amputé de l'autre. Comme s'il applaudissait, le souffrant exécute des mouvements en direction du miroir vertical placé au centre de la boîte. Le reflet du mouvement de la main valide donne au cerveau l'illusion que la main amputée existe encore et s'anime. Le patient utilise cette illusion pour « entraîner » sa main fantôme et la « libérer » de sa paralysie. L'utilisation répétée de la boîte miroir peut apporter un soulagement à long terme.

Que notre cerveau soit capable de réorganiser ses connexions soulève une question intéressante : est-il possible d'utiliser ce pouvoir de plasticité pour développer nos sens, ou même en créer de nouveaux ? Oui, répond le scientifique allemand Peter König, inventeur de la ceinture « feelSpace ». Large et sertie de treize boîtiers vibreurs, la ceinture détecte le champ magnétique de la Terre en utilisant une boussole électronique. À chaque pas de l'utilisateur, c'est le boîtier qui se trouve le plus au nord qui se met à vibrer. Au bout de quelque temps, le porteur de la ceinture est capable de s'orienter tout seul. Après six semaines d'utilisation, un sujet raconta qu'il avait développé une carte intuitive cérébrale de sa ville. Par la suite, il eut l'impression que jamais plus il ne pourrait se perdre et que, même en terre inconnue, il retrouverait le chemin de sa maison !

Le sens de l'orientation n'est pas inné chez les êtres humains, à l'inverse de certains oiseaux, chauve-souris, poissons ou tortues. Nous savons par exemple que les bébés tortues (femelles) migrent à travers l'océan Atlantique et sont capables de retrouver leur route jusqu'à la plage où ils sont nés pour pondre : un voyage épique de treize mille kilomètres sans boussole ! Les chercheurs pensent que ces bébés tortues parviennent à « lire » le champ magnétique de la Terre, une aide précieuse pour naviguer dans les courants qui balayent l'océan.

La ceinture de König suggère qu'il est possible pour les humains d'apprendre à se diriger comme les tortues de mer. Quelques chercheurs envisagent même la possibilité qu'un jour nous puissions développer d'autres sens aujourd'hui réservés aux animaux : la vision infrarouge des serpents et des piranhas ou l'ouïe ultrasonique des chauves-souris et des dauphins par exemple.

La possibilité d'adapter nos sens pour des besoins particuliers a inspiré une équipe de neuroscientifiques du Wisconsin qui s'est spécialisée dans la construction de prothèses sensorielles pour aider les personnes atteintes de troubles de l'équilibre et de la vision. L'une de ses créations : une pièce que l'on met dans la bouche, composée de cent quarante-quatre électrodes minuscules, attachée à un générateur d'impulsions qui produit un courant électrique sur la langue. Un carré vibrant situé au centre de la bouche suit les déplacements de l'utilisateur (il se positionne sur la gauche de la langue si la personne s'incline vers la gauche) afin de l'aider à maintenir son équilibre. Cet appareil s'est révélé très utile pour les patients souffrant de dommages de l'oreille interne. Et ses effets peuvent perdurer quelques heures par jour après le retrait de l'appareil.

Ce système de stimulation de la langue a également été expérimenté pour les malvoyants, transformant leur langue en œil de substitution : les images sont captées par une caméra, puis converties en impulsions électriques qui stimulent les nerfs sensitifs de la langue. Les patients rapportent la «vision» de lignes et de formes en trois dimensions. Ils arrivent aussi à développer une capacité rudimentaire de navigation dans l'espace : une expérience montre un non-voyant capable de traverser une forêt et de retrouver sa femme !

Par le biais de ces recherches, avant tout médicales, certains scientifiques envisagent des retombées technologiques dans d'autres domaines. L'armée, par exemple, où des caméras infrarouges pourraient transmettre aux soldats, par un signal lingual, les positions ennemies.

Serait-il possible que chacun bénéficie de l'extraordinaire plasticité du cerveau sans utiliser de gadgets high-tech? Absolument, comme en témoigne l'expérience suivante, qui montre la capacité du cerveau à mettre en place une nouvelle configuration de réseaux : un neuroscientifique de Harvard, Alvaro Pascual-Leone, eut l'idée d'apprendre à un groupe de non-musiciens un air de piano. Il leur demanda ensuite de travailler le morceau (à l'intérieur du laboratoire) deux heures par jour pendant cinq jours. À la fin de la semaine, le professeur effectua un scanner du cerveau des participants et découvrit que le territoire cérébral consacré aux mouvements des doigts s'était étendu.

Pascual-Leone renouvela l'expérience, demandant à un autre groupe de s'exercer «mentalement» cette fois et sans autorisation de bouger les doigts. Les conséquences furent identiques : même accroissement cérébral de la partie dédiée au doigté! Conclusion du scientifique : l'imagination est aussi efficace que la pratique.

Les psychologues du sport utilisent ce principe pour aider les compétiteurs à améliorer leurs performances. Le processus de visualisation (par exemple imaginer un «swing» de golf) semble aider les muscles à optimiser le geste. Des études confirment que les joueurs qui utilisent cette technique surpassent les autres.

Cette capacité du cerveau à se modifier grâce aux pensées laisse entrevoir de nombreuses possibilités dans le domaine de la santé. On voit se développer des thérapies qui, en rééquilibrant les connexions neuronales, soulagent certains troubles mentaux et augmentent notre ouverture au bonheur. Les thérapies cognitivo-comportementales (TCC), par exemple, visent à modifier ou à éliminer les pensées indésirables (et les comportements qui en résultent). La recherche a montré que les TCC peuvent être aussi efficaces dans le traitement des troubles anxieux que les médicaments. Ces thérapies aident à réduire l'activité du cortex frontal et à augmenter celle du système limbique (centre des émotions). Elles remodèlent la manière dont le patient traite l'information : diminution des ruminations et modification des schémas de pensée.

Si «repenser les pensées» peut engendrer des changements aussi positifs dans le cerveau, que dire alors de la méditation? Le neuroscientifique Richard Davidson, de l'Université du Wisconsin, a mis en place une étude confrontant deux groupes de pratiquants. D'un côté huit moines bouddhistes, ayant déjà médité au moins dix mille heures au cours de leur vie, de l'autre des étudiants méditants, issus d'un cours intensif. Enfermés dans un laboratoire en sous-sol, les deux groupes entamèrent une méditation spécifique appelée «compassion universelle». Elle consiste à faire grandir en eux l'amour et la compassion illimitée envers tous les êtres vivants. Chaque participant était relié à un électro-encéphalographe qui mesurait l'activité de leurs ondes cérébrales.

Sur l'électro-encéphalographe, Davidson observa l'apparition d'un type d'ondes (habituellement faibles et fugaces) impliquées dans la perception et la consolidation de l'information : les ondes gamma. C'était le signe d'un état de réflexion profonde. Mais, fait surprenant, les moines bouddhistes produisirent des ondes gamma d'une intensité trente fois supérieure à celles des étudiants!

Davidson utilisa l'imagerie par résonance magnétique fonctionnelle (IRMf) pour déterminer quelles régions cérébrales s'activaient durant la méditation : il s'agissait des zones impliquées dans la gestion des émotions positives, tandis que celles dédiées à la distinction de soi et des autres se désactivaient. Les cerveaux des moines révélaient une activité beaucoup plus grande dans les aires de l'empathie et de l'amour maternel. Contrairement aux étudiants, quand les moines méditaient et produisaient des sentiments de compassion, l'activité cérébrale liée aux sentiments négatifs était noyée par celle de la zone impliquée dans le bonheur.

Dans tous les cas, c'est dans le cerveau des moines les plus expérimentés que les changements furent les plus nets. Ce qui corrobore l'idée que l'entraînement mental peut rendre le cerveau plus enclin aux états de bonheur, de compassion et d'empathie. Cette découverte nous montre que le bonheur est un savoir-faire qui s'apprend. Une belle pensée à méditer !

Crises d'épilepsie et capacités savantes

Les progrès révolutionnaires accomplis dans la compréhension du cerveau sont un nouvel espoir pour ceux qui souffrent de désordres neurologiques auparavant incurables. Ils proposent un nouvel éclairage sur ces maladies, que l'ignorance et les préjugés maintenaient autrefois dans l'ombre. De même que le XXe siècle a bouleversé nos conceptions de l'Univers, gageons que le XXIe siècle transformera l'idée que nous avons de notre univers intérieur.

Le traitement de l'épilepsie (décharges électriques soudaines, excessives, mais habituellement brèves) est un bon exemple des avancées dans la compréhension du cerveau. Autrefois, l'épilepsie était considérée comme une réaction à des forces surnaturelles ou aux cycles lunaires. Aujourd'hui, les médecins prescrivent des médicaments efficaces dans 70 % des cas. Ils espèrent que, dans le futur, la technologie de simulation par ordinateur (actuellement utilisée pour les prévisions météorologiques et sismiques) permettra de prévoir l'arrivée d'une crise épileptique et de la localiser dans le cerveau. Les chercheurs américains sont pionniers dans l'utilisation d'implants cérébraux composés de puces électroniques, capables de prévoir et de prévenir les crises.

Ces avancées modifient également la perception qu'a le grand public des esprits dits «anormaux». Depuis le milieu des années 1990, les chercheurs mettent en évidence la grande diversité des formes d'autisme : de l'enfant silencieux qui se balance au scientifique brillant mais asocial. Nous savons désormais qu'il existe autant de formes d'autisme que d'individus touchés.

Dans l'opinion publique, la compréhension de l'autisme est en progression, en grande partie grâce au succès d'œuvres comme le roman de Mark Haddon *Le Bizarre Incident du chien pendant la nuit*[1] et à la visibilité croissante d'autistes de haut niveau talentueux.

Dans mon autobiographie *Je suis né un jour bleu*[2], je décris mon expérience personnelle et mon évolution en tant qu'autiste Asperger (une forme d'autisme de haut niveau). Et, bien que dans l'enfance je fusse sujet à de nombreux symptômes autistes (isolement social, difficulté avec les pensées abstraites, problèmes de communication), j'ai réussi, à l'âge adulte, à vivre une vie heureuse et indépendante, à mener une carrière, et à nouer des relations amoureuses et amicales.

Je suis heureux de dire que ma victoire sur la prison de l'autisme n'est pas une exception. Il est de moins en moins rare de trouver des exemples d'autistes qui ont réussi personnellement et professionnellement. Parmi les «Aspergers» connus : Richard Borcherds, professeur de mathématiques à l'Université de Californie (Berkeley), qui a reçu la médaille Fields (l'équivalent du prix Nobel pour les mathématiciens) ; Vernon L. Smith, prix Nobel d'économie ; Bram Cohen, à qui l'on doit le programme informatique «BitTorrent» ; Dawn Prince-Hughes, docteur en philosophie, anthropologue et primatologue ; ou encore Satoshi Tajiri, créateur des «Pokemons».

1. Nil Éditions, Paris, 2004.
2. Les Arènes, Paris, 2007.

Ces exemples de succès vont à l'encontre de clichés encore trop répandus : l'autiste « type » serait gravement handicapé, asocial, obsédé par des détails insignifiants et inutiles. Mais cela n'est qu'une parodie cruelle de ce que veut dire : être une personne autiste. La vérité, c'est qu'il n'y a pas de forme « typique » de l'autisme. Chaque individu autiste est différent. C'est pourquoi on parle de « spectre de l'autisme », pour signifier la diversité de ses formes.

Si ce stéréotype a la vie dure, c'est peut-être parce que l'autisme est associé au syndrome savant (un désordre neurologique complexe et peu compris). La représentation qu'ont la plupart des gens de l'autisme vient (largement ou entièrement) du film *Rain Man* qui obtint l'oscar du meilleur film en 1989. Dustin Hoffman y campe le rôle d'un savant autiste doué, mais considérablement handicapé. Depuis, les autistes savants sont fréquemment montrés comme des individus brillants mais « défectueux », écrasés par le poids de leurs dons. Les recherches qui ont inspiré les scénaristes et fasciné le public datent d'il y a plus de vingt ans ! Elles sont aujourd'hui largement périmées. Heureusement, la compréhension des autistes savants est désormais plus sophistiquée et plus humaine.

Il y a quatre ans, quand les scientifiques m'ont informé pour la première fois (j'avais alors 25 ans) que je présentais tous les critères du syndrome savant, j'ai immédiatement pensé au personnage de Raymond Babbitt ! Comment était-il possible qu'un jeune homme comme moi, en bonne santé, vivant en couple et ayant des amis, puisse être un « Rain Man » ? Après des recherches personnelles, je me suis vite rendu compte que cette description hollywoodienne du syndrome savant n'allait pas bien loin.

Les « savants » sont caractérisés par un trouble du développement (souvent l'autisme, mais pas toujours). Ils possèdent des capacités extraordinaires, dans un ou plusieurs domaines, selon leur pathologie. Dans mon cas, je suis considéré comme un «savant prodige», c'est-à-dire que mes capacités surpassent incroyablement ma condition d'autiste. On estime à moins de cinquante le nombre de savants prodiges vivants dans le monde.

Dès 1789, le docteur Benjamin Rush (considéré comme le «père de la psychiatrie américaine») avait fait une description de ce syndrome. Il y montrait les capacités numériques de Thomas Fuller qui «n'entend rien aux choses théoriques ou pratiques plus complexes qu'un calcul». Pourtant, si l'on demandait à Fuller combien il y avait de secondes dans une année et demie, il était capable de répondre en deux minutes : 47 304 000. Un siècle plus tard, en 1887, le docteur anglais J. Langdon Down utilisa, pour la première fois, le mot «savant» (se référant au mot français «savoir»). Il servait à décrire dix cas d'individus au développement problématique, mais aux capacités stupéfiantes. Un des hommes étudiés par Down était capable de construire de grandes maquettes de bateau, très détaillées. Un autre, un jeune garçon, pouvait réciter par cœur de larges extraits d'un livre en six volumes, l'*Histoire de la décadence et de la chute de l'empire romain*.

Ce trouble aussi rare que caractéristique fut longtemps sujet à diverses spéculations, idées fausses, et fut malheureusement exploité. Grâce à mon expérience, je sais pourtant que les savants de haut niveau sont capables d'émotions complexes et qu'ils peuvent s'intégrer pleinement à notre société, et y jouer un rôle. Leurs capacités découlent d'un esprit imaginatif et non d'une simple mécanique.

Compter les allumettes

Parmi les préjugés les plus courants, il y a l'idée que les capacités des autistes savants sont surnaturelles et échappent à toute étude scientifique. En réalité, cela fait déjà des décennies que les chercheurs connaissent et examinent ces aptitudes. Leurs découvertes ont été publiées et commentées à plusieurs reprises. Mes propres capacités ont été étudiées, en laboratoire, par des neuroscientifiques américains et britanniques, et plusieurs articles ont été écrits à ce sujet.

L'anecdote rapportée par le psychiatre américain Oliver Sacks, dans son livre *L'Homme qui prenait sa femme pour un chapeau*[1], est probablement l'une des plus célèbres. C'est aussi celle qui a le plus contribué à véhiculer des idées erronées sur l'autisme. Car, hélas, cette histoire fut reprise dans la presse, les revues scientifiques et les livres grand public. Elle inspira même une scène culte dans le film *Rain Man*. Chez Sacks, il s'agit de jumeaux autistes savants. Voici un extrait :

> «Une boîte d'allumettes tomba de la table et se renversa sur le sol.
>
> – 111 ! s'écrièrent simultanément les deux jumeaux.
>
> John murmura le nombre 37, Michael le répéta. John redit 37 une nouvelle fois, puis se tut. Je me mis alors à compter les allumettes sur le sol, ce qui me prit beaucoup de temps. Il y en avait bien 111 !
>
> – Comment avez-vous pu compter aussi vite ? demandai-je aux jumeaux.
>
> – Nous n'avons pas compté. Nous avons vu 111 [...].
>
> – Mais pourquoi avoir murmuré le chiffre 37, et pourquoi le répéter trois fois ? demandai-je encore.

---

1. Seuil, Paris, 1990.

Ils répondirent à l'unisson : 37, 37, 37, 111 [...].

– Comment avez-vous fait pour calculer cela ? dis-je [...].

Ils m'expliquèrent, du mieux qu'ils le pouvaient [...] qu'ils ne calculaient pas, mais qu'ils pouvaient voir [...]. Serait-il possible [...] qu'ils puissent "voir", d'une certaine façon, les propriétés des chiffres [...], leurs qualités, leur texture, leur sensualité, de façon immédiate et concrète ? »

La capacité de ces jumeaux à visualiser les chiffres, et leurs propriétés, est semblable à la mienne. Le nombre 111 est pour moi particulièrement visuel : il m'apparaît comme une lumière blanche, brillante et très belle. Dans son récit, Sacks oublie de mentionner la provenance de la boîte d'allumettes. Il écrit qu'elle se trouvait sur la table, dans la chambre des jumeaux, ce qui suppose qu'elle était déjà en leur possession, avant sa venue. Il est également étonnant de n'avoir aucun détail sur l'axe de vision des jumeaux au moment de la chute des allumettes. Cet élément est pourtant important : lorsqu'on fait tomber plus de cent allumettes, elles forment un amas indistinct sur le sol (certaines allumettes peuvent en cacher d'autres). Compte tenu de ces deux éléments, j'avance une explication plus plausible que celle de Sacks : les jumeaux savaient déjà combien d'allumettes se trouvaient dans la boîte, parce qu'ils les avaient déjà comptées ! Il est même possible que les jumeaux aient choisi eux-mêmes le nombre d'allumettes à garder dans la boîte. Le nombre 111 étant beau et très « allumett-*esque* », par sa graphie, il est probable qu'ils aient souhaité le « collectionner ». Une chose est sûre, cette supposée capacité à distinguer instantanément de grandes quantités n'a jamais été rapportée dans aucune autre étude sur les savants ; et personne n'a pu la confirmer en laboratoire.

Un autre récit célèbre de Sacks est à l'origine d'aberrations concernant les capacités des personnes savantes :

> «Les jumeaux s'étaient assis tous deux dans un coin [...] enfermés dans une conversation étrange et strictement numérique. John devait dire un nombre de six chiffres. Michael "attrapait" le nombre, hochait la tête, souriait, et semblait le savourer. Puis, il prononçait un nombre de six chiffres, que John recevait et appréciait à son tour [...]. Mais que diable faisaient-ils? Je n'y comprenais rien [...]. Tout ce que je pouvais faire, c'était noter les nombres qu'ils prononçaient [...]. Tous les nombres de six chiffres étaient des nombres premiers[1] [...]. Le jour d'après, je suis retourné dans leur chambre, avec moi un livre précieux sur les nombres premiers [...]. Doucement, je me joignis à eux [...]. Et quelques minutes plus tard, je commençais à jouer avec eux en proposant un nombre premier de huit chiffres [...]. Simultanément, ils se mirent à sourire [...]. À son tour, John [...] réfléchit longuement [...] et lança un nombre de neuf chiffres [...]. Son jumeau, Michael, répondit avec un nombre similaire [...]. À mon tour, non sans avoir consulté furtivement mon livre, j'ajoutai [...] un nombre premier de dix chiffres [...]. John, après une longue réflexion, donna un nombre de douze chiffres. Il m'était alors impossible de vérifier si ce nombre était premier ou pas [...] car mon livre [...] ne dépassait pas les nombres premiers à dix chiffres [...]. Une heure plus tard, les jumeaux étaient en train d'échanger des nombres premiers à vingt chiffres, du moins me semble-t-il, car je n'avais aucun moyen de le vérifier.»

Un article récent de Makato Yamaguchi, psychologue scolaire, paru dans le *Journal of Autism and Developmental Disorders*[2], remet en question la véracité du récit de Sacks. Yamaguchi doute de l'existence d'un livre dans lequel

1. Chiffre ou nombre divisible seulement par 1 ou par lui-même (NdT).
2. 2006, *Journal de l'autisme et des troubles du développement* (NdT).

seraient répertoriés tous les nombres premiers jusqu'à dix chiffres (soit plus de quatre cents millions de nombres), un livre impossible à éditer dans une police lisible. Sacks a expliqué qu'il avait égaré ce livre, ainsi que d'autres documents. Mais il reconnaît qu'il est possible que son livre ait répertorié en réalité des nombres plus petits. D'autres éminents chercheurs, comme le mathématicien Stanislas Dehaene ou le neuroscientifique Brian Butterworth, ont également exprimé leur scepticisme.

Tout comme l'histoire de la boîte d'allumettes, la description du psychiatre concernant l'invention des nombres premiers de vingt chiffres est sans précédent (il n'existe, jusqu'à présent, aucun autre récit semblable dans la littérature scientifique). En revanche, l'ensemble des recherches actuelles démontre une capacité des savants (dont je fais partie) à calculer les nombres premiers entre trois et cinq chiffres. Les personnes savantes sont également capables d'utiliser leur connaissance des nombres premiers pour reconnaître ceux de cinq chiffres et plus. Sans les notes originales de Sacks, il est impossible de dire comment les jumeaux ont inventé leurs nombres, même si ces nombres étaient réellement premiers. Contrairement à une autre idée fausse très répandue, les personnes savantes peuvent, elles aussi, se tromper !

L'idée reçue la plus regrettable du livre de Sacks est peut-être celle qui dépeint les savants comme des êtres monstrueux et bizarres :

> « Ils (les jumeaux) sont [...] une espèce de Tweedledee et Tweedledum[1] grotesques [...]. Ils sont chétifs, souffrent de déformations inquiétantes de la tête et des mains, ont [...] de grands pieds, une voix monotone et aiguë, divers tics et manières curieuses [...], des lunettes tellement épaisses que

1. Personnages des jumeaux dans le livre de Lewis Carroll *De l'autre côté du miroir*, 1871 (NdT).

leurs yeux en sont déformés, leur donnant une apparence de petits professeurs absurdes, scrutant et pointant du doigt, avec une concentration inutile, obsédée et absurde [...] comme les marionnettes du pantomime qui commence spontanément au début de chacun de leurs gestes.»

Le moins que l'on puisse dire, c'est que cette description est repoussante. Elle est en complet désaccord avec la réalité de ma propre vie, comme avec celle de plusieurs autres personnes savantes, de haut niveau. Prenons l'exemple de Matt Savage, un adolescent américain, musicien et autiste savant, qui a sorti plusieurs albums et gagné de nombreux prix. Il a même effectué plusieurs tournées mondiales ! Ou encore l'artiste anglais Stephen Wiltshire (la trentaine), devenu membre, en 2007, de l'ordre de l'Empire britannique pour ses services dans le domaine de l'art. Il a reçu la prestigieuse médaille «MBE[1]» des mains de la reine d'Angleterre ! Depuis, il a ouvert sa propre galerie à Londres où il expose ses dessins, reçoit des commandes et rencontre ses admirateurs. Le Niçois Gilles Tréhin, 35 ans, est quant à lui l'inventeur d'une immense ville complexe, totalement imaginaire : Urville ! Ses dessins et notes détaillées ont fait l'objet de publications en plusieurs langues. Sa compagne (une autre personne autiste de haut-niveau) anime avec lui des conférences, afin d'améliorer la compréhension de l'autisme auprès du grand public.

Le talent des personnes savantes provient d'un fonctionnement connu (mais néanmoins étonnant) de leur cerveau. Les recherches du scientifique australien Allan Snyder, directeur du Centre pour l'esprit de Sydney, ont permis d'en établir la preuve. La pensée autiste n'est pas foncièrement différente de la pensée «ordinaire». Elle en est une variation, un exemple extrême. C'est ce qu'affirme Snyder.

1. Member of the Order of the British Empire (NdT).

Pour tester sa théorie, son équipe a utilisé une technique appelée stimulation magnétique transcranienne (TMS)[1]. De quoi s'agit-il? On envoie une série d'impulsions électromagnétiques dans le lobe frontal de sujets non savants, *via* des électrodes. L'idée est d'éteindre temporairement l'hémisphère gauche du cerveau afin d'augmenter l'activité dans l'hémisphère droit (le côté le plus impliqué dans les talents des savants). Comme prévu, après un quart d'heure de stimulation, les capacités artistiques et les facultés d'observation des participants se sont améliorées. En revanche, ces nouveaux dons disparaissent rapidement lors du retour à l'état normal.

Danser avec les nombres

Contrairement à ces idées obsolètes, l'expérience de Snyder nous montre que le fossé qui sépare les esprits «normaux» des esprits savants n'est pas si grand. Ses résultats confirment que l'activité cérébrale d'un savant est beaucoup plus proche de celle d'une personne lambda que d'un superordinateur – une analogie encore trop souvent employée pour expliquer le fonctionnement des esprits savants. C'est peut-être pour cela que je n'ai jamais aimé le terme d'«ordinateur humain», souvent utilisé dans les livres et articles de journaux qui traitent des capacités savantes. Comme je le montrerai dans le chapitre 5, si les ordinateurs compressent les chiffres, moi, je danse avec eux!

La comparaison avec l'ordinateur ne se limite pas aux savants. Nombre de scientifiques et de philosophes l'ont utilisée pour décrire le fonctionnement du cerveau en général. Tout cela n'est pas nouveau. À plusieurs reprises

1. De l'anglais «Transcranial Magnetic Stimulation» (NdT).

dans le passé, le cerveau s'est vu comparé à une clepsydre[1], à une machine à vapeur ou encore à un commutateur téléphonique (entre autres). De nos jours, on aime parler d'«ordinateur de chair et d'os[2]» (selon l'expression du scientifique informaticien Marvin Minsky). Ce qui est, à mon avis, aussi pauvre et aussi réducteur que dans le passé. L'idée d'un cerveau ordinateur n'explique ni les capacités des autistes savantes ni celles des autres.

Durant des décennies, les neuroscientifiques (inspirés par la comparaison cerveau/ordinateur) ont pensé que l'esprit traitait les informations en «feed-forward[3]» : c'est-à-dire que l'information suivait un parcours canalisé d'un point précis du cerveau à un autre (sans possibilité de retour ni de divergence), à l'instar des ordinateurs. Des expériences récentes prouvent désormais (et cela fait consensus chez les scientifiques) que le cerveau est beaucoup plus dynamique.

Au cours d'une étude, des psychologues de l'Université Cornell (New-York) ont demandé à quarante-deux étudiants d'écouter un mot et de retrouver, parmi deux images, celle qui lui correspondait. Quand on leur faisait entendre le mot «bougie» (*candle* en anglais) et que, sur l'écran, apparaissaient une bougie et une veste (deux mots aux sonorités bien distinctes), les étudiants avançaient leur souris sans hésitation sur l'image de la bougie (trajectoire linéaire). Mais, quand les deux images avaient des sonorités similaires comme *candle* et *candy* («bonbon» en anglais), les étudiants mettaient plus de temps à cliquer, et la trajectoire de leur souris était plus sinueuse.

Les chercheurs pensent que les étudiants devancent la réponse avant d'avoir entendu la totalité du mot. Quand les

1. Horloge à eau fonctionnant sur le même principe que le sablier dans l'Antiquité (NdT).
2. «A computer made of meat» (NdT).
3. Terme utilisé dans l'informatique (NdT).

images ont des sonorités qui se ressemblent, ils sont incapables de dire immédiatement quel est le bon dessin, et leur cerveau considère les deux options simultanément. Au lieu d'avancer immédiatement le curseur sur l'une des deux images, puis de corriger le tir, les participants laissent leur souris « se promener » dans une zone floue (entre les deux images), en attendant que le cerveau confirme le bon choix.

Considérant que la réflexion est non linéaire et dynamique, les scientifiques établissent qu'il est alors possible pour notre cerveau de se trouver simultanément dans deux états distincts de réflexion. Ce qui n'a rien à voir avec les ordinateurs qui traitent les informations séparément et de façon rigide.

Pour souligner cette différence fondamentale entre l'esprit et la machine, comparons leurs forces et leurs faiblesses respectives. Prenons un exemple simple : au restaurant, beaucoup de gens ont du mal à faire l'addition. *A contrario*, n'importe quel petit ordinateur est capable, quant à lui, d'effectuer d'immenses calculs en quelques secondes. Au vu de ce pouvoir incroyable, rivaliser avec les ordinateurs d'aujourd'hui semble impossible.

Pour preuve, en juillet 2007 des informaticiens de l'Université d'Alberta (Canada) ont annoncé qu'ils avaient mis au point un programme informatique invincible au jeu de dames (après deux décennies de recherches). Nommé « Chinook », ce programme ne peut jamais perdre ! Le mieux qu'un adversaire puisse contre lui, s'il joue brillamment, c'est de faire match nul. Avec ses 500 milliards de milliards de positions théoriquement possibles, le jeu de dames est le jeu le plus complexe jamais résolu. Pendant des années, les informaticiens ont utilisé des centaines d'ordinateurs pour calculer, jour après jour, les multiples possibilités d'action et acquérir les positions gagnantes. Au bout du compte, le programme a amassé tellement d'informations qu'il était capable de déterminer le bon coup à jouer dans chaque situation.

Un autre domaine dans lequel les ordinateurs excellent est assurément les échecs, ce jeu décrit par le poète allemand Goethe comme «la référence de l'intellect». En 1997, l'ordinateur «Deep Blue» d'IBM a battu le champion mondial Garry Kasparov. Le tournoi de six jeux fut joué au trente-cinquième étage d'un gratte-ciel de Manhattan. Ce qui m'a paru le plus remarquable dans ce tournoi, c'est de voir que Kasparov était capable de se confronter à une machine calculant 200 millions de tours par seconde et cherchant jusqu'à vingt coups d'avance. Kasparov n'a perdu que d'un seul point contre la machine (3,5 contre 2,5). L'année d'avant, il avait gagné 4 points contre 2.

Une force brute de calculs manquait à Kasparov. Son cerveau l'a compensée par l'intuition et par une grande expérience des schémas de jeu. Un siècle de recherches en psychologie a montré que les grands maîtres des échecs, comme Kasparov, ont une perception rapide du plateau de jeu (guidée par leurs connaissances) et sont donc capables de choisir d'excellents coups, en quelques secondes. Un ancien champion du monde, Jose Raul Capablanca, décrit cette façon de penser comme quelque chose de perceptif et d'intuitif : «Je ne vois qu'un coup d'avance, mais c'est toujours le bon.»

Adriaan de Groot, un psychologue hollandais, a démontré, dans une étude de 1966, que les champions d'échecs avaient une capacité de perception beaucoup plus grande que les débutants. Le test : visualiser un plateau de jeu en milieu de partie. Après seulement cinq secondes, les participants devaient reproduire de mémoire la position des pièces sur un autre plateau. Les grands maîtres ont été capables de retrouver presque toutes les positions, tandis que les débutants n'ont réussi que pour quelques pièces. D'après des études plus récentes, on a découvert que les grands maîtres possédaient la connaissance de plus d'un million de schémas de jeu, dans lesquels ils pouvaient puiser au cours d'une partie.

Que dans certains cas les joueurs experts puissent être plus rusés que les ordinateurs n'étonne en rien les aficionados du jeu de go[1]. Même les programmes les plus puissants, développés pour rivaliser avec l'humain, sont restés impuissants devant une simplicité de jeu aussi trompeuse. Au jeu de go (et cela diffère beaucoup des échecs), les concurrents utilisent de petits « cailloux » (noirs ou blancs selon l'équipe) qu'ils doivent positionner sur un quadrillage (19 lignes x 19). Le but est de gagner, sur le plateau, la plus grande quantité de territoire et d'encercler les « cailloux » adverses afin de les éliminer.

Ce qui rend ce jeu beaucoup plus difficile pour un ordinateur que les échecs, c'est la complexité des calculs sous-jacents. Aux échecs, le joueur a le choix entre 35 coups possibles (en moyenne) à chaque tour. Dans le go, ce nombre se rapproche de 200. Après quatre tours, le nombre de positions possibles aux échecs est de : 35 x 35 x 35 x 35, soit 1 500 625. Pour le go, il est de : 200 x 200 x 200 x 200, soit 1 600 000 000 (un nombre plus de mille fois plus grand !). Pour calculer 14 coups d'avance (comme peut le faire le plus puissant des ordinateurs aux échecs), une machine jouant au go aurait besoin de calculer dix mille milliards de possibilités ! Même un programme aussi rapide que « Deep Blue » prendrait un an et demi pour considérer un seul coup au jeu de go.

Pour les ordinateurs, l'incroyable complexité du jeu de go réside dans l'évaluation des multiples positions des « cailloux ».Une analyse simple et rapide semble impossible. Il ne possède pas une pièce (comme le roi aux échecs) dont la capture fait perdre automatiquement le joueur. Une grande quantité de territoire acquis en milieu de partie n'est pas synonyme de victoire prochaine. En déplaçant un simple « caillou », le joueur de go confirmé sera capable

1. Jeu très ancien d'origine chinoise (NdT).

de faire perdre immédiatement à son adversaire une très grande partie de son territoire. Cette incertitude au cœur du jeu donne l'avantage aux joueurs humains. Les experts en ce jeu sont beaucoup plus habiles que les ordinateurs pour envisager tous les schémas possibles d'action. Ils utilisent leur perception de l'espace, leur intuition et leur empathie (pour «sentir» la stratégie probable de leur adversaire) – trois qualités incontestables de l'intelligence contre lesquelles les ordinateurs les plus rapides et les plus puissants ne peuvent rien. Quelques experts du go pensent qu'il faudra attendre au moins cent ans avant de voir se développer un programme qui pourra les concurrencer.

Le domaine des jeux est loin d'être le seul dans lequel les humains surpassent encore largement les ordinateurs. Prenez l'exemple de la conversation. C'est un acte que la plupart des gens (les autistes savants inclus) peuvent effectuer sans effort, mais que l'ordinateur a beaucoup de mal à maîtriser. Le mathématicien britannique Alan Turing a montré, en 1950, que les ordinateurs pourraient être considérés comme vraiment intelligents le jour où ils seraient capables de discuter comme les humains (on parle aujourd'hui du «test de Turing»).

Chaque année, depuis 1990, le prix Loebner récompense l'inventeur d'un programme informatique capable de tenir une conversation («Chatterbot»[1]). Le dernier robot à avoir été plébiscité s'appelle «Joan». Créature du chef d'entreprise Rollo Carpenter, elle possède plus de 5 millions de lignes de répliques possibles. Pourtant, «Joan» est bien loin de réussir le «test de Turing». La preuve? Cette courte conversation que j'ai pu avoir avec «elle» :

1. De «chatter» = bavarder et «bot» = robot (NdT).

Daniel : Salut Joan, je m'appelle Daniel.

Joan : Salut Daniel.

Daniel : D'où viens-tu ?

Joan : Je suis originaire de Hastings.

Daniel : Oh, chouette ! J'habite pas loin de là.

Joan : Loughborough.

Daniel : Comment tu prononces cela ?

Joan : Eh bien, tout droit, S-t-i-g.

Daniel : Pardon ?

Joan : Connais-tu leur origine ?

Daniel : L'origine de qui ?

Joan : Je te le redemanderai. Est-ce que tu connais quelque chose sur les relations humaines ?

Daniel : Je croyais que nous étions en train de parler de Loughborough. Qu'est-ce que cela a à voir avec les relations humaines ?

Joan : Notre conversation actuelle.

Daniel : Quel est ton métier ?

Joan : Je travaille dans un bar pour payer les factures, mais j'essaye de devenir écrivain professionnel.

Daniel : Je suis écrivain aussi. Quelle sorte de choses as-tu déjà écrites ?

Joan : Beaucoup de choses, je t'en ai déjà parlé.

Daniel : Non, tu ne m'en as pas parlé.

Joan : Il me semble que le cycle de rafraîchissement de ta Mev[1] est trop long.

Daniel : Est-ce que tu écris sur les ordinateurs ?

Joan : Non, ce n'est pas. Le film parle de la guerre civile à travers les yeux d'une fille riche et gâtée.

Daniel : Quelle guerre civile ?

Joan : Je ne parle pas de guerre civile, mon ami.

1. En informatique, mémoire vive (NdT).

L'ironie de la chose, c'est que moi-même (comme beaucoup d'autres individus autistes), j'ai dû apprendre pendant des années à communiquer correctement avec les autres. Encore aujourd'hui, parler de la pluie et du beau temps ne m'est pas naturel. Malgré cela, je peux me rendre compte immédiatement que Joan n'est qu'un ordinateur. Peut-être que les chercheurs en intelligence artificielle (IA) auraient plus de succès s'ils prenaient modèle sur des autistes qui, comme moi, ont appris à naviguer entre les mots.

Comment le cerveau humain apprend-il?

Si même les ordinateurs les plus puissants et sophistiqués sont incapables d'effectuer des tâches ordinaires (comme tenir une conversation), comment est-il possible que notre cerveau y parvienne sans difficultés? Question fascinante, qui a déconcerté bien des neuroscientifiques depuis des décennies.

Jeff Hawkins, directeur de l'Institut Redwood des neurosciences en Californie, pense que le cerveau ressemble beaucoup moins à un superordinateur qu'à un système de mémoire qui enregistre tout et qui est capable d'anticiper en fonction des expériences passées. Contrairement à l'ordinateur (qui doit être programmé pour résoudre des problèmes), notre cerveau apprend par lui-même. Grâce aux informations transmises par nos sens, il peut se construire automatiquement, jour après jour, une image du monde qui nous entoure. Nos connaissances sont rangées, selon une hiérarchie bien précise, dans le néocortex (la région du cerveau responsable de presque toutes les pensées de «haut niveau» et de la perception). Prenons un exemple : comment identifions-nous un chat? Notre souvenir de ce à quoi ressemble cet animal n'est pas classé dans une unique région cérébrale. En réalité, les détails dits «de bas niveau», comme la fourrure, les pattes et les oreilles, sont stockés dans des régions corticales basses. *A contrario*, les détails dits « de haut niveau », comme la tête et l'abdomen, se trouvent dans les régions hautes.

Le principal avantage de ce système hiérarchique est qu'il nous permet de réutiliser notre connaissance d'un sujet en la transférant sur un autre. Quand un enfant sait reconnaître un chat, il a besoin de beaucoup moins de temps et d'effort pour apprendre ensuite ce qu'est un chien. Car les chats et les chiens ont en commun beaucoup de détails « de bas niveau » (les poils, les pattes, la queue). Ces détails n'ont pas besoin d'être réappris, et ce système fonctionne pour tout nouvel animal. Attention néanmoins aux méprises ! Certains écoliers pensent que la fraction 1/9 est plus grande que 1/7 parce qu'ils réutilisent automatiquement leurs connaissances : 9 est un chiffre plus grand que 7.

Connaître beaucoup de choses n'est pas suffisant pour développer la maîtrise d'un champ d'étude. Une compréhension plus profonde du sujet est nécessaire pour transformer quelques connaissances en savoir. Les grand-maîtres d'échecs, capables d'un simple coup d'œil de se souvenir de la position des pièces sur une partie commencée, utilisent une pratique du jeu que les débutants ne possèdent pas (positions schématiques, rapports entre les pièces). Pendant la partie, leur compréhension du jeu leur permet de percevoir ce qui est important et d'ignorer le reste. Ainsi, leur concentration n'est pas perturbée par trop de détails inutiles.

Les grand-maîtres d'échecs obtiennent cette maîtrise après des années d'études fructueuses. Comme tout le monde, ils ont d'abord été débutants (chacun apportant avec lui un bagage de connaissances plus ou moins précises). Mais, pour maîtriser un sujet, nous devons développer un cadre conceptuel dans lequel organiser les informations anciennes et nouvelles. Connaître le nom des pièces et les règles de déplacement sur le plateau ne suffit pas pour apprendre à jouer aux échecs. Pour acquérir de réelles compétences, il est essentiel de comprendre des concepts comme le développement des pièces (leur avancée sur le plateau), le contrôle du centre du jeu, l'utilisation de l'espace, l'organisation des pions (offensive ou défensive) et la protection du roi.

Lors de l'apprentissage, le conseil des experts permet de développer ce cadre conceptuel et d'éviter beaucoup de pièges décourageants. Leurs avis et leurs réactions, à chacune de nos erreurs, permettent au cerveau d'éliminer les mauvaises habitudes. Par la suite, celui qui apprend est capable de se concentrer sur les bons choix (et d'ignorer les mauvais). C'est pour cette raison que les jeux collectifs et les débats entre élèves, largement basés sur l'interaction, sont bien plus enrichissants que les activités passives.

Les émotions et la motivation sont aussi fondamentales dans l'apprentissage. Les émotions fortes, liées à une expérience, aident le cerveau à ranger l'information dans un endroit facilement accessible. Trop de stress, en revanche, peut réduire l'afflux sanguin dans le lobe frontal, ce qui affaiblit les capacités à penser et à se souvenir clairement.

Prendre du plaisir est une bonne manière d'apprendre correctement. Les scientifiques savent que notre cerveau produit une substance chimique (la dopamine) qui anticipe le plaisir que nous allons éprouver lors d'une activité. La dopamine encourage l'individu, en augmentant son énergie et sa volonté, à s'engager dans l'activité. Si le plaisir prévu est confirmé lors de l'activité, le niveau de dopamine reste élevé (même après l'activité). Si le plaisir éprouvé est plus important que prévu, alors le niveau de dopamine se met à augmenter, et la personne s'investit encore plus à fond dans l'activité. En revanche, si l'activité est moins agréable que prévu, le niveau de dopamine chute brutalement.

« C'est en forgeant qu'on devient forgeron », nous dit le

proverbe. La pratique d'une discipline est indispensable si nous voulons obtenir des résultats à long terme. Plus on s'entraîne, plus les connaissances augmentent. Le développement de notre maîtrise suit une courbe type [1], et ce, dans différents domaines : s'exercer à lire à l'envers, faire du calcul mental, réparer des machines ou construire des navires. Cette courbe est ascendante en début d'apprentissage puis régresse lorsque le sujet commence à être maîtrisé.

Cette « courbe d'apprentissage » nous montre que les améliorations les plus spectaculaires se manifestent en début de travail et qu'ensuite les rendements sont décroissants. Avec un nombre standard d'heures de pratique, tous les individus peuvent atteindre des niveaux de performances comparables (dans un nombre important de domaines). Il ne faut donc pas se décourager quand les améliorations se font plus rares. C'est seulement à la fin d'un apprentissage continu, structuré et appliqué que l'on acquiert toutes les compétences.

Au final, ce sont nos connaissances (et non la manière dont nous les apprenons) qui vont influencer la tournure de notre vie, et même le genre de personne que nous devenons. De notre cerveau émergent notre singularité, nos goûts et nos divers talents. La manière de les utiliser fait partie de l'aventure qui nous conduit à être nous-mêmes. Un long cheminement qui n'emprunte aucun raccourci et qui ne doit écouter que sa propre volonté. Il n'y a pas de définition d'une vie bien vécue, et il n'existe pas une seule façon de bien utiliser son esprit. Comme l'a dit le physicien prix Nobel Richard Feynman : « Vous n'êtes pas responsable de ce que les autres aimeraient que vous fassiez. Je ne suis pas responsable de ne pas être celui qu'ils voudraient que je sois : c'est leur erreur, pas la mienne. »

---

1. On parle de « learning curve » en anglais (NdT).

Chapitre 2

QUID DU QI ?

On appelle généralement « intelligence » ce que nous faisons avec notre cerveau. Mais qu'est-ce que l'intelligence exactement ? Je ne crois pas être assez intelligent pour répondre à cette question ! Peut-être parce qu'il n'existe pas de définition unique. Le concept d'intelligence est aussi abstrait que celui d'amour. Le philosophe français Michel Onfray tentait de résoudre la question de l'amour dans l'aphorisme suivant : « Il n'y a pas d'amour, mais des preuves d'amour. » De la même façon, beaucoup de scientifiques considèrent que le concept d'intelligence ne prend tout son sens que dans une situation concrète (avec le test de QI par exemple). Je n'en suis pas convaincu. À l'instar de l'amour, les tentatives de réduction de l'intelligence à une seule définition, ou à des critères spécifiques, ont toujours échoué. En fait, à l'inverse de l'idée d'Onfray, je pense qu'il n'y a pas de preuves d'intelligence mais seulement l'intelligence.

Formaliser l'intelligence, en faire une théorie générale, m'a posé problème. Ce concept est bien trop complexe et trop subjectif. Lorsque j'étais enfant, mes comportements étaient souvent limités, répétitifs et asociaux – le contraire d'une attitude dite intelligente. J'ai rencontré beaucoup de difficultés pendant mes premières années de scolarité car je suivais un traitement contre l'épilepsie, et ma façon de penser (rêveuse et idiosyncrasique) allait à l'encontre des rythmes standard et impersonnels de l'école. Mes professeurs n'avaient pas accès aux conseils d'un spécialiste, ils ne connaissaient pas les programmes adaptés aux enfants surdoués : aussi me laissèrent-ils apprendre à ma manière.

C'est le parcours typique de beaucoup d'esprits différents, débordant de talents, mais condamnés à ne pas les utiliser. Heureusement, je n'ai pas suivi ce chemin tout tracé. Avec le soutien et l'encouragement continuel de ma famille, j'ai trouvé le moyen de libérer mes dons. J'ai passé beaucoup de temps dans les bibliothèques de mon quartier, j'ai inventé des jeux de rôles avec mes frères et sœurs, joué au Scrabble et récité des poésies avec le petit nombre d'amis que j'avais réussi à me faire. À mesure que ma confiance et ma sociabilité se développaient, il m'était plus facile de décrire, avec plus de clarté, les magnifiques paysages de mots, de nombres et d'idées qui défilaient dans ma tête. Je me suis donc, au final, épanoui dans ma scolarité. Mais je dus continuer à me battre dans d'autres domaines. Et, petit à petit, j'ai réussi à me convaincre de la capacité de mon esprit à faire des choses prodigieuses. J'ai pris conscience que ma différence était une bénédiction, et non le fardeau que je croyais devoir porter. J'ai trouvé la force d'accepter ce que j'étais, ce que je suis.

Si, comme je le pense, l'intelligence est un concept trop subtil et trop vague pour être expliqué scientifiquement, que dire du test de QI ? Pour répondre à cette question, j'ai décidé de passer ce fameux test – une première pour moi. La mesure de mon QI fut réalisée, en tête à tête, par une psychologue scolaire qualifiée. Elle reposait sur une série d'exercices classiques pour adultes, issus de l'« Échelle d'Intelligence de Wechsler[1] ». Le psychologue Wechsler fut le premier à utiliser le nombre 100 comme point de départ du test. Un chiffre qui correspond arbitrairement au niveau moyen de l'intelligence. Lors de l'évaluation, des points sont soustraits ou ajoutés à cette moyenne.

Si l'on dessine le graphique des résultats, au test de QI, d'un échantillon représentatif de la population, on obtient une courbe en forme de cloche (ou courbe de Gauss[2]). Les scores se répartissent à 50 % en dessous et à 50 % au-dessus de la barre des 100. Selon ce graphique, 68 % des résultats vont se situer entre 85 et 115 (1 écart type au-dessus ou au-dessous du niveau moyen), et 95 % vont se situer entre 70 et 130 (2 écarts types du niveau moyen). Les scores au-dessous de 70 ou au-dessus de 130 sont très rares et donc difficiles à mesurer exactement.

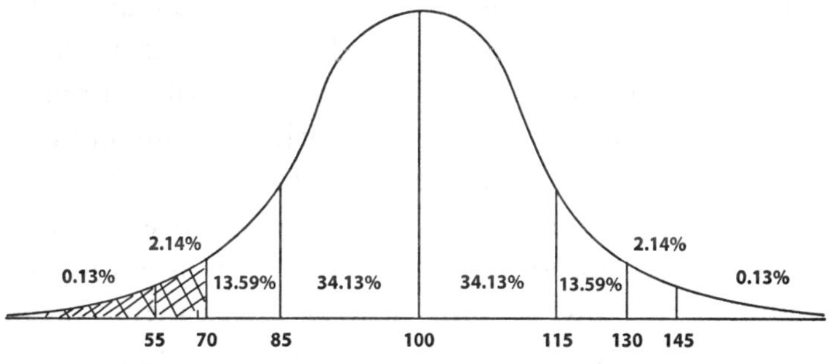

Les psychologues évaluent l'intelligence (de façon rigide et limitée) en utilisant le barème ci-dessous :

130 et plus : Intelligence très supérieure

120-129 : Intelligence supérieure

1. En anglais, Wechsler Adult Intelligence Scale (WAIS) (NdT).
2. Du mathématicien Carl Friedrich Gauss (NdT).

110-119 : Intelligence moyenne haute

90-109 : Intelligence moyenne

80-89 : Intelligence moyenne basse

70-79 : Intelligence médiocre

69 et moins : Intelligence extrêmement basse

Le test de QI est divisé en deux grandes parties : l'une dite « verbale », l'autre de « performance ». Chacune se décomposant à son tour en sept sous-parties. Un large spectre de nos capacités cognitives est évalué : compréhension verbale, organisation perceptive, mémoire de travail ou vitesse du traitement de l'information. Chaque sous-partie dure dix minutes environ et débute par des questions simples, qui vont progressivement se complexifier. Prenons l'exemple de la sous-partie « Mémorisation numéraire » : le participant commence à mémoriser, puis à réciter une suite de quatre chiffres (à l'endroit puis à l'envers). Puis on ajoute un nouveau chiffre, puis un autre, jusqu'à atteindre une suite de neuf chiffres. De la même façon, la sous-partie intitulée « Culture générale » commence par une question simple, du genre « Quelle est la capitale de la France ? » mais peut se terminer par « Qui a écrit *L'Énéide* ? » ou « Quelle est la circonférence de la Terre ? ». Les différentes sous-parties sont proposées les unes après les autres, sans pause (la durée totale du test est d'environ deux ou trois heures).

Ce qui m'a particulièrement frappé lors de ce test, c'est la trivialité des exercices : remettre en ordre une série d'images qui racontent une histoire, ou encore détecter (dans un temps limité) la présence d'un symbole dans des suites de signes différents, aucun de ces problèmes ne sollicitait une véritable réflexion, l'analyse d'une idée ou même la créativité. Pire encore, l'ensemble des questions supposait une réponse unique (les réponses imagées et poétiques étaient refusées à tous les coups). Comment répondre, par exemple, à la question suivante : « Qu'ont en commun une mouche et un arbre ? ». C'est avec ce genre de question que j'ai eu le plus de mal.

Malgré ces difficultés, la plupart des exercices ont joué en ma faveur (mémorisation, vocabulaire, calculs, culture générale), et mon QI a été estimé à 150 (180 sur l'échelle « Mensa Cattell », qui utilise une méthode différente d'évaluation des résultats). Au vu de ce score, la psychologue m'a vivement conseillé de rejoindre « Mensa », l'un des clubs les plus vieux et les plus connus qui rassemblent tous les QI les plus énormes à travers le monde ! Une sorte de « club de gentlemen » pour esprits brillants, dont l'adhésion est limitée aux QI d'au moins 130 (échelle de Wechsler) ou 148 (échelle de Mensa Cattell) !

Cette organisation a été critiquée pour son élitisme et l'obsession de ses membres pour les casse-tête (le contraire d'un forum de débats et de discussions de fond). L'un de ses fondateurs, le docteur Lancelot Ware, a soulevé ce problème lors du cinquantième anniversaire de « Mensa » en 1996 : « Je regrette qu'autant de membres passent autant de temps à résoudre des casse-tête. » C'est l'une des raisons pour lesquelles que je n'ai aucune envie d'y adhérer. Et pour citer Groucho Marx : « Je n'accepterais pas de faire partie d'un club qui m'accepterait ! »

Ce supposé QI n'a pourtant rien changé de l'image que j'avais de moi-même. Et, bien que je puisse admettre que ce genre de tests soient utiles, en médecine, pour détecter des lésions cérébrales par exemple, je ne veux en aucun cas que le QI me caractérise, ni qu'il soit comme l'oracle qui doit décider de ma vie. Cette drôle d'expérience a aiguisé ma curiosité sur les origines du test de QI. Et ce que j'ai découvert a été encore plus sidérant que ce que j'avais pu imaginer.

Faire pencher la balance : l'histoire du QI

La première tentative de mesure de l'intelligence a commencé aux XVIIIe et XIXe siècles, avec l'apparition de la «craniométrie». Elle est fondée sur l'idée que la taille du crâne d'un homme est une bonne indication de son intelligence : grand crâne = gros cerveau = une très haute intelligence. Leur chef de file était l'Américain Samuel George Morton, qui a amassé plus d'un millier de crânes jusqu'à la fin de sa vie en 1851. Morton mesurait leur taille en les remplissant de graines de moutarde ou de billes de plombs, qu'il versait ensuite dans un tube gradué, afin d'obtenir le volume du crâne en «pouces cubes». Il publia ses résultats dans différents livres, avec l'intention de montrer que l'intelligence pouvait être hiérarchisée selon la race (les Européens blancs se plaçant au sommet, et les Africains noirs au bas de l'échelle).

À une époque où il était coutumier que les personnalités brillantes lèguent leur cerveau à la science, les défenseurs de la craniométrie espéraient que la balance créditerait leur théorie. Quelques «lumières» passèrent le test du poids avec succès, s'inscrivant au-dessus de la moyenne européenne de 1 300-1 400 grammes : le poète allemand Schiller obtenant 1 785 grammes, et l'écrivain russe Tourgueniev un monstrueux 2 012 grammes ! D'autres cerveaux contredirent catégoriquement les attentes des scientifiques. Celui du poète américain Walt Whitman ne pesait que 1 282 grammes, et celui de l'écrivain français Anatole France seulement 1 017 grammes ! Le scientifique Paul Broca, militant de la «craniométrie» (une mesure fiable de l'intelligence, selon lui), tenta d'expliquer la petitesse de certains cerveaux par la vieillesse, la petite taille de leur «brillant propriétaire», ou par le fait d'une mauvaise conservation de l'organe après la mort.

Ces idées furent très influentes à leur époque. Maria Montessori, une pédagogue italienne (qui créera sa propre méthode d'enseignement), mesurait la circonférence de la tête de ses élèves : elle en conclut que les plus grandes apprenaient plus rapidement et étaient promises à un meilleur avenir. Alfred Binet, directeur du laboratoire de psychologie à la Sorbonne et inventeur des premiers tests de QI, a aussi mesuré la tête de ses élèves dans plusieurs écoles. Mais il n'a jamais pu prouver que la taille influait sur l'intelligence. Par la suite, il qualifia cette mesure de ridicule.

En 1904, Binet fut chargé par le ministère de l'Education de développer des techniques pour identifier les élèves qui nécessitaient un enseignement particulier. Binet choisit une série de tâches quotidiennes (comme compter des pièces de monnaie ou remettre dans l'ordre les mots d'une phrase), que des examinateurs confirmés proposaient individuellement aux élèves. Il définit ensuite pour chaque tâche un âge standard de réussite. Chaque enfant qui participait au test de Binet commençait par les tâches réservées aux plus jeunes, puis progressait jusqu'à atteindre une limite. La dernière tâche que l'enfant réussissait à exécuter définissait alors son «âge mental». En 1912, le psychologue allemand Wilheim Stern inventa le terme de «quotient intellectuel» (QI). Il correspondait au résultat obtenu par la division de «l'âge mental» d'une personne par son nombre d'années d'existence. Par exemple, un enfant de 10 ans doté d'un âge mental de 12 ans avait, selon lui, un QI de 120 (12 ÷ 10, x 100).

Les idées de Binet, dans l'évaluation de l'âge mental d'un enfant, ont été introduites aux États-Unis par Henry Goddard, directeur de recherche dans une école pour les «faibles d'esprit». Goddard a traduit le test de Binet en anglais et l'a utilisé pour évaluer ceux qu'il considérait comme des «attardés mentaux». Puisqu'il croyait l'intelligence héréditaire, il lui semblait nécessaire d'identifier les «faibles d'esprit» afin de les empêcher d'avoir des enfants. Pour cela, il proposa que ces personnes soient stérilisées obligatoirement ou placées dans des institutions. Après leur publication, Goddard révisa ses idées, mais l'opinion publique et le gouvernement les avaient déjà adoptées.

Un professeur de l'Université de Stanford, Lewis Terman, a plus tard modifié et popularisé ce qu'est devenu le test de QI «Stanford-Binet», la référence pour tous les autres tests qui ont suivi. Contrairement aux exercices de Binet, prévus uniquement pour identifier les enfants en difficulté, Terman voulait que chaque enfant soit évalué et classé selon des aptitudes innées. Comme Goddard, il croyait que son test de QI était nécessaire pour ramener les esprits faibles «sous la surveillance et la protection de la société», afin de réduire «la reproduction des attardés». Ainsi, on assisterait à «une élimination d'une grande quantité de crimes, de pauvres et d'ouvriers inefficaces».

L'utilisation des tests de QI par l'armée américaine pendant la Première Guerre mondiale a accru leur crédibilité et leur visibilité, et, dans les années qui ont suivi, ils sont devenus de plus en plus populaires (engendrant une industrie de plusieurs millions de dollars). De multiples entreprises ont décidé d'utiliser le test de QI pour choisir un employé ou identifier le plus prometteur. De la même manière, des écoles ont développé son utilisation pour évaluer l'intelligence des élèves. Au Royaume-Uni, l'examen appelé «11 Plus» (nommé ainsi parce que les enfants du pays devaient le passer à l'âge de 11 ans) fut introduit dans les années 1940. Il servait à déterminer l'orientation de l'élève (enseignement scolaire ou enseignement technique), engendrant des conséquences évidentes sur leur avenir professionnel.

Les effets les plus pernicieux de la croyance en une intelligence figée et héréditaire se sont retrouvés aux États-Unis, dans des lois d'immigration strictes, fondées sur l'idée que tous les immigrants, hormis ceux de l'Europe du Nord, étaient « d'une intelligence étonnamment basse » (selon Goddard). Au début du XXe siècle, un nombre important d'immigrants furent expulsés suite à l'échec au test de QI. Dans quelques États, ce test a aussi aidé à légitimer la stérilisation des personnes dites « défectueuses » !

Actuellement, la validité du test de QI fait encore l'objet de débats houleux. Pour preuve, la réaction très vive d'intellectuels et de journalistes lors de la publication en 1994 du livre provocateur *The Bell Curve*[1] du professeur de Harvard Richard Hernstein et du politologue Charles Murray. On y trouve, parmi d'autres théories, la prétendue différence d'intelligence entre les races et les classes sociales, et l'idée que la société devient de plus en plus « intellectuellement stratifiée », conduisant à l'émergence d'une « élite cognitive ». Leur recherche sur la nature et les raisons des disparités économiques et culturelles dans la société moderne est volumineuse (environ 900 pages), mais finalement décevante. Les auteurs se concentrent sur une mesure étroite de l'intelligence (appelée « g » pour « intelligence générale »), au lieu de considérer la grande diversité des capacités humaines. Ils mettent aussi en rapport le niveau d'intelligence et le niveau d'éducation, bien que ces deux choses ne soient pas forcément liées. La liste des personnalités talentueuses qui ont échoué à l'école est d'ailleurs assez longue : Thomas Edison, Charlie Chaplin, Winston Churchill, Woody Allen, Vincent Van Gogh et bien d'autres. Le succès économique est également l'un des critères avancés par les deux auteurs pour démontrer

1. « La courbe en forme de cloche », en référence au test de QI (NdT).

l'intelligence. Il est pourtant bien connu que Vincent Van Gogh n'a vendu qu'une seule toile dans sa vie.

« La mal-mesure de l'homme »

Dès le début, l'inventeur Alfred Binet avait mis en garde contre l'utilisation de son test pour mesurer l'intelligence humaine :

> « Cette échelle permet, non pas à proprement parler la mesure de l'intelligence – car les qualités intellectuelles ne se mesurent pas comme des longueurs, elles ne sont pas superposables. »

Binet avait également critiqué tous ceux qui décrétaient que l'intelligence ne pouvait pas se développer :

> « Quelques philosophes récents semblent avoir donné leur appui moral à ces verdicts déplorables en affirmant que l'intelligence de l'individu est une quantité fixe, une quantité qu'on ne peut pas augmenter. Nous devons protester et réagir contre ce pessimisme brutal ; nous allons essayer de démontrer qu'il ne se fonde sur rien. »

Le journaliste américain Walter Lippman a dénoncé, également très tôt, le test de QI. Dès les années 1920, il écrit :

> « Le test d'intelligence [...] est un outil pour classer un groupe de personnes, plutôt qu'une "mesure d'intelligence". Les personnes sont classées dans un groupe selon leur réussite à la résolution de problèmes, qui ne sont pas forcément des tests d'intelligence [...]. Les tests sont tous semblables. Ils ont tous la même origine, et ils ne semblent mesurer qu'un certain genre de capacité [...]. Nous ne pouvons pas mesurer l'intelligence quand nous ne l'avons pas définie. »

Ces critiques ont été reprises et approfondies dans le livre du géologue et biologiste évolutionniste Stephen Jay Gould *La Mal-Mesure de l'homme*[1]. Il est à ce jour l'un des ouvrages les plus complets et les plus critiques sur le test de QI. Gould se bat contre l'idée du déterminisme biologique qui sous-entend «qu'en mesurant l'intelligence, telle une simple quantité, on peut déterminer la valeur d'une personne ou d'un groupe d'individus». Il considère que les méthodes de calcul du QI sont compromises par deux aberrations : la réification, «notre tendance à transformer les concepts abstraits en objets concrets», et la classification, «notre propension à classer des informations complexes sur une échelle de valeur».

Gould consacre une grande partie de son livre à l'analyse de la «corrélation statistique». Méthode qui, selon les psychométriciens, démontre la validité du test de QI et la transmission génétique de l'intelligence. Pour eux, il existe une corrélation entre les résultats d'un test de QI et le devenir de l'individu. Ils prétendent aussi que les personnes appartenant à la même famille ont des résultats plus souvent similaires. En réponse, Gould démontre que «corrélation» ne veut pas dire «cause» : il met en parallèle la progression de son âge avec la progression de la population du Mexique. Il en résulte une corrélation positive (son âge et la population augmentent au fil du temps), mais il n'y a aucune forme de causalité (son âge n'augmente pas *parce que* la population du Mexique augmente !). En ce qui concerne la prétendue hérédité de l'intelligence, Gould avance plutôt des facteurs sociaux et environnementaux communs aux membres d'une même famille. Enfin, puisqu'«on peut faire tout dire aux statistiques», il est, pour lui, assez peu concluant de les utiliser.

1. Odile Jacob, Paris, 1997.

L'autre faiblesse des tests de QI vient du fait qu'ils ne prennent en compte ni le niveau social ni la culture des personnes interrogées. Leurs résultats sont ajustés selon l'âge, mais ignorent par exemple les différents parcours scolaires. Beaucoup considèrent qu'ils sont injustes. Un enfant issu d'une famille de classe moyenne, qui a probablement un meilleur accès aux livres, ou à des cours particuliers, et un enfant du même âge issu d'une famille pauvre seront pourtant traités de la même façon.

Voici un exemple de la façon dont les différences culturelles peuvent affecter les réponses (et donc les résultats) d'un test de QI. Essayez de répondre correctement aux questions suivantes[1], inspirées de la culture aborigène des Kuuk Thaayorre (un peuple qui vit dans le nord du Queensland, en Australie) :

1. Quel chiffre vient après un, deux et trois ?
2. Si le wallaby est un animal, qu'est-ce qu'une cigarette ?
3. Lesquels de ces choix peuvent être associés au sucre ? Le miel, la chenille du « witchetty », la farine ou le nénuphar ?
4. Sam, Ben et Harry sont assis. Sam est en face de Ben, qui lui donne une cigarette. Harry leur tourne le dos et ignore la conversation. Un de ces hommes est le frère de Ben, l'autre est le fils de la sœur de Ben. Qui est le neveu ?
5. Vous êtes dans le « bush australien » avec votre femme et vos jeunes enfants. Tout le monde a faim. Vous possédez un fusil chargé. Trois animaux sont à portée de vous : un jeune émeu, un gros kangourou et une petite femelle wallaby. Lequel de ces animaux allez-vous tuer pour nourrir votre famille ?

1. Questionnaire issu du livre *The Original Australian Test of Intelligence* (1983) de Saunders, Pearce et Amato.

Les réponses :

1. « Mong » ! Dans la langue des KuukThaayorre cela veut dire « beaucoup », car il n'existe pas de chiffre après 3.
2. La cigarette est considérée comme le morceau d'un arbre ! La première fois que les KuukThaayorre ont fumé du tabac, ils ont trouvé que cela ressemblait aux branchettes d'un arbre. Ils en ont donc déduit que cela provenait d'un arbre.
3. Les quatre choix sont synonymes de sucre ! Chacun appartient au groupe des « may », c'est-à-dire les nourritures issues de la végétation : le miel est associé aux fruits, la chenille est trouvée dans les racines des arbres.
4. Cette question est facile pour les Kuuk Thaayorre ! Un tabou empêche le neveu de parler face à face avec son oncle (si sa mère est la sœur de celui-ci). Sam et Ben sont donc frères, et Harry est le neveu respectueux (il leur tourne le dos).
5. La petite femelle wallabi ! L'émeu ne peut être consommé que par les personnes âgées, et le kangourou (surtout s'il est grand) rend les enfants malades.

On peut également critiquer le test de QI pour des raisons mathématiques. Prenons l'exemple du test « Mensa » : c'est un questionnaire à choix multiples (cinq options) qui donne au facteur chance un rôle considérable au niveau des résultats. Si par exemple une personne connaît la réponse des cinquante premières questions d'un test de cent questions, il lui reste encore une chance sur cinq, en moyenne, de trouver la bonne réponse des cinquante questions qui suivent (elle a donc de fortes chances d'obtenir un score de 60/100). Mathématiquement, il est même probable qu'elle atteigne, en les devinant, les soixante-huit bonnes réponses sur cent. *A contrario*, si la personne est moins « chanceuse », il se peut que le hasard ne lui offre que deux bonnes réponses supplémentaires (52/100).

Par ailleurs, si l'on en croit la courbe de Gauss (voir ci-dessus), les deux tiers de la population mondiale auraient un QI situé entre 85 et 115. Ce qui voudrait dire que 4 milliards et demi de personnes partagent seulement 31 identités numériques différentes («J'ai eu 103», «Il a eu 94», «Vous avez eu 110»). Parmi lesquelles 150 millions de personnes auraient un résultat identique! Tout cela me fait penser à l'astrologie qui répartit la population mondiale en seulement 12 signes du zodiaque. L'intelligence humaine est-elle si uniforme qu'on la réduise ainsi à une poignée de résultats chiffrés?

Des intelligences multiples

Il est clair qu'il faut quelque chose de plus qu'un simple chiffre pour évaluer l'intelligence d'un individu. Je trouve plus juste d'envisager l'intelligence comme un phénomène complexe, qui pourrait se décrire et se comprendre comme une synthèse de compétences et de capacités variées. Ainsi, une personne peut être intelligente dans un certain domaine, et moins dans un autre. Comment, par exemple, évaluer l'intelligence des individus suivants :

Un prix Nobel qui perd régulièrement ses clefs de voiture?
Un champion d'échecs qui a divorcé trois fois?
Un P-DG qui souffre de problèmes cardiaques liés au stress?
Un docteur qui fume et boit beaucoup?
Un grand compositeur harcelé par les créanciers (son nom est Mozart!)?

Au vu de telles contradictions, différents théoriciens ont récemment cherché à élargir la compréhension traditionnelle de l'intelligence. Dans les années 1980, Robert Sternberg, professeur de psychologie à l'Université de Yale aux États-Unis, a proposé une théorie «triarchique» qui comprend trois principaux aspects :

- *l'intelligence analytique* : la capacité à analyser, évaluer et comparer,
- *l'intelligence créative* ou capacité à utiliser les expériences du passé pour créer des idées nouvelles et régler des situations inédites,
- et *l'intelligence pratique*, c'est-à-dire la capacité à résoudre les problèmes de la vie courante, avoir du bon sens.

Selon Sternberg, les individus conscients de leurs forces et de leurs faiblesses dans ces trois types d'intelligence possèdent «l'intelligence de la réussite». Ils mettent en avant leurs forces, compensent leurs faiblesses et développent leur potentiel de réussite.

Comme Sternberg, Howard Gardner, professeur de sciences de l'éducation de l'Université Harvard, pense qu'il n'y a pas une seule et unique forme d'intelligence. Il propose pas moins de huit formes d'intelligence, que chacun utilise à différents degrés. Cette théorie «des intelligences multiples» s'est fait connaître grâce au livre éponyme qu'il a publié en 1983. Gardner utilise un large éventail de critères pour identifier les différentes formes d'intelligence : certains sont liés à l'histoire du développement, d'autres aux théories évolutionnistes, d'autres encore à la psychologie expérimentale.

Quelles sont ces huit formes d'intelligence?

L'intelligence linguistique implique le langage parlé et écrit, la capacité à apprendre les langues et à les utiliser pour atteindre un but. Elle est caractéristique des écrivains, poètes, avocats et orateurs.

L'intelligence logico-mathématique est la capacité à analyser les problèmes mathématiques, à calculer, à faire des enquêtes scientifiques. Exemples : les scientifiques, les ingénieurs et les mathématiciens.

L'intelligence musicale se révèle dans le don pour jouer, composer et apprécier la musique. Les musiciens sont des exemples évidents de cette forme d'intelligence.

L'intelligence corporelle-kinesthésique permet l'utilisation optimale d'une partie ou de l'ensemble du corps pour arriver à un but. Exemples : les athlètes, les acteurs et les danseurs.

L'intelligence spatiale permet d'avoir une bonne orientation, une capacité à visualiser et à «manipuler» mentalement des objets. Exemples : les artistes, les architectes et les ingénieurs.

L'intelligence interpersonnelle est la capacité à comprendre les émotions, les intentions et les motivations d'autrui. Exemples : les vendeurs, les hommes politiques et les conseillers.

L'intelligence intrapersonnelle désigne la capacité à se comprendre soi-même, à analyser ses émotions, ses buts et ses motivations. Exemples : les philosophes, les psychologues et les théologiens.

L'intelligence naturaliste nous permet de nous inspirer de l'environnement naturel, d'avoir «la main verte» et une facilité pour interagir avec les animaux. Exemples : les fermiers, les jardiniers et les protecteurs de la nature.

Beaucoup d'enseignants américains se servent des théories de Gardner dans leurs écoles ; et font part d'une amélioration des résultats aux examens, d'une meilleure participation des parents et d'une plus grande discipline. Une enquête de Harvard auprès de quarante et un établissements en est arrivée aux mêmes conclusions : dans les écoles qui utilisent les théories de Gardner, on observe « une culture de l'effort, du respect et de l'attention ; une capacité à collaborer et à apprendre les uns des autres, des activités scolaires individualisées et une attention particulière pour aider les élèves à produire du travail de haute qualité ».

Il existe une troisième théorie qui remet en cause la notion de QI : celle de « l'intelligence émotionnelle », popularisée en 1995 par son créateur, le psychologue et journaliste scientifique Daniel Goleman. Elle montre le rôle significatif des émotions dans le processus de la pensée et dans la prise de décision. Cette forme d'intelligence comprend une gamme étendue de compétences, dont : le contrôle des pulsions, la motivation personnelle, l'empathie et la capacité à s'entendre avec les autres.

Le concept de « QE » (ou quotient émotionnel) ne s'oppose pas à la pensée rationnelle et analytique. Selon Goleman, certaines personnes utilisent ces deux formes d'intelligence, d'autres « privilégient » l'une ou l'autre. Ses recherches montrent comment les deux peuvent se compléter, comment, par exemple, une personne peut contrôler son stress et obtenir une meilleure concentration et une meilleure réflexion.

La conscience de soi, selon Goleman, est la clef de l'intelligence émotionnelle parce qu'elle permet de garder son sang-froid. C'est en « se connaissant soi-même » qu'on peut mettre en place toute une série de stratégies pour passer d'un état d'émotions négatives à un état d'émotions positives ; par exemple compter jusqu'à dix pour se calmer et évacuer les tensions dans un moment de colère.

À l'instar de la théorie des « intelligences multiples » de Gardner, le concept de QE a été utilisé dans plusieurs écoles américaines pour développer l'apprentissage des émotions, surmonter les sentiments de colère, de frustration et de solitude. Les enseignants ont souligné que les élèves étaient plus motivés et avaient une meilleure estime de soi ; une aide précieuse à l'intérieur comme à l'extérieur de l'école.

Comme pour le QI, chacune de ces conceptions de l'intelligence a fait l'objet de critiques. La théorie des « intelligences multiples » manque de preuves concrètes ; le concept de QE encourage le conformisme et non les capacités. Qui peut dire, après tout, si la colère ou la tristesse (ou toute autre émotion) est, ou n'est pas, appropriée à une situation particulière ?

Conscient de toutes ces critiques, je crois malgré tout important d'essayer de comprendre ce qu'est l'intelligence en utilisant différents outils théoriques. Nous pourrions peut-être ainsi embrasser la diversité des individus dans leurs pensées et leurs comportements.

Le génie est-il dans les gènes ?

La controverse sur la définition de l'intelligence englobe également la question de son origine : le talent et les dons sont-ils innés ou acquis (ou les deux) ? Depuis des décennies, cette question provoque de nombreux débats et divise l'opinion publique et scientifique. Les enjeux sont d'importance puisque, selon la réponse, les conséquences politiques et sociales sont complètement différentes. Si, par exemple, le talent est déterminé par les gènes, alors on ne peut pas faire grand-chose pour augmenter ses capacités physiques ou intellectuelles. En revanche, si c'est le facteur environnemental qui compte, alors l'éducation, l'encouragement et l'accès aux opportunités sont plus importants que l'héritage des parents ou des grands-parents.

Le projet fou d'un opticien américain millionnaire et excentrique donne peut-être un indice à cette énigme : à la fin des années 1970, Robert Klark Graham eut l'idée de prélever le sperme de plusieurs prix Nobel et de le « distribuer » à des femmes « intelligentes », dans l'espoir de créer une génération de génies ! Graham, comme beaucoup de défenseurs du test de QI, pensait que la société était menacée par des « humains dégénérés », se reproduisant de façon débridée et grignotant la part des personnes intelligentes ! Son projet de banque du sperme – « The Repository for Germinal Choice[1] » – avait pour but de « produire » des personnes ultra-intelligentes et, ainsi, de sauver le monde du déclin génétique.

Graham installa sa banque du sperme à l'intérieur d'un bunker dans l'arrière-cour de son ranch, à côté de San Diego en Californie. Précurseur, il espérait que d'autres banques verraient le jour à travers les États-Unis, et produiraient « des personnes créatives et intelligentes, qui sans elles ne pourraient voir le jour ». Il persuada plusieurs prix Nobel de faire un don et fit passer une annonce dans le magazine du club « Mensa » pour recruter des mères « intelligentes ».

Ce projet fut divulgué dans un article du *Los Angeles Times* en 1980, et Graham cloué au pilori par l'ensemble de la presse. On l'accusa de vouloir créer une « race supérieure ». Sa banque du sperme produisit malgré tout son premier bébé en 1982, suivi d'une douzaine, puis de centaines d'enfants. Jusqu'à sa fermeture en 1999 !

1. Titre ronflant qu'on pourrait traduire par « Dépôt de semences sélectionnées » (NdT).

La plupart des enfants «créés» sont restés dans l'anonymat. Il est donc impossible d'analyser les conséquences d'une telle entreprise. De rares individus ont décidé de témoigner, comme Doron Blake – l'enfant modèle du projet – aujourd'hui âgé d'une vingtaine d'années. L'ironie, c'est que Blake (qui veut devenir enseignant) ne croit pas en la possibilité de créer artificiellement des génies : «Les gènes et les chromosomes ne sont pas importants [...]. C'est la manière dont l'enfant est élevé et éduqué qui compte.»

Voilà un point de vue que partage sans aucun doute Lazslo Polgar, un psychologue scolaire hongrois, auteur du livre *Élevez un génie*. Polgar prétend qu'avec un environnement adéquat et beaucoup d'entraînement dès le plus jeune âge chaque parent peut faire de son enfant un génie. Sa théorie repose sur une étude de la biographie de centaines d'intellectuels. Polgar a réussi à isoler un thème récurrent : la spécialisation intensive dès l'enfance dans un domaine précis. Pour mettre en pratique sa découverte, il mit ses propres filles (Susan, Sophia et Judit) à contribution et tenta de créer un trio de championnes d'échecs.

Lazslo et sa femme Klara n'étaient pas des parents ordinaires. Ils durent se battre contre le gouvernement hongrois pour obtenir l'autorisation d'élever leurs filles à la maison, leur apprirent plusieurs langues (comme l'espéranto), les mathématiques de haut niveau, en plus des heures quotidiennes d'entraînement aux échecs. Par ailleurs, cet emploi du temps extrêmement rigide incluait vingt minutes consacrées chaque jour aux histoires drôles!

Malgré toute l'excentricité de ce genre d'éducation, les résultats furent indubitablement frappants : en janvier 1991, Susan fut la première femme à gagner le titre de grand maître d'échecs. Plus tard la même année, Judit, âgée de 15 ans, battit le record de l'ancien champion mondial Bobby Fischer en devenant le grand maître le plus jeune, du jamais vu! Les trois sœurs gagnèrent des tournois majeurs, au fil des années, et écrasèrent plusieurs des meilleurs joueurs du monde (hommes et femmes).

Le succès des sœurs Polgar semble corroborer les arguments que le psychologue du développement Michael Howe expose dans son livre *Le Génie expliqué*. Howe pense que le génie est purement et simplement le résultat du travail, de la persévérance et de la chance, et non la conséquence d'une disposition génétique. Selon lui, on doit le définir par la réussite et non par la possession d'un talent inné : un «génie inconnu» est un oxymore.

Howe a lui aussi étudié moult biographies de grands esprits, comme celle de Mozart, de Darwin ou des sœurs Brontë. Selon ses calculs, Mozart, à l'âge de 6 ans, aurait déjà passé environ trois mille cinq cents heures à étudier la musique avec son père. Darwin fut l'un des scientifiques les mieux préparés : à l'âge de 22 ans, considéré comme le jeune biologiste le plus compétent de sa génération, il fut choisi pour participer à un voyage à bord du *Beagle*. Dès leur plus tendre enfance, les sœurs Brontë travaillèrent d'arrache-pied, se perfectionnant en passant des centaines d'heures à écrire des histoires les unes pour les autres.

Un autre scientifique défend cette théorie, le professeur K. Anders Ericsson de l'Université de Floride. Pendant presque vingt ans, il a étudié le processus qui conduit certaines personnes aux plus hauts sommets dans différents domaines. Ses recherches montrent que les plus hautes performances ne sont possibles qu'au terme d'une pratique soutenue et systématique. Dans une étude, il a établi qu'à l'âge de 20 ans les meilleurs pianistes classiques avaient déjà investi plus de dix mille heures de pratique – un nombre jusqu'à cinq fois supérieur à celui des pianistes moins accomplis. Des résultats similaires ont pu être établis pour d'autres instruments de musique, pour des joueurs d'échecs ou des athlètes.

Il est évident que, pour réussir, il faut beaucoup travailler, mais cela suffit-il ? Nombre de scientifiques critiquent ce qu'ils appellent « la théorie des Cendrillons ». Parmi eux, le neuroscientifique Ognjen Amidzic, qui décrit l'exemple des sœurs Polgar comme une « belle coïncidence ». Enfant, Amidzic (directeur de son propre laboratoire en Suisse) voulait devenir joueur d'échecs professionnel. Il travaillait avec constance. À l'adolescence, il déménagea en Russie pour étudier de façon intensive avec de grands maîtres. Mais, vers 20 ans, il fut contraint d'arrêter : il avait atteint un certain niveau de jeu et ne pouvait plus progresser. Sa déception le conduisit vers les sciences cognitives pour essayer de comprendre ce « blocage ».

Grâce au scanner, Amidzic découvrit une grande différence entre les grands maîtres et les joueurs aguerris (comme lui) : les grands maîtres utilisent beaucoup plus le cortex frontal et le lobe pariétal (régions du cerveau responsables de la mémoire à long terme et du traitement de haut niveau). *A contrario*, les joueurs aguerris sollicitent leur lobe temporal médian (responsable de la mémoire à court terme) et doivent régulièrement réapprendre les techniques de jeu, car l'information n'est pas encore passée dans la mémoire à long terme. Voilà l'explication de sa déconvenue.

Les recherches d'Amidzic montrent que les joueurs d'échecs utilisent un certain pourcentage de leur mémoire à court terme et à long terme, et ce grâce à des dispositions génétiques. Ce pourcentage est figé quelle que soit la quantité de travail fournie par le joueur. Pour les grands maîtres, le rapport est de 20 % pour la mémoire à court terme et de 80 % pour la mémoire à long terme, tandis qu'il est de 50-50 pour les joueurs moins expérimentés. La réalisation de scanners et l'analyse du parcours de différents joueurs d'échecs ont établi une corrélation entre le niveau de jeu atteint en fin de carrière et le pourcentage d'utilisation de la mémoire à long terme. Grâce à l'imagerie cérébrale, Amidzic peut prévoir le classement exact qu'un enfant pourrait atteindre, une fois adulte, dans le domaine des échecs.

L'exemple de mes frères et sœurs montre que les talents sont aussi bien innés qu'acquis. Nés dans une des régions les plus défavorisées d'Angleterre, nous avons connu une enfance heureuse, mais marginale : avec autant d'enfants (cinq filles et quatre garçons) et aussi peu d'argent, mes parents n'avaient ni le temps ni les moyens d'encourager (comme ils l'auraient souhaité) nos intérêts respectifs. Nous avons malgré tout réussi en dépit de cet environnement. Ma sœur Claire, par exemple, est arrivée troisième aux examens de son école et a obtenu un diplôme en anglais et en philosophie. Elle suit actuellement un master pour devenir archiviste. Deux autres de mes sœurs, Maria et Natasha ont obtenu un A et A+ à leurs examens du brevet, malgré de nombreuses absences dues à des problèmes de santé. Mon frère Steven, qui comme moi est atteint du syndrome d'Asperger, est guitariste et joue du bouzouki (luth grec). Autodidacte, il s'initie actuellement aux langues chinoise et russe. Enfin, ma sœur la plus jeune, Shelley, s'est amusée à lire les romans de Jane Austen et des sœurs Brontë avant l'âge de 10 ans !

La définition du talent s'accorde bien, selon moi, avec son étymologie : un poids, une tendance qui pousse une personne dans une direction particulière. Je pense que chacun naît avec certains dons, que le travail et le dévouement peuvent réveiller. Je suis assez d'accord avec le consensus scientifique qui décrit la réussite comme le résultat de facteurs génétiques *et* environnementaux. En d'autres termes, je soutiens l'idée de variation biologique, mais reste critique comme Stephen Jay Gould sur celle d'un déterminisme génétique.

Pourtant, dire que les talents résultent seulement d'une grande quantité de travail est à mon avis erroné. Être prisonnier des effets hasardeux de son environnement n'est pas plus acceptable qu'être prisonnier de ses gènes. S'il n'existait aucune prédisposition biologique à certaines formes de talent, nous ne serions que des individus vierges, esclaves de l'endroit où nous sommes nés.

Le talent est quelque chose qui, pour moi, émerge spontanément – comme un oiseau qui s'envole – des interactions subtiles et complexes d'une multitude d'éléments génétiques et environnementaux. En chacun de nous sommeille quelque chose d'unique et de beau qui s'inscrit dans notre participation au monde. Ce n'est donc pas la taille de notre cerveau qui importe, mais bien la grandeur de notre âme.

Chapitre 3

LA MAGIE DE LA MÉMOIRE

Imaginez que vous entriez dans une pièce : à l'intérieur, une douzaine d'objets quotidiens, dispersés en différents endroits. Au bout de quelques minutes, vous quittez la pièce. Une autre personne s'y introduit et dérobe un objet. Quand vous reviendrez un peu plus tard, il y a de fortes chances pour que vous puissiez identifier l'objet disparu. Êtes-vous doté d'un pouvoir surnaturel ? Comment pouvez-vous voir *ce qui n'est plus là* ? Voilà ce que j'appelle la « magie de la mémoire » !

En mars 2004, quand j'ai réussi à réciter de mémoire la constante pi (3,141...) jusqu'à la 22 514e décimale, certains ont cru à un miracle. En réalité, ce record européen est d'abord le résultat de plusieurs semaines de travail et de discipline. Auxquelles il faut ajouter, il est vrai, la capacité de mon esprit à percevoir les nombres comme des formes complexes, en trois dimensions, avec une couleur et une texture. Grâce à la vision de ces formes, j'ai pu mémoriser les décimales du nombre pi, les déroulant dans ma tête comme un panorama numérique. J'étais fasciné et émerveillé par une telle beauté.

Pendant la récitation publique à Oxford, je ressentais une joie profonde en contemplant la beauté des chiffres qui m'apparaissaient. C'est l'un de mes souvenirs les plus heureux de cette expérience. Chiffre après chiffre, j'entrais dans une sorte de méditation, comme enveloppé par le flot des décimales. Et, bien qu'elles se suivent de façon aléatoire, leur représentation dans mon esprit était cohérente. Les nombres se structuraient de façon rythmique en formes lumineuses, colorées et personnalisées. Je composais une sorte de mélodie visuelle qui serpentait dans le labyrinthe de mon esprit et me donnait à entendre la musique des chiffres.

La capacité à mémoriser de grandes quantités d'informations spécifiques est l'une des caractéristiques des savants autistes. Kim Peek, l'homme qui a inspiré le personnage de *Rain Man*, a mémorisé un nombre incroyable de faits et de statistiques, couvrant plus d'une douzaine de sujets, grâce à la lecture de milliers de livres. Kim et son père Fran voyagent partout aux États-Unis pour réaliser des « performances », dans les écoles, les collèges et les hôpitaux, au cours desquelles Kim répond aux questions de culture générale posées par le public. Selon Fran, il est presque impossible que le public réussisse à coller son fils.

J'ai rencontré Kim et son père, au cours de l'été 2004, à Salt Lake City, lors du tournage d'un documentaire qui m'était consacré. J'en ai alors profité pour faire, avec lui, une petite expérience. Elle allait me permettre d'évaluer ses capacités de mémorisation. J'ai demandé à Kim de lire, pendant quelques minutes, une ou deux pages choisies au hasard dans le livre que l'équipe du film venait de lui offrir. J'ai ensuite sélectionné deux faits qui se trouvaient dans les pages qu'il venait de lire : le premier (la date de naissance d'un célèbre personnage historique) devait déjà lui être connu, en raison des nombreux livres d'histoire qu'il aime dévorer ; le second (une donnée chiffrée correspondant au poids d'une matière) était plus spécifique et ne pouvait probablement se trouver que dans ce livre. Kim s'est souvenu sans difficulté de la date de naissance, mais fut incapable de me donner l'autre information.

Explication : la mémoire de Kim n'est pas photographique (l'idée que le cerveau d'un savant autiste peut capturer une information à la manière d'un appareil photo est un mythe). En réalité, Kim arrive à se souvenir d'une quantité incroyable d'informations parce qu'il les tisse les unes avec les autres (chaque fois qu'il en engrange de nouvelles), créant ainsi un réseau mental constitué de milliers d'associations différentes et d'une multitude de connexions. Ma discussion avec Kim a montré combien sa façon de penser reposait sur l'association (c'est généralement le cas de tous les savants, moi inclus). Un mot ou un nom, prononcé en milieu de phrase par un interlocuteur, suscite, chez le savant, une avalanche de mots, de noms et de faits, vaguement en lien avec le sujet. De temps à autre, Kim réagissait à un mot en entonnant une chanson (ce mot faisait partie des paroles). La capacité à coudre un nouveau morceau d'information, dans le «patchwork» épais et complexe des connaissances déjà enregistrées, est ce qui donne à Kim et aux autres savants leur remarquable capacité de mémorisation.

N'étant pas photographique, la mémoire des autistes savants a aussi ses limites. Kim, par exemple, ne se souvient que des informations qui l'intéressent; sa mémoire a beaucoup plus de mal à retenir un poème qu'une liste de dates historiques. Pour moi, ce sont les visages qui posent problème (même ceux de personnes que je connais depuis des années). Réfléchissez un instant à la complexité de chaque visage humain, pas seulement aux nombreux petits détails personnels qui le composent, mais aussi à l'instabilité de ses traits qui sont continuellement en mouvement. C'est pour cette raison que j'utilise une image mentale fixe (provenant d'une photo récente) pour m'aider à retrouver le visage de mes amis et de ma famille.

Le professeur Simon Baron Cohen et son équipe (qui travaillent au Centre de recherches sur l'autisme, à Cambridge en Angleterre) ont comparé mes aptitudes à mémoriser les chiffres et mes capacités à reconnaître des visages. Par rapport à un échantillon d'individus lambda de mon âge, ma faculté à mémoriser des suites de chiffres est extrêmement développée. En revanche, ma capacité à reconnaître les visages d'inconnus (montrés en photo une heure auparavant) est plutôt médiocre. C'est un peu comme si la partie de mon cerveau qui devrait normalement me procurer des sentiments chaleureux et positifs à la vision d'une personne connue ne fonctionnait que pour les chiffres.

La difficulté que j'ai à me souvenir des visages montre que, contrairement à ce que pensent les gens, ce sont eux qui possèdent une très bonne mémoire. Imaginez le nombre de visages (avec toutes les histoires, les personnes et les anecdotes qui leur sont associées) qu'un individu lambda peut mémoriser et reconnaître, sans difficulté, au cours de toute une vie ! La différence entre la mémorisation des savants autistes et celle de la population en général ne se situe pas dans la manière de procéder, mais bien dans le contenu des informations enregistrées. Les nombres et les faits historiques me sont plus faciles à mémoriser : pour vous, ce sont les visages. La capacité d'un autiste savant à se souvenir d'une information est comparable, à plusieurs égards, à celle d'une personne lambda. Et bien qu'elle soit plus profonde et plus élaborée, elle reste humaine comme les autres.

La science de la mémoire

Quand les scientifiques veulent parler de la mémoire, ils utilisent une gamme de mots pour décrire les différentes façons que l'on a de se souvenir. La plupart distinguent trois sortes de mémoires :

La mémoire épisodique, celle des moments particuliers de notre vie, avec une date et un lieu précis.

La mémoire sémantique, qui nous permet de nous souvenir d'informations générales, comme les mots, les faits, les idées. Notre mémoire sémantique nous aide à nous souvenir, parmi des milliers d'autres choses, que $8^2 = 64$, que l'hindouisme est une religion ou que le prénom de notre grand-mère est Raymonde ou Nicole.

La mémoire procédurale, qu'on utilise pour développer des aptitudes pratiques et acquérir des habitudes, comme lacer ses chaussures, nager, grimper aux arbres ou conduire. Contrairement aux deux autres, cette forme de mémoire ne demande pas d'effort de remémoration.

La plupart des tâches quotidiennes sollicitent l'interaction des trois mémoires. Pour jouer d'un instrument de musique, par exemple, on utilise la mémoire épisodique (qui nous permet de savoir placer nos doigts ou d'apprendre de nouvelles mélodies), la mémoire sémantique (qui nous aide à nous souvenir de la partition) et la mémoire procédurale (grâce à laquelle on peut jouer « sans y penser »).

Le psychologue Endel Tulving est l'un des experts de la mémoire les plus connus au monde. Selon lui, il existe un lien intime entre celui qui se souvient et le souvenir. Il utilise l'analogie du « voyage dans le temps » pour décrire l'expérience subjective et mentale de la souvenance. Un nombre croissant d'études confirme son point de vue : nos souvenirs ne sont pas des instantanés objectifs. Ils sont plutôt des reformulations subjectives de nos expériences passées, fortement influencées par les pensées et les sentiments que nous éprouvions au moment de leur « enregistrement ».

Les spécialistes de la mémoire distinguent deux formes

de souvenirs : celui dans lequel le sujet se voit lui-même *(souvenir d'observateur)* et celui dans lequel il revit l'action «comme s'il y était» *(souvenir de champ)*. Le père de la psychanalyse, Sigmund Freud, a travaillé sur cette distinction : pour lui, *le souvenir d'observateur* est toujours une recréation de l'expérience vécue (au moment de l'événement, il nous était impossible de nous voir nous-même). Cette forme correspond la plupart du temps à un souvenir assez ancien. *A contrario*, nous nous souvenons des événements récents dans leur perspective originale.

Au début des années 1980, les psychologues cognitifs Georgia Nigro et Ulric Neisser mirent au point la première étude scientifique concernant ces deux types de souvenirs. Ils demandèrent à un groupe de participants de se souvenir d'événements passés, en se concentrant sur les sentiments qu'ils éprouvaient à l'époque. Ils renouvelèrent l'expérience auprès d'un second groupe, en demandant cette fois-ci que les personnes se focalisent de façon objective sur le déroulement des événements dont ils se souvenaient. Les deux psychologues ont montré que les sujets qui se concentraient sur leurs émotions avaient plus de souvenirs d'*observateur* que ceux qui tentaient d'être objectifs : ceux-là avaient multiplié les souvenirs de *champ*. Ils en déduisirent que les souvenirs se construisent à l'instant même où l'on se souvient et que leur forme dépend de nos intentions du moment présent.

Nous avons tous fait l'expérience de la subjectivité de notre mémoire : il suffit de voir à quel point, à partir d'un même objet ou d'un même événement, chaque individu se souvient de détails complètement différents. L'artiste française Sophie Calle, curieuse de savoir quelles caractéristiques d'un tableau pouvaient persister dans les souvenirs de ceux qui passaient devant tous les jours, mit au point une expérience étonnante. Elle demanda à plusieurs employés du musée d'Art moderne de New York de se remémorer un tableau de Magritte, intitulé *L'Assassin menacé*, qu'elle venait de retirer de son emplacement habituel. Un gardien de sécurité décrivit la peinture comme «une scène de meurtre, avec des hommes habillés en costumes sombres, une femme au teint pâle avec son filet de sang». Le conservateur du musée fut capable de donner beaucoup plus de détails :

> «C'est un tableau à la surface lisse [...], mesurant approximativement 1,50 m de hauteur sur 2 m de large. Il est encadré d'une moulure teintée au brou de noix, assez austère. Je ne l'ai jamais aimé. Je ne raffole pas des histoires sous forme de tableau.» Une troisième personne, le directeur, réussit à se souvenir que «le tableau donne l'impression d'un film noir, d'un roman policier [...], on y trouve tout plein d'indices qui ne nous conduiront jamais nulle part; des hommes en pardessus sombre et leur chapeau melon, un peu comme la tenue d'Albert Finney dans *Le Crime de l'Orient-Express*, ils se trouvent dans une pièce contenant un cadavre. Au centre, celui qui semble être l'assassin soulève l'aiguille d'un phonographe. Deux individus étranges sont cachés sur le côté. Il y a un visage qui regarde depuis le balcon [...] et quand vous la [la femme assassinée] regardez attentivement, vous réalisez qu'une serviette cache probablement une tête décapitée».

Dans l'expérience de Sophie Calle, la diversité des souvenirs montre à quel point la perception d'un objet (ici un tableau) est influencée par les émotions et les réflexions de celui qui regarde. Nos connaissances préexistantes (stockées dans la mémoire à long terme) peuvent aussi jouer un rôle au niveau de la construction des souvenirs. Le directeur du musée fut capable de retenir une grande partie du contenu de la toile parce qu'il est amateur de films noirs, de romans policiers et qu'il a vu le film *Le Crime de l'Orient-Express* (dans lesquels on retrouve les mêmes éléments que dans le tableau de Magritte).

Comme nous l'avons vu, se souvenir n'est pas une simple régurgitation du passé : c'est une reconstruction qui se nourrit de nos connaissances, des émotions et de l'intérêt éprouvés lors de l'événement *et* de la remémoration de celui-ci. Selon le neurologue Antonio Damasio, notre mémoire agit de cette manière parce que les souvenirs sont traités par différentes régions du cerveau. La multitude de détails qui composent un seul souvenir est dispersée un peu partout dans le cerveau. Ramener à sa mémoire, c'est essayer de rassembler tous ces éléments éparpillés. Nos souvenirs ne sont donc pas des copies conformes, mais des «réassemblages». En outre, Damasio souligne que, chaque fois qu'on se remémore, l'origine du souvenir en est affectée : «Chaque fois que nous nous rappelons un objet ou une expérience, nous n'obtenons pas une reproduction exacte, mais une interprétation, une version chaque fois reconstruite de l'original.»

Nos souvenirs sont en perpétuelle reconstruction : fruits d'une interaction entre des enregistrements sensoriels passés et les circonstances présentes, ils forment des entités nouvelles. Le psychologue de Harvard Daniel Schacter a étudié comment les propriétés de notre environnement présent affectent nos souvenirs. Au cours d'une étude, il a demandé à des étudiants d'observer différents portraits et d'écouter un enregistrement de voix correspondant à chacun des visages ; celles-ci pouvaient être agréables ou agaçantes. Dans un deuxième temps, on montrait à nouveau chaque portrait, et les sujets devaient se rappeler la voix associée. Quand les étudiants voyaient un visage souriant, ils l'associaient souvent au souvenir d'une voix agréable. Pour les photos au visage fermé, l'association inverse se produisait. En fait, il n'y avait aucun rapport entre les visages et les voix. Lors de la remémoration, les souvenirs des étudiants avaient donc été fortement influencés par les caractéristiques des photos.

Même nos souvenirs les plus intimes et les plus personnels sont des reconstructions complexes, et non des instantanés de notre passé. Selon Martin Conway et David Rubin, chercheurs dans le domaine de la mémoire autobiographique, la connaissance qu'un individu a de soi se partage en trois niveaux hiérarchiques différents. Le niveau le plus haut contient des souvenirs d'événements qui s'étalent sur plusieurs années (voire des décennies) : par exemple notre scolarité ou les années passées dans la même ville. Le niveau intermédiaire renferme des souvenirs d'événements généraux que l'on mesure en jours, en semaines ou en mois : comme les vacances d'été. Enfin, le dernier niveau répertorie des souvenirs spécifiques de courte durée (secondes, minutes ou heures) : la première tranche de pastèque ou un rêve récent.

Des études montrent que ces trois types de souvenirs ont des fonctions particulières et se construisent de façon distincte. Les souvenirs d'événements généraux (niveau intermédiaire) sont ceux que l'on raconte le plus souvent, probablement parce qu'il est plus simple de se les rappeler (ils se répètent). Les souvenirs couvrant de longues périodes (niveau le plus haut dans la hiérarchie) nous aident à accéder aux souvenirs des deux autres niveaux.

Pour confirmer la théorie de la mémoire comme reconstruction complexe et subjective du passé, Conway et Rubin montrent qu'il n'existe pas une seule représentation cérébrale liée à un événement vécu. Nos souvenirs sont toujours le fruit d'une combinaison de morceaux d'information, issus de chacun des trois niveaux hiérarchiques de la mémoire autobiographique.

Au vu de l'évidente complexité et de la richesse émotionnelle de nos souvenirs, un nombre croissant de scientifiques abandonnent l'analogie bien connue du « cerveau ordinateur ». Ainsi le neurobiologiste et prix Nobel Gerald Edelman écrit-il que la mémoire humaine « implique une texture riche de savoirs antérieurs qui ne peut être que mal décrite par le langage pauvre de l'informatique – stockage, extraction, données d'entrée et de sortie ».

Une meilleure mémoire

Étant donné la nature subjective de la mémoire, il existe autant de façons de se souvenir que d'individus. Les pages suivantes présentent une série de propositions que vous pouvez tester pour améliorer votre mémoire. Elles reposent sur des concepts scientifiques et sont illustrées par mes propres expériences (ainsi que par celles d'amis qui ont eu la gentillesse de les partager avec moi pour l'écriture de ce passage).

Pour améliorer sa mémoire, le plus important est sans doute de bien comprendre le contenu des informations à mémoriser. Les chercheurs ont montré que plus l'information est ancrée dans la mémoire, plus on a de chances de s'en souvenir. Pour leurs études, ils ont recours à des exercices qui influencent le processus de mémorisation (aussi appelé «encodage») : on demande à des volontaires de répondre à des questions spécifiques comme : *chapeau* a-t-il plus de voyelles que de consonnes? Cette question entraîne seulement une mémorisation superficielle de l'information (il n'y a pas d'encodage sémantique). *A contrario*, la question : le *chapeau* est-il un accessoire de mode? oblige le volontaire à penser au sens du mot, et engendre par conséquent une mémorisation sémantique plus profonde. Les volontaires à qui l'on a posé seulement la première question ont beaucoup plus de mal à se souvenir du mot *chapeau* lors d'un test pratiqué peu après.

Ce qui est intéressant, c'est que seul un certain type de mémorisation sémantique engendre de bonnes performances. C'est-à-dire que seul le processus qui permet au sujet d'intégrer de nouvelles informations au sein de ses connaissances préexistantes peut augmenter ses capacités de mémorisation. Par exemple, si l'on pose la question : «Peut-on manger un *chapeau*?», le sujet prête attention au sens du mot *chapeau* pour répondre, mais il ne l'intègre pas à ce qu'il sait déjà des chapeaux. C'est la raison pour laquelle il aura beaucoup de mal, dans un test ultérieur, à se rappeler si le mot *chapeau* lui a déjà été présenté.

Les acteurs professionnels utilisent l'*encodage élaboré* pour assimiler avec précision des textes longs. Plutôt que d'apprendre par cœur, ils analysent leur texte, se posent des questions, lisent entre les lignes, afin de mieux comprendre les motivations et les buts de leur personnage. Les études confirment que, lorsqu'un professeur de théâtre demande à ses élèves d'utiliser « toute leur capacité physique, mentale et émotionnelle pour communiquer le sens de leur texte à une autre personne physique ou imaginaire », leur mémorisation s'en trouve incontestablement améliorée.

Pour ma part, j'ai la capacité de mémoriser facilement les mots (le vocabulaire d'une langue étrangère par exemple) grâce à une forme de *mémorisation élaborée*. Pour apprendre le mot français *grenouille*, j'ai associé la terminaison « *– ouille* » avec des mots de même terminaison que je connaissais déjà (comme *citrouille* ou *chatouille*). Ensuite, j'ai fait le lien entre la première syllabe du mot *gre*-nouille et la première syllabe du mot *green* (« vert » en anglais), qui sont identiques. Il m'était alors facile de me souvenir du mot *grenouille* en français, cet animal étant généralement de couleur verte. Vous trouverez dans le chapitre suivant d'autres exemples concernant l'acquisition des langues étrangères.

L'évocation de mots français me rappelle une anecdote racontée par un ami : après la Seconde Guerre mondiale, Jeannette (son arrière-grand-mère) dut quitter la France pour travailler dans une famille anglaise en tant que cuisinière. Ne parlant pas l'anglais, elle inventa une méthode bien personnelle pour retenir les mots qu'on prononçait souvent dans la maison. Elle mit au point des associations entre les mots anglais qu'elle ne connaissait pas et les mots français issus d'un domaine qu'elle maîtrisait parfaitement (le domaine de la cuisine). Ainsi, elle pouvait se souvenir de l'expression *good night* en l'associant à « gousse d'ail » !

Un autre ami (qui se souvient bien du visage de ses anciens camarades de classe) m'a expliqué sa méthode pour mémoriser le prénom de quelqu'un dont il fait la connaissance : il associe le prénom de la nouvelle personne à un ancien camarade qui a le même prénom. Ainsi fait-il le lien entre l'image préexistante, dans sa mémoire, du visage déjà connu et la nouvelle personne. Ce qui lui permet de se souvenir de son prénom.

Utiliser une stratégie de compréhension (au lieu d'apprendre « par cœur ») optimise la mémorisation des listes d'informations. Pour apprendre les noms et les dates des rois et reines d'Angleterre ou ceux des présidents des États-Unis par exemple, je ne rabâche pas les informations jusqu'à ce qu'elles « rentrent », mais je tente de repérer ce qui se cache derrière. Comprendre le contexte et les faits que je veux retenir facilite leur mémorisation. Pour retenir qu'Edward VI fut roi d'Angleterre après Henry VIII et que Mary Ire et Elisabeth Ire lui succédèrent, on aura avantage à savoir que les hommes accèdent au trône avant les femmes, même s'ils sont nés plus tard (comme ce fut le cas d'Edward VI). Autres informations utiles : Edward était le seul fils de Henry. Mary était la fille de sa première femme tandis qu'Elisabeth était née de sa deuxième épouse. Ainsi, c'est Mary qui succéda la première à son frère Edward. Pour mémoriser la liste des présidents des États-Unis, il faut savoir qu'ils sont élus pour quatre ans, qu'ils ne peuvent exécuter que deux mandats (XXIIe amendement de la Constitution américaine) et que Franklin Delano Roosevelt est le seul à avoir exercé quatre mandats (entre 1932 et 1944).

Enfant, j'ai appris à me souvenir de beaucoup de choses grâce à mon imagination. Les jeux de rôles, par exemple, sont très efficaces pour mémoriser de nouvelles informations. Ils nécessitent une réflexion attentive et une véritable autoanalyse : comment faire cela? Comment les autres auraient-ils procédé à ma place? Il faudrait se poser cette question chaque fois qu'on apprend quelque chose de nouveau. Un de mes jeux favoris (avec mes frères et mes sœurs) était de constituer un «gouvernement». Endossant le rôle du Premier ministre, je devais consulter mes alliés, édicter des lois, calculer un budget, encaisser les impôts et organiser les élections. Chacun de mes actes reposait sur des connaissances glanées dans des livres sur la politique. Mettre mes connaissances en pratique, les jouer, m'a permis de les ancrer profondément dans ma mémoire.

Voici un autre exemple des bienfaits de l'imagination sur la mémorisation d'une série de faits, comme le nom des planètes de notre système solaire (Mercure – Vénus – la Terre – Mars – Jupiter – Saturne – Uranus – Neptune et Pluton) : imaginez que vous soyez astronaute. Vous vous envolez dans l'espace pour découvrir les planètes qui partagent le même Soleil que nous. Sortant de l'orbite de la Terre, si vous regardez à travers le hublot derrière vous, vous apercevrez deux planètes qui vous séparent du Soleil : c'est Mercure et Vénus, petites et brûlantes car très proches de l'astre de feu. Poursuivez votre chemin dans l'espace et vous arriverez bientôt au niveau de la planète la plus proche de la Terre : Mars. Après, votre vue sera soudain bouchée par la masse abrupte de Jupiter; vous devrez changer de vitesse pour éviter une collision et négocier autour d'elle. Continuez, et vous serez émerveillé par les anneaux de Saturne et Uranus, ses voisins. Enfin, arrivé jusqu'aux régions les plus éloignées de notre système solaire, vous pourrez apercevoir les deux dernières planètes : glaciales et bleu-vert, car loin du Soleil : Neptune et Pluton.

La musique est un autre outil très utile pour la mémoire. Rappelez-vous cette chanson que votre institutrice vous a probablement apprise pour mémoriser les chiffres : «Un, deux, trois, nous irons au bois. Quatre, cinq, six, cueillir des cerises», etc. L'utilisation d'une mélodie simple rend l'information beaucoup plus facile à enregistrer. Au cours des dernières années, les chercheurs ont étudié les relations entre musique et cerveau, et tenté de les comprendre. Quand nous écoutons de la musique, notre cerveau accomplit une tâche extrêmement complexe : il crée le son à partir des oscillations des molécules d'air qui atteignent nos tympans. Ces molécules ont des rythmes d'oscillation spécifiques que le cerveau analyse pour construire une représentation interne fondée sur cette fréquence (un son aigu ou grave). Notre cerveau en tire du sens et parfois du plaisir. Le neuroscientifique Daniel Levitin, directeur du Laboratoire de perception, cognition et expertise de la musique de Montréal, a utilisé une technique (appelée «analyse de la connectivité fonctionnelle et effective») pour étudier l'impact de la musique sur le cerveau. Voici ce qu'il a découvert : lorsqu'on écoute de la musique, nos oreilles envoient des signaux au cortex auditif (la région du cerveau qui traite le son) mais également au cervelet, l'une des parties les plus anciennes de notre système cérébral (souvent appelée «cerveau reptilien») impliquée dans la coordination du mouvement et le sens du rythme. Levitin a remarqué que le cervelet se synchronisait avec le rythme. Il anticipe les pulsations à venir, s'anime lorsque ses prévisions sont exactes, et s'emballe encore plus quand la mélodie ne correspond pas à son attente et le surprend. Un cervelet qui fait de petits réajustements tout au long de la musique (afin de rester synchrone) est un cervelet heureux!

Les rythmes ont toujours été importants dans ma vie, c'est pour cela que la question du rôle du cervelet dans le traitement de la musique et sur la mémoire m'intrigue particulièrement. Quand j'étais petit, mes parents avaient compris que la seule façon de soulager mes fréquentes crises de colère était de me mettre dans une couverture et de me balancer d'avant en arrière, de façon rythmique, pour me bercer. Aujourd'hui encore, il m'arrive de temps en temps de me balancer doucement sur ma chaise quand je suis en train de lire. Aussi ai-je toujours adoré écouter de la musique : un de mes premiers souvenirs est un clip du groupe Dire Straits que j'ai visionné à la télévision au début des années 1980.

Le lien entre musique et mémoire est évident pour plusieurs raisons. Comme les recherches de Levitin l'ont montré, quand on écoute de la musique, notre cerveau anticipe continuellement le rythme. Mais il anticipe également lorsque nous sommes en train d'apprendre quelque chose. Des études indiquent que cette capacité de prévision est très importante dans l'optimisation de la mémoire. John Gabrieli et son équipe, de l'Institut de technologie du Massachusetts, ont découvert que, lorsque des sujets étaient en train d'apprendre, une région spécifique de leur cerveau s'activait ; mais, quand ces mêmes sujets se demandaient si toutes les informations à retenir leur seraient utiles plus tard (pour un examen par exemple), c'est une autre région cérébrale qui «s'allumait». L'anticipation est très importante lors de l'apprentissage car c'est elle qui nous permet de savoir si nous avons suffisamment étudié ou si nous devons persévérer dans nos révisions. Les prévisions les plus précises font les meilleurs étudiants !

La répétition est un autre ingrédient essentiel dans les domaines de la musique et de la mémoire. Elle aide l'auditeur à comprendre la mélodie, même s'il n'est pas conscient du canevas particulier de celle-ci. Les compositeurs inventent régulièrement de nouveaux moyens pour développer la répétition : ils modulent la texture de la musique, lui donnent des formes et des ambiances différentes. Le rôle de la répétition sur le souvenir a été démontré empiriquement par le psychologue allemand Hermanm Ebbinghaus, l'un des premiers chercheurs à faire des expériences détaillées sur la mémoire. Dans son livre de 1885 *Uber das Gedachtnis* («Sur la mémoire»), il a démontré que la force d'ancrage d'une information dépendait du nombre de fois où l'information a été étudiée.

Au niveau de la mémorisation, la musique détient une spécificité qui manque au langage seul. Elle a le pouvoir d'exprimer de façon puissante des sentiments de bonheur ou de joie, de frustration ou de désespoir; et l'émotion joue un rôle central dans la formation des souvenirs. Elle les rend vivaces et plus résistants à l'oubli. C'est pour cette raison que, durant les siècles qui ont précédé l'invention de l'imprimerie, le savoir était transmis de génération en génération à travers les épopées, ces récits chantés riches en drames, en aventures et en états émotionnels.

Un morceau de musique est plus facilement mémorisable quand il est construit suivant une structure hiérarchique claire, comme celle qu'on trouve dans les épopées traditionnelles. En fait, ce type d'organisation permet de mémoriser et de se remémorer n'importe quelle série d'informations (une liste de courses, un numéro de téléphone). Afin, par exemple, de mémoriser une série de 11 chiffres : 1 – 9 – 8 – 9 – 7 – 6 – 5 – 3 – 1 – 1 – 3, on peut classer les chiffres et former des combinaisons qui nous sont déjà familières. Ainsi : 1989 (l'année), 765 (chiffres dans un ordre décroissant), 3113 (un palindrome[1] numérique). Le psychologue américain George A. Miller a publié en 1956 un article scientifique devenu célèbre, intitulé «The magical number seven, plus or minus two» («Sept, le nombre magique plus ou moins deux»). Il y montre que la capacité de stockage de la mémoire à court terme oscille entre cinq et neuf éléments d'information (et cela, pour n'importe quel type de travail cognitif). Découper une liste de onze chiffres en trois

1. Mot ou nombre qui peut se lire dans les deux sens (NdT).

morceaux (comme ci-dessus) permet d'optimiser le nombre d'éléments à retenir (trois au lieu de onze). Cette opération est valable pour n'importe quel type d'informations : les notes de musique peuvent former des accords, les lettres de l'alphabet, des mots. Ce processus combinatoire est le fruit d'une interaction et d'une coopération entre la mémoire à long terme et la mémoire à court terme : les associations qui nous permettent de faire des découpages et des combinaisons (plus facilement mémorisables) sont issues de la mémoire à long terme. On les acquiert tout au long de notre vie, de nos expériences. Elles permettent de multiplier le nombre d'informations stockables dans la mémoire à court terme.

Une combinaison d'éléments peut à son tour être un élément d'une combinaison plus grande (et ainsi de suite). Par exemple : on peut associer le concept de palindrome (enregistré dans la mémoire à long terme) avec la combinaison 765 ; on sera ainsi capable de repérer un nouveau bloc : 765 567. De cette façon, le processus de création de blocs d'éléments d'information produit des hiérarchies d'associations. C'est le même processus que l'on retrouve dans les compositions musicales facilement mémorisables.

Bien que les connaissances qui nous permettent d'effectuer des associations et des découpes se trouvent dans la mémoire à long terme, leur nombre dépend de la capacité de notre mémoire à court terme. Pourtant, la quantité potentielle d'informations que nous pouvons mémoriser en utilisant *la compression hiérarchique* est considérable. En théorie, nous pouvons mémoriser en moyenne sept combinaisons, contenant chacune sept éléments, le tout formant une information (par exemple : sept mots de sept lettres qui forment une phrase). Si l'on imagine que ce processus peut continuer jusqu'à sept niveaux de mémoire, cela créerait une hiérarchie de 7 x 7 x 7 x 7 x 7 x 7 x 7 éléments. Par exemple : une histoire formée de sept chapitres, chacun contenant sept sections, contenant sept sous-sections, contenant sept paragraphes, de sept phrases, de sept mots de sept lettres. Le total des éléments potentiellement mémorisables avoisinerait un million d'éléments !

De cette façon, il est beaucoup plus facile de concevoir la possibilité pour un esprit humain de mémoriser les 22 500 premières décimales du nombre π, particulièrement quand celui-ci a la faculté (comme c'est mon cas) d'associer spontanément des groupes de chiffres à des images, constituant ainsi de multiples *paysages numériques* hiérarchiques.

Pour les scientifiques, il n'est pas surprenant que ma perception des chiffres (comme des formes en trois dimensions) et des mots (avec des couleurs) renforce ma mémoire pour certains types d'informations. En 1969, le psychologue canadien Allan Paivio a démontré, dans une expérience, que ses sujets étaient capables de mémoriser beaucoup plus facilement des mots concrets comme *piano* que des mots abstraits comme *justice* (plus difficile à visualiser). Il a par la suite établi que les images étaient plus faciles à mémoriser que les mots qui les identifient.

Dans son classique de 1968, *The Mind of a Mnemonist*, le psychologue russe Alexander Luria décrit en détail l'étude qu'il a menée pendant de nombreuses années auprès d'un homme appelé Shereshevsky qui, comme moi-même, pouvait visualiser les chiffres et les mots, et mémoriser d'immenses quantités d'informations. Shereshevsky raconta au psychologue la manière dont il percevait les chiffres de 1 jusqu'à 8 :

> « Le chiffre 1 est un chiffre pointu, qui n'a rien à voir avec la façon dont on le représente à l'écrit. C'est parce qu'il est, d'une certaine façon, ferme et entier. 2 est plus plat, rectangulaire, blanchâtre, de temps en temps presque gris. 3 est un segment pointu qui tourne. 4 est carré et terne ; il ressemble au chiffre 2 mais avec plus de consistance, il est plus épais. 5

> est absolument entier et a la forme d'un cône ou d'une tour – quelque chose de solide. 6, le premier chiffre après 5, a une teinte blanchâtre ; 8 est d'une certaine façon naïf, bleu laiteux comme le citron vert. »

Pour les mots, Shereshevsky pouvait également voir des images :

> « Quand j'entends le mot *vert*, un pot de fleurs vert apparaît ; pour le mot *rouge*, je vois un homme vêtu d'une chemise rouge qui avance vers moi ; le mot *bleu* évoque quelqu'un qui agite un petit drapeau bleu depuis une fenêtre. »

Ces expériences visuelles que je partage avec Shereshevsky sont le résultat d'une synesthésie : une activation croisée des sens dans le cerveau, qui engendre le plus souvent la capacité de voir les chiffres et les lettres en couleurs. Une étude canadienne de 2002, réalisée par des chercheurs de l'Université de Waterloo, en Ontario, ajoute à l'évidence que la perception synesthésique aide la mémorisation des chiffres. Les chercheurs ont pris pour sujet d'étude C., une étudiante synesthète âgée de 21 ans, capable de voir les chiffres en couleurs, et lui ont demandé de regarder trois tableaux de cinquante chiffres. C. devait se souvenir de tous les chiffres de chacune des matrices. La première matrice contenait des chiffres écrits en noir, la deuxième était composée de chiffres colorés (mais qui ne correspondaient pas aux perceptions synesthésiques de l'étudiante), et la troisième contenait des chiffres colorés, correspondant cette fois-ci aux couleurs qu'elle percevait. C. était capable de se remémorer précisément un pourcentage élevé de chiffres quand ils étaient inscrits en noir ou quand leurs couleurs correspondaient à sa synesthésie. Mais elle eut beaucoup plus de difficultés à se souvenir des chiffres montrés dans des couleurs qui différaient de sa synesthésie.

Je fis l'objet des mêmes tests au centre des études sur le cerveau de San Diego. Les chercheurs Shai Azoulai et Ed Hubbard examinèrent les relations entre la *synesthésie* des chiffres et ma mémoire. Dans mon cas, les chiffres de 0 à 9 ont des tailles différentes (6 est le plus petit et 9 le plus grand). Les deux scientifiques me montrèrent (pendant trois minutes) deux matrices contenant cent chiffres chacune. La première présentait les chiffres dans des tailles conformes à mes perceptions synesthésiques ; la seconde fut « non conforme » (avec des gros 6 et des petits 9). Trois jours plus tard, je fus capable de me rappeler 68 chiffres issus de la première matrice, mais aucun de la seconde. Lire et apprendre des chiffres écrits « n'importe comment » (mauvaise taille) fut une expérience extrêmement désagréable et étourdissante – comme si on demandait à quelqu'un de lire et de réciter une langue qu'il ne connaît pas !

Un souvenir précis et fiable ne dépend pas seulement des processus de *la mémoire élaborée*, il est également lié au processus qui suit et qu'on appelle *la consolidation*. Les chercheurs distinguent deux formes de *consolidation* : la première transforme les souvenirs immédiats (créés il y a quelques secondes, quelques minutes ou quelques heures) en des souvenirs plus durables (à long terme). La seconde agit sur les périodes plus longues (mois, années ou même décennies). Ce processus explique que certains types de souvenirs (ceux de la mémoire à long terme) sont plus résistants aux dommages liés à des lésions cérébrales ou à des maladies. Les accidentés, victimes de lésions sérieuses, sont souvent capables de se souvenir d'événements lointains, mais ont totalement oublié l'accident et les minutes qui l'ont précédé. Ils ont également perdu (temporairement) les souvenirs liés aux jours, aux semaines et aux mois récents.

Les dernières recherches mettent en avant l'importance d'une bonne nuit de sommeil dans le processus de *consolidation* des souvenirs. Au cours d'une étude, des volontaires (âgés de 18 à 30 ans) furent répartis en deux groupes et durent apprendre vingt paires de mots. Le premier groupe dut apprendre les mots le soir, à partir de 21 heures, et passer le test de remémoration le lendemain matin, après une nuit de sommeil. L'autre groupe apprit les mêmes mots à 9 heures du matin pour les réciter à 21 heures le soir, la même journée. Résultats de cette expérience : les volontaires du premier groupe ont mieux réussi le test que ceux du second.

C'est grâce à ce genre d'études que les chercheurs ont réussi à identifier les trois étages qui constituent *le cycle de vie* d'un souvenir. Le premier s'appelle *la stabilisation*. Durant environ six heures, le souvenir est particulièrement vulnérable et risque d'être perdu. Le deuxième, *la consolidation*, se déroule durant le sommeil. Le troisième enfin constitue la phase de *remémoration* : le souvenir est encore disponible, accessible et même modifié.

L'accès à nos souvenirs une fois qu'ils sont consolidés dépend souvent d'un déclic (un détail déclencheur qui stimule la réminiscence). Les scientifiques disent qu'il n'est pas important que la ressemblance soit parfaite entre l'instant qui déclenche le souvenir et le moment où le souvenir avait été créé. Ce qui compte plutôt, c'est que le déclencheur replace l'individu dans la même perception subjective que celle où il se trouvait lors de la création du souvenir (mêmes émotions, mêmes sentiments.). Par exemple, des chercheurs ont livré à leurs sujets cette phrase épouvantable : « Une *arme* sortait du cadavre. » La plupart des sujets en ont déduit que l'arme était un couteau. Aussi, quand plus tard les chercheurs leur ont demandé de se remémorer la phrase, les individus que l'on a aidés avec le mot *couteau* ont mieux réussi que ceux à qui on a soufflé le mot *arme* !

Le déclencheur du souvenir est souvent dépendant du contexte dans lequel celui-ci a été créé. Par exemple : si vous entendez une chanson quelque part et que vous vous rappelez quelque chose sans aucun rapport avec la chanson, cela suppose que la chanson agit comme un déclic qui réveille le contexte original dans lequel vous l'aviez déjà entendue. D'après les chercheurs, si le lieu ou la situation de la remémoration ont des similitudes (couleur, parfum) avec le contexte original, il est alors plus aisé de se souvenir. Quand par exemple les étudiants doivent passer leurs examens dans une salle différente de celle habituellement réservée aux cours, leur capacité de remémoration est diminuée.

D'autres formes de déclics dépendent de l'état d'esprit de la personne au moment de l'enregistrement du souvenir : si la situation actuelle recrée le même état d'esprit, la remémoration est alors facilitée. Dans une expérience de 1977, des scientifiques ont demandé à des individus d'apprendre une liste de mots ; auparavant, ils avaient offert une boisson alcoolisée à la moitié d'entre eux. Le lendemain, ils ont redonné de l'alcool à la moitié de ceux qui avaient bu la veille et leur ont demandé de se souvenir de la liste de mots. Les individus qui avaient bu lors de la phase d'apprentissage *et* de remémoration sont ceux qui se sont souvenus du plus grand nombre de mots (à l'inverse de ceux qui avaient consommé uniquement lors de l'apprentissage). Des résultats similaires ont été obtenus pour une large gamme de drogues et de dosages.

Apprendre en ayant recours aux associations (à l'instar de la *toile* complexe de faits et de statistiques que tisse Kim Peek, ou de ma propre hiérarchie d'associations avec les chiffres et les mots) est un procédé qui, par nature, est riche en détails déclencheurs, ce qui facilite la remémoration. Deux exemples simples de ma propre expérience : il y a trois ans, je suis allé visiter une région du pays de Galles où les gens parlaient encore le gallois (tous les panneaux étaient donc en gallois). Un an plus tard, lors d'une conversation, j'ai tenté de me rappeler l'un de ces mots. J'arrivais à visualiser dans ma tête la forme et l'image du panneau, ce qui m'a été très utile pour me remémorer *la forme* du mot lui-même : sa longueur était moyenne, avec en son centre la lettre O. Après quelques instants, le mot apparu dans mon esprit : *henoed* (personnes âgées).

Le second exemple s'est déroulé lors d'un quiz entre amis. Une des questions était : Qui a écrit le roman *The Prime of Miss Jean Brodie*? N'ayant jamais lu ce roman, je savais pourtant qu'il était célèbre, et il était probable que j'avais lu le nom de l'auteur quelque part. Après quelques secondes, ma mémoire a retrouvé le nom Starsky (l'un des deux policiers de la série culte *Starsky et Hutch* des années 1970), le court instant d'après je fus capable de répondre : Spark, Muriel Spark ! Les deux noms Starsky et Spark avaient une forme similaire.

Déjà-vu et autres déformations

De temps en temps, le signal dont le cerveau se sert pour rappeler une expérience passée peut déformer le souvenir. Dans les cas de *déjà-vu*, l'individu a la sensation étrange d'avoir déjà vécu la situation présente, tout en sachant qu'elle ne l'a pas été. Il est possible que certains aspects d'une situation que nous sommes en train de vivre déclenchent le souvenir d'une expérience antérieure similaire, générant ainsi ce sentiment bizarre de familiarité.

Durant des dizaines d'années, les scientifiques ont étudié la nature et les causes de ces distorsions de la mémoire. Le psychologue britannique sir Frederic Bartlett fut le premier à prouver de façon incontestable que certains souvenirs d'événements complexes sont formés puis déformés par nos croyances personnelles, nos sentiments et nos déductions. Dans son expérience la plus célèbre, publiée en 1932, Bartlett proposa à un groupe de volontaires de lire un conte,

La Guerre des fantômes, basé sur une légende chinook[1]. Par la suite, il leur demanda de se souvenir de cette histoire et de la raconter de mémoire. Les volontaires effectuèrent cette opération à plusieurs reprises, à des périodes de plus en plus éloignées de la lecture originelle. Les résultats montrent que les histoires étaient beaucoup plus courtes que l'original et qu'elles rétrécissaient à chaque nouvelle remémoration. Les noms des lieux géographiques (des endroits inconnus) furent oubliés, et le style de l'écriture, à l'origine peu conventionnel, remanié, devenant plus académique. Les sujets de Bartlett changèrent l'histoire pour qu'elle soit plus en phase avec leurs connaissances préexistantes et leurs attentes. Par la suite, ils se souvinrent de leurs versions modifiées.

Des études plus récentes confirment la théorie de Bartlett : nos souvenirs interagissent sans arrêt et de façon inconsciente avec notre *banque* de connaissances générales (issues des apprentissages passés). La déformation des souvenirs peut se produire quand nos connaissances préexistantes nous conduisent à des déductions qui parasitent une remémoration correcte de l'information. Tentez l'expérience : vous avez deux minutes pour mémoriser la liste de mots suivante :

Bonbon – Aigre – Sucette – Amer – Bon – Goût – Dent – Doux – Miel – Soda – Chocolat – Cœur – Gâteau – Manger – Tarte.

Maintenant, fermez le livre et écrivez sur une feuille le plus de mots retenus.

Sans regarder la liste précédente, demandez-vous si les mots suivants s'y trouvaient :

Goût ?

Pointe ?

Sucré ?

1. Les Chinook étaient des Indiens qui vivaient au bord du fleuve Columbia en Amérique du Nord.

Quand les psychologues Henry L. Roediger et Kathleen McDermott de l'Université de Washington ont tenté l'expérience, beaucoup de personnes pensaient que le mot *sucré* faisait partie de la liste. Ils disaient même en avoir un souvenir très clair.

Pourquoi ces personnes se souviennent-elles du mot *sucré* alors qu'il n'était pas sur la liste ? Une explication possible : tous ces mots liés au « sucré » ont activé dans le cerveau la catégorie générale « choses sucrées ». Au centre d'études pour le cerveau de San Diego, sous la houlette du Pr Ramachandran, Kim Peek s'est soumis au même test. Et, s'il s'est souvenu que le mot *sucré* ne faisait pas partie de la liste originale, c'est sans doute parce que la perception des détails et la mémoire des autistes savants sont plus étanches aux déductions inconscientes fondées sur la généralisation.

Au tribunal, la nature de la déformation des souvenirs est particulièrement importante. Dans de nombreux cas, c'est la parole des témoins qui détermine la décision des jurés. Elisabeth Loftus, une psychologue américaine, a mené une étude qui montre comment les témoins peuvent reconstruire leurs souvenirs en fonction du type de questions qu'on leur pose ! Pour son expérience, elle a fait voir à des volontaires la vidéo d'un accident de voiture impliquant deux véhicules. Ils recevaient ensuite un questionnaire contenant une question du type : « À quelle vitesse environ les deux voitures roulaient quand elles se sont *heurtées* ? » Selon les groupes, le participe passé utilisé dans la question était : *frappées*, *télescopées*, *cognées* ou *touchées*. Bien que tous aient regardé la même vidéo, leur estimation de la vitesse variait considérablement en fonction du verbe. L'estimation moyenne de la vitesse était de 51 km/h quand le participe passé était *touchées*, 54 km/h pour *heurtées*, 61 km/h pour *cognées*, 62 km/h pour *télescopées* et enfin 66 km/h pour *frappées*. Une semaine plus tard, la psychologue a demandé aux mêmes individus de se souvenir si, dans la scène de l'accident, ils avaient vu du verre brisé (en réalité, il n'y en avait pas). Les sujets qui, la semaine d'avant, avaient répondu au questionnaire comportant le verbe *frappées* ont été deux fois plus nombreux à se «souvenir» du verre brisé que ceux avec qui on avait mentionné le participe passé *heurtées*.

L'exemple le plus étonnant de distorsion est peut-être le phénomène des faux souvenirs. Il survient lorsqu'une personne se rappelle des événements (parfois avec des détails vivaces et beaucoup d'émotion) qui n'ont pourtant jamais eu lieu. L'un de ces cas extraordinaires m'est particulièrement familier parce que je l'ai étudié et abondamment traité lors d'un examen d'histoire au lycée : il s'agit d'une femme qui s'est fait appeler Anna Anderson. Franzisca Schanzkowska, le vrai nom d'Anna Anderson, naquit en 1896, en Poméranie (la Pologne d'aujourd'hui) et travailla dans une usine d'armement berlinoise durant la Première Guerre mondiale. Par accident, Schanzkowska fit tomber une grenade, tuant sous ses yeux un de ses collègues. Traumatisée, elle fut envoyée dans un sanatorium. En février 1920, peu après sa sortie de l'institut, Schanzkowska se jeta d'un pont du canal mais fut sauvée par un policier qui passait par là; et c'est dans un hôpital psychiatrique à Dalldorf (en Allemagne) qu'elle fut cette fois-ci emmenée. Surnommée «Fräulein Unbekannt» (Mademoiselle l'Inconnue) par les infirmiers, elle ne parlait que rarement et refusait de livrer des informations sur sa vie.

Schanzkowska resta deux années dans cet hôpital, passant son temps à lire, dans des magazines populaires, des articles sur la famille royale russe, exécutée à l'été 1918 sous l'ordre du nouveau gouvernement bolchevique de Lénine. Après avoir vu des photos dans ces mêmes magazines, un patient de l'hôpital déclara qu'il reconnaissait en Schanzkowska la grande-duchesse de Russie. À partir de ce jour, Schanzkowska demanda qu'on l'appellât Anastasia, se prenant pour l'une des filles du tsar. Elle prétendit que, par amour, un des membres du peloton d'exécution l'avait sauvée, et que tous deux avaient voyagé sur une charrette à travers l'Europe pour échapper aux soldats bolcheviques.

La grande communauté des immigrés russes de Berlin décida de l'héberger. Elle reçut de nombreuses visites de ceux qui avaient connu personnellement la grande-duchesse. Tous espéraient qu'elle avait bel et bien échappé à la mort et lui montraient des photos et des objets ayant appartenu à la famille royale russe ; ils lui racontaient beaucoup d'anecdotes sur l'enfance d'Anastasia, en espérant qu'elle pourrait se souvenir de quelque chose. Ces rencontres (parfois pleines d'inexactitudes sur la famille royale) fournirent à Schanzkowska la matière de ses *faux souvenirs*. Olga Alexandrovna, une tante de la vraie Anastasia, rencontra Schanzkowska au milieu des années 1920 et raconta plus tard à son biographe cette anecdote amusante :

> « Elle [Schanzkowska] avait une cicatrice à l'un de ses doigts et continuait à raconter à tout le monde qu'il avait été broyé par la faute d'un valet de pied qui avait poussé la porte du carrosse trop rapidement. Je me suis tout suite souvenue de cet incident. C'était Marie, la sœur aînée, qui s'était blessée gravement à la main, et cela ne s'était pas passé dans un carrosse mais dans le train impérial. Manifestement, après avoir entendu parler de l'accident, quelqu'un a raconté une version embrouillée à Schanzkowska. »

En 1938, les avocats de Schanzkowska demandèrent à la justice allemande de la reconnaître légalement comme la grande-duchesse Anastasia. Les juges entendirent le témoignage de nombreux experts en graphologie, des médecins légistes et des historiens, qui avaient examiné de grandes quantités de photographies et de documents. Le procès traîna jusqu'en 1970, quand la cour trancha finalement :

l'appartenance princière de Schanzkowska était *non liquet* (non prouvée).

Tard dans les années 1960, Schanzkowska, qui à ce moment-là se cachait sous le nom d'Anna Anderson, déménagea aux États-Unis et se maria avec l'un de ses «défenseurs», un professeur d'histoire américain. Elle continua de raconter les «souvenirs» de son enfance royale aux journalistes, jusqu'à sa mort en 1984. Une dizaine d'années plus tard, des tests d'ADN furent réalisés sur un échantillon de tissus préservés et confrontés à ceux de son petit-neveu, apportant enfin une conclusion définitive et prouvant qu'elle ne pouvait pas être la tragique princesse russe.

L'oubli

«Anna Anderson» avait été capable d'oublier son passé malheureux d'ouvrière polonaise et de vivre sa vie d'adulte sous une nouvelle identité prestigieuse, alimentée par les «souvenirs» d'une enfance dans les palais royaux de Russie. Pourtant, pour la plupart des gens, oublier son passé se révèle frustrant, déconcertant, parfois même traumatisant.

Les causes de l'oubli font partie des sujets les plus étudiés de la psychologie expérimentale. Hermann Ebbinghaus, pionnier des recherches sur la mémoire, fut le premier à développer, au XIXe siècle, des méthodes précises pour mesurer le processus de l'oubli. S'utilisant comme seul cobaye, il créa des dizaines de listes de syllabes absurdes qu'il apprit en les répétant jusqu'à ce qu'il puisse les réciter sans erreur. Il testa ensuite sa mémoire ; d'abord vingt minutes après le test, puis régulièrement pendant un mois (mesurant chaque fois le nombre de syllabes oubliées). Son expérience, qui reposait pourtant sur un grand nombre de listes, montra que le taux d'oubli était relativement régulier et exponentiel ; il se produit rapidement au début puis se stabilise. Les psychologues ont depuis été capables de confirmer et d'établir une courbe du taux moyen de l'oubli concernant différents types d'informations.

Après une longue période, les gens oublient une quantité surprenante d'informations. Par exemple, dans leur étude de 1993, les psychologues JoNell Usher et Ulric Neisser ont rassemblé un groupe d'individus qui partageaient une même caractéristique : chacun avait vécu la mort d'un proche à l'âge de 4 ans (information que les deux chercheurs avaient confirmée auprès des familles). Pourtant, lorsqu'ils interrogèrent le groupe au sujet d'un tel événement, plus de 20 % des sujets ne réussirent pas à s'en souvenir.

Pourquoi oublions-nous ? Dans le passé, on pensait que l'oubli était le résultat de la *désagrégation* des « traces-souvenirs » laissées dans le cerveau lors de l'apprentissage. Cette théorie est obsolète pour la majorité des psychologues, et ce pour deux raisons principales : d'abord, la théorie de désagrégation décrit seulement le processus de l'oubli sans l'expliquer ; ensuite, elle ignore le fait qu'une personne puisse oublier une information à un moment donné mais se la rappeler parfaitement plus tard. Ce ne pourrait pas être le cas si tous nos souvenirs s'effaçaient inévitablement au fil du temps.

Une autre explication de l'oubli est le principe du *refoulement*, introduit à la fin du XIXe siècle par Sigmund Freud. Selon cette théorie, les gens enfouissent des expériences désagréables au fond de leur inconscient. Ces souvenirs « refoulés » sont capables d'influencer le comportement et de produire des effets secondaires désagréables (du lapsus aux maladies chroniques). Cette théorie repose non sur des preuves scientifiques, mais sur des études de cas, qui peuvent s'interpréter de différentes façons. Et beaucoup de chercheurs restent sceptiques sur l'explication de l'oubli par le refoulement.

Aujourd'hui, l'explication la plus courante et la plus

populaire auprès des psychologues est l'idée d'interférence. Si l'information que nous voulons nous remémorer est confuse ou perturbée, c'est en raison de l'interférence d'une autre information logée dans la mémoire à long terme. Il existe deux formes d'interférences. *L'interférence proactive* se produit quand nos connaissances préexistantes interfèrent avec notre capacité d'apprendre une nouvelle information. Par exemple, si pendant une année de lycée vous avez appris l'espagnol et que l'année d'après vous choisissez l'italien, il est probable que votre apprentissage antérieur interfère avec votre capacité de remémoration des nouveaux mots en italien. *L'interférence rétroactive* survient quand l'information nouvellement apprise interfère avec la capacité de se remémorer une information antérieure. Essayez par exemple de vous rappeler ce que vous avez mangé pour le déjeuner il y a cinq jours. Les repas dans l'intervalle entre aujourd'hui et il y a cinq jours interfèrent probablement avec votre capacité de vous souvenir de cet événement spécifique. Ces deux types d'interférences peuvent diminuer significativement vos capacités de remémoration.

L'oubli n'est pourtant pas toujours une mauvaise chose. La raison est simple : personne n'a besoin de se souvenir entièrement de tout ce qui s'est passé dans sa vie. Le psychologue et philosophe américain William James apporte son crédit à cette hypothèse : «Dans l'usage pratique de notre intelligence, l'oubli est une fonction aussi importante que le souvenir.» Selon d'autres, l'oubli aide à prévenir les informations erronées : les vieux numéros de téléphone n'interféreront pas dans la remémoration d'informations actuelles et utiles.

Que se passerait-il si nous étions capables de nous remémorer chaque détail de notre passé, de ne rien oublier? L'écrivain argentin Jorge Luis Borges est l'auteur d'une nouvelle fantastique qui décrit le quotidien d'une personne victime d'un tel phénomène; elle s'intitule *Funes ou la Mémoire*. L'histoire se concentre sur le personnage d'Ireneo Funes, un adolescent uruguayen qui, après un accident d'équitation, est capable de percevoir tous les détails qui l'entourent et se les remémorer. Dans un passage, le personnage du narrateur donne à Funes plusieurs livres écrits en latin. Puis il découvre, quelques jours plus tard, en entrant dans sa chambre, que Funes est capable de réciter par cœur «le premier paragraphe du XXIVe chapitre du VIIe livre d'*Histoire naturelle* [par Pline l'Ancien]»! Funes explique qu'il arrive à voir tout autour de lui des détails pénétrants et chaotiques :

> «Il se souvenait des formes des nuages de l'aube, au sud, le 30 avril 1882, et pouvait les comparer dans sa mémoire avec le grain marbré de la couverture d'un livre relié de cuir qu'il n'avait vu qu'une seule fois, et les lignes des gerbes qu'une rame soulevait dans le Rio Negro le soir avant la bataille de Quebracho.»

Funes trouve insupportable cette incapacité à oublier, son esprit s'encrassant de milliers de détails inutiles qui l'empêchent de généraliser ou de penser par lui-même. Il trouve même difficile de dormir la nuit parce qu'il se rappelle «chaque fissure et chaque corniche des diverses maisons qui l'entourent».

Bien que l'oubli fasse partie des fonctions naturelles et bénéfiques du cerveau, une perte soudaine de la mémoire – comme celle qui peut survenir après un choc cérébral ou une maladie – peut foudroyer un individu et son entourage. L'amnésie est un désordre de la mémoire qui a pour conséquence un taux anormal d'étourderies et/ou une incapacité de se rappeler des événements du passé. Elle est causée notamment par des dommages au cerveau, des crises cérébrales, des traumatismes ou maladies. La recherche récente indique que les amnésiques sont incapables d'imaginer le futur, parce que nous utilisons le souvenir de nos expériences passées pour imaginer les scénarios à venir.

Incapables de se souvenir du passé ou de se projeter dans le futur, les amnésiques sont éternellement bloqués dans leur présent. Un exemple dramatique : le cas de Clive Wearing, un musicologue britannique, qui, à 40 ans, eut une infection du cerveau et souffrit d'une perte profonde et permanente de la mémoire. Pendant vingt ans, en raison de sa maladie, Wearing oublia tout ce qui venait de se passer. Incapable de se rappeler plus de quelques minutes, il vivait dans la croyance récurrente qu'il venait de se réveiller d'un profond sommeil. Le cas de Wearing illustre la complexité de la mémoire : il pouvait reconnaître sa femme, mais ne se souvenait pas de leur mariage. Il reconnaissait ses enfants, mais ne pouvait pas dire combien il en avait. Producteur de musique et chef d'orchestre dans son «ancienne vie», il savait encore jouer du piano mais ne pouvait se souvenir des chansons qu'il jouait dans le passé. Il était donc impossible pour lui d'improviser ou de créer quelque chose de nouveau.

Des formes variées de démence sont également responsables de la perte de la mémoire. Elles surviennent plus graduellement, donnant au malade l'impression qu'il est en train de perdre lentement les souvenirs liés à l'histoire de sa vie, et même la perception qu'il a de lui-même. À la fin de sa vie, le romancier britannique Iris Murdoch fut atteint de la maladie d'Alzheimer. Il pensait, au début, que ses symptômes étaient causés par l'angoisse de la page blanche, mais décrivit plus tard sa maladie de la façon suivante : «... être dans un endroit très, très silencieux et funeste, un endroit sombre».

Beaucoup craignent le déclin général de la mémoire avec le temps ; mais, si le vieillissement peut effectivement affaiblir la mémoire, la capacité de mémorisation des personnes âgées varie beaucoup selon les situations. Si l'on propose par exemple à un groupe de personnes âgées d'étudier des phrases inscrites sur deux listes, puis qu'on leur demande de dire à quelle liste appartient l'une des phrases, les résultats seront certes moins bons que chez un groupe de «jeunes».

En revanche, quand les phrases sont montrées sur le côté gauche ou droit d'un écran, les personnes âgées peuvent se rappeler aussi bien que les jeunes de quel côté les phrases sont apparues.

Le vieillissement a un impact profond et inégal sur notre cerveau, entraînant une diminution et un ralentissement de la circulation sanguine plus prononcés dans les lobes frontaux. Les régions de cette partie du cerveau jouent un rôle crucial dans certaines formes de souvenir. Cela pourrait expliquer pourquoi le vieillissement diminue les performances dans certains exercices (mais non dans tous). Les exercices basés sur la *mémoire de la source* – la capacité de se rappeler d'où provient une information spécifique – se sont révélés plus difficiles pour les personnes âgées : au cours d'une étude, un homme ou une femme donnait une série d'informations (des événements fictifs) à des personnes âgées et à des jeunes adultes. Les personnes âgées avaient beaucoup plus de mal à se rappeler si c'était un homme ou une femme qui les avait informées, même si elles se souvenaient correctement du contenu de l'information.

Heureusement, quand nos aînés sollicitent leurs vastes connaissances pour en apprendre de nouvelles de façon plus imaginative et qu'on leur donne des indices pour retrouver ces informations, ils sont autant capables de faire fonctionner leur mémoire que les jeunes adultes. Cela parce que notre mémoire pour les faits et les associations est généralement préservée lors du vieillissement.

Raconter ses souvenirs est une pratique très courante chez les personnes âgées. Elle montre que la capacité à se souvenir et à « revivre » le passé reste intacte au cours de la vie. Les jeunes générations ont souvent un regard négatif sur cette nostalgie, comme s'il ne s'agissait que de « vivre dans le passé ». Les gérontologues (les scientifiques qui étudient comment et pourquoi nous vieillissons) réfutent ce point de vue : la réminiscence est une activité normale et saine du vieillissement. Les études montrent que les seniors qui ont tendance à évoquer leurs souvenirs (en particulier leurs buts, leurs défis) ou ceux qui réconcilient le passé avec le présent sont moins sujets à la dépression et plus sains mentalement que ceux qui n'en parlent pas.

Peut-être est-ce cette passion pour l'évocation des souvenirs (et les avantages associés à cette activité) qui fait parfois d'une personne âgée un conteur impressionnant. Dans beaucoup de sociétés, les anciens étaient encouragés à transmettre leurs souvenirs – donc leur savoir et les idées qu'ils contiennent – à la jeune génération. On trouve cette pratique chez les tribus amérindiennes : les anciens étaient extrêmement respectés et comparés à des « sources culturelles de connaissances ». Leurs souvenirs prenaient la forme d'histoires qui transmettaient des informations indispensables (les origines de la tribu, comment chasser ou traiter l'environnement avec respect). Les individus assez arrogants pour ignorer les souvenirs des anciens étaient, selon la croyance, condamnés à répéter les erreurs du passé. Malheureusement, l'arrivée des missionnaires occidentaux contribua en grande partie à la destruction des traditions amérindiennes tournées vers la mémoire.

Dans beaucoup de pays occidentaux, le rôle et l'importance accordés à la mémoire ont décliné brusquement : avec les ordinateurs et autres gadgets high-tech, il n'est désormais plus nécessaire de retenir soi-même les informations. Mais les ordinateurs sont de pauvres substituts de la mémoire : rien ne peut remplacer sa sophistication, ses liens au contexte et son caractère relationnel. Le souvenir, collectif ou individuel, est essentiel à l'humanité, parce qu'il est le terreau dans lequel s'enracine notre présent et sur lequel s'épanouiront les fleurs du futur.

Chapitre 4

LE MONDE DES MOTS

Je suis un *linguophile*, un amoureux des mots et du langage. «Amour» est le mot juste pour décrire ce que je ressens. J'apprends et suis capable de parler de nombreuses langues autant pour leur beauté que pour leur utilité. Certains mots, ou combinaisons de mots, sont particulièrement esthétiques et émouvants pour moi, par exemple : «*buttercup*» (bouton-d'or en anglais), «*ljósmóðir*» (sage-femme en islandais ou littéralement «mère lumière») et le finnois «*aja hiljaa sillalla*» (faites attention en conduisant sur le pont !).

Mon apprentissage des langues étrangères a commencé peu avant mon entrée au collège, car, comme beaucoup d'Anglais, je viens d'une famille complètement monolingue. N'ayant que peu de personnes étrangères autour de moi pour m'aider, mes premières leçons se limitèrent aux livres et cassettes. Au début, ma seule motivation était la fascination que j'avais pour les rythmes grammaticaux et certains vocables que je découvrais dans les différentes langues que j'étudiais. Un de mes meilleurs souvenirs d'enfance est la comptine que me chantait mon voisin finlandais (une version de *L'Araignée Gipsy*[1]) ; chanson dont je me souviens encore aujourd'hui :

« Hämä-hämähäkki kiipes langalle
Tuli sade rankka, hämähäkin vei
Aurinko armas kuivas satehen
Hämä-hämähäkki kiipes uudelleen. »

Connaître plusieurs langues m'a permis de vivre de belles expériences. Quand j'étais professeur d'anglais bénévole, à l'âge de 19 ans en Lituanie, j'ai eu l'opportunité d'apprendre le lituanien *in situ*. Et de découvrir comment utiliser les suffixes diminutifs pour exprimer ma tendresse envers mes amis : Birutė (mon amie lituanienne la plus proche) est devenue « Birutėlė » (ce qui veut dire quelque chose comme « Chère Birutė »). À son tour, elle répondait « Danieliukas » (« petit Daniel »).

Je parle l'espéranto (une langue universelle créée au XIXe siècle pour faciliter la communication entre les peuples), et je suis capable de comprendre et d'apprécier l'humour qui se cache derrière des mots comme *« bonantagulo »* (un élève d'espéranto paresseux), *« krokodili »* (quand une personne parle dans une langue étrangère alors qu'elle est entourée de personnes parlant l'espéranto), littéralement : « crocodiler », et *« volapukajho »* (le nom d'une langue artificielle créée avant l'espéranto et qu'on utilise pour parler de quelque chose que l'on ne comprend pas[2]).

---

1. L'équivalent français de la comptine est :
L'araignée Gipsy
Monte à la gouttière
Tiens voilà la pluie!
Gipsy tombe par terre
Mais le soleil a chassé la pluie
L'araignée Gipsy
Monte à la gouttière... (NdT).
2. En français, on dirait : « C'est du chinois » (NdT).

Grâce à ma passion, j'ai pu lire *Le Petit Prince* dans sa version originale et converser dans un gaélique rudimentaire avec l'un des rares locuteurs encore capables de parler cette langue : c'était lors de vacances sur l'île de Skye en Écosse. J'aimerais insister ici sur le fait que les mots et les grammaires ne sont pas coupés des rythmes de la vie, ils sont plutôt reliés inextricablement à toutes nos expériences quotidiennes. Les langues m'ont aidé à apprendre, jour après jour, ce que signifie être humain – les points de vue spécifiques, les idées subtiles et les sensibilités émotionnelles qui caractérisent chaque pays.

C'est aussi la profondeur et la complexité absolues du langage qui le rendent si fascinant, si beau à mes yeux. Pouvez-vous imaginer par exemple le nombre de mots qui composent la langue anglaise – souvent considérée comme la plus riche d'un point de vue lexical? En se basant sur des articles de journaux, publiés aux États-Unis par l'Associated Press durant l'année 1988, le linguiste informaticien Richard Sproat a recensé tous les différents vocables qui apparaissaient parmi des dizaines de millions de mots. Au total, il a dressé une liste d'environ trois cent mille mots différents, dont des pépites telles que : *«armhole»* («entournure»), *«boulderlike»* («qui ressemble à un gros rocher»), *«traumatological»* («traumatologique»).

Le nombre de mots existant dans une langue est illimité; et cela grâce au pouvoir combinatoire des règles de construction. Imaginez l'infinité de termes que l'ont peut générer, simplement, en ajoutant sans fin «arrière» à «grand-père» : «arrière-grand-père», «arrière-arrière-grand-père», «arrière-arrière-arrière-grand-père», etc. Un autre exemple : prenez l'adjectif «rationnel», gardez la racine «ration» et ajoutez «-aliser» pour créer le verbe «rationaliser», puis créez le nom en usant du suffixe «-ation», ce qui donne «rationalisation». En théorie, si l'on suit cette logique, il n'y a aucune raison de ne pas continuer à créer de nouveaux mots, et ce jusqu'à l'infini. En anglais par exemple, il est même possible (mais rare) d'utiliser le substantif «*rationalisational*»!

Le nombre de phrases possibles est lui aussi illimité. La grammaire d'une langue est l'exemple d'un «système combinatoire discret[1]», dans lequel les éléments «discrets» (les mots) peuvent être utilisés, combinés ou réarrangés pour créer d'autres structures plus grandes (les phrases). Vous trouverez ci-dessous l'exemple d'une phrase potentiellement infinie; elle est issue d'une comptine populaire britannique (je m'en tiendrai aux premières strophes!).

Voici la maison que Jack a construite,
Voici le malt qui se trouvait dans la maison que Jack a construite.
Voici le rat qui a mangé le malt qui se trouvait dans la maison que Jack a construite.
Voici le chat qui a tué le rat qui a mangé le malt qui se trouvait dans la maison que Jack a construite.
Voici le chien qui faisait peur au chat qui a tué le rat qui a mangé le malt qui se trouvait dans la maison que Jack a construite

Ce qui est merveilleux avec le langage, c'est que, malgré le nombre illimité de combinaisons de mots et de phrases, il est à la portée de tous. En dehors de quelques rares exceptions, nous avons tous la capacité de parler notre langue, quels que soient le milieu où nous sommes nés, notre niveau d'éducation, notre culture, notre classe sociale, etc. La capacité humaine d'acquérir et d'utiliser le langage est un exploit intellectuel époustouflant.

Pour démontrer combien cette réussite est surprenante, il suffit de considérer le nombre de mots qu'un individu lambda connaît et utilise. La majorité des gens estiment qu'il est de l'ordre de plusieurs centaines, voire quelques milliers;

1. Selon l'expression du linguiste Noam Chomsky (NdT).

c'est une grosse sous-estimation ! Pour calculer le vocabulaire moyen d'une personne, les psychologues ont établi des listes de mots choisis au hasard dans un dictionnaire, puis les ont proposés à des sujets sous forme de questionnaire à choix multiples, dans lequel ils devaient cocher le bon synonyme. Après avoir rectifié le facteur chance, les psychologues ont multiplié la proportion de bonnes réponses par le nombre de mots compris dans le dictionnaire pour atteindre l'estimation la plus juste.

Avec cette technique, les psychologues William Nagy et Richard Anderson ont calculé que le vocabulaire moyen d'un lycéen américain, l'année du baccalauréat, était d'environ 45 000 éléments – soit trois fois plus que tous les mots qui apparaissent dans les pièces et sonnets de Shakespeare ! Pour ceux qui lisent fréquemment, ce nombre est encore plus élevé.

Rendez-vous compte de la vitesse à laquelle nous engrangeons de nouveaux mots pour posséder un lexique de cette taille à l'âge de 18 ans ! Si l'on considère que l'apprentissage verbal commence à environ 1 an, ce lycéen a dû apprendre, pendant dix-sept ans, sept à huit mots par jour en moyenne, sans répit. Les neuroscientifiques de Harvard caricaturent ce phénomène en décrivant l'enfant comme un « aspirateur lexical » !

L'instinct du langage

Les enfants ne se réveillent pas un matin avec une grammaire et un vocabulaire parfaitement assimilés dans leur tête ; ils acquièrent tout cela progressivement, montant petit à petit l'échelle des mots jusqu'à atteindre le langage adulte. Les études scientifiques qui analysent comment les enfants – de n'importe quelle région du monde – apprennent leur langue maternelle indiquent qu'ils passent tous par des stades d'apprentissage très similaires, donc peut-être universels.

Dans le développement du langage, le premier stade commence à l'âge de 6 mois environ, quand le bébé se met à babiller. Les enfants sourds babillent aussi : ce phénomène n'est donc pas à l'origine d'une quelconque contribution vocale des parents. Les scientifiques ne savent pas vraiment quel rôle joue le babillage dans l'acquisition du langage, mais une théorie avance que c'est durant cette période que le bébé (entendant) apprend à distinguer les sons qui font partie de sa langue maternelle.

Les linguistes parlent ensuite du stade *holophrastique*, dans lequel les phrases ne comportent qu'un mot. Il débute en général quelque temps après le premier anniversaire de l'enfant, quand celui-ci utilise plusieurs fois les mêmes combinaisons de sons pour parler de la même chose. L'enfant commence à comprendre que les sons sont liés au sens ; il produit alors ses premiers mots. En général, ce sont des noms simples tels que *«papa»*, *«mama»*, *«chat»*. À ce stade, le tout-petit utilise souvent les mots de façon trop limitée (*sous-extension*) : il emploie le terme *«bibron»* pour désigner son biberon en plastique, mais non pour les autres biberons. *A contrario*, d'autres mots sont généralisés (on parle de la surextension) : le mot «woua-woua», par exemple, désigne non seulement les chiens (parce qu'ils font «woua woua» quand ils aboient), mais aussi les vaches, les chevaux et autres animaux à quatre pattes. De telles utilisations se développent et évoluent au fil du temps en fonction de chaque enfant.

Vers l'âge de 2 ans, le tout-petit commence à produire des phrases de deux mots. Voici quelques exemples :

«maman gâteau»
«ça pique»
«tiens ballon»
«c'est qui ?»

La grammaire n'est pas très présente. Les pronoms (je, tu, il) sont rarement utilisés, bien que beaucoup d'enfants disent «moi» pour parler d'eux-mêmes.

Le troisième et dernier stade est appelé «syntaxique» (il se déroule à partir de 2 ans jusqu'à 5 ans). L'enfant construit des phrases de deux, trois ou cinq mots tout au plus, qui ignorent les déterminants et les mots de liaison («le», «à», «et») – seuls les mots «de contenu» sont employés. On a alors l'impression que nos chérubins passent leur temps à lire des télégrammes :

«papa travaille bureau»
«bébé mange tartine»
«veux lire encore»
«pas asseoir là»

Ces phrases ne sont pas simplement une succession de mots distribués au hasard; elles se composent de structures qui ressemblent à celles des adultes. Cela suppose une maîtrise précoce de l'enfant des principes de formation des phrases.

Au cours du développement de son langage, l'enfant va engranger progressivement de plus en plus d'aspects grammaticaux. Il s'initie (vers 2 ans) aux formules négatives (*«veux pas!»*) et jongle avec le genre des mots (*«le»*, *«la»*). Difficile aussi de s'en sortir avec les règles de liaison des mots : «un avion» sera compris comme *«un <u>n</u>avion»*. Petit à petit, il utilisera des prépositions (*«dans»*, *«de»*, *«pour»*) et des adverbes. Vers 3 ans, il se prend de passion pour les adjectifs. Le langage est mieux organisé, il s'étoffe. À l'âge de 5 ans, l'enfant arrive à conjuguer les verbes. Son langage est proche de celui d'un adulte.

Plusieurs théories tentent d'expliquer les processus d'acquisition du langage : selon l'une d'entre elles, l'enfant copie tout simplement ce qu'il entend. Bien que l'imitation soit effectivement à l'œuvre pendant les trois stades d'apprentissage, les phrases produites par les jeunes enfants ne sont pas des copies du langage adulte ; quel adulte dirait : « moi pas dormir » ou « les deux cheval » ?

Autre objection à cette théorie, la résistance des enfants face aux corrections répétées d'un adulte :

L'enfant : « Papa a pati dans le jardin. »
L'adulte : « Papa est parti dans le jardin, c'est ça ? »
L'enfant : « oui ! »
L'adulte : « Qu'est-ce que tu m'as dit ? »
L'enfant : « Il a pati là-bas. »
L'adulte : « Il est parti dans le jardin ? »
L'enfant : « Oui, il a pati. »

Une autre théorie suggère d'encourager les enfants quand ils produisent des phrases grammaticalement correctes (renforcement positif) et de les reprendre (renforcement négatif) quand ils font des erreurs. Pourtant, cette méthode n'a pas fait ses preuves :

L'enfant : « Ma maman, c'est la plus meilleure. »
La mère : « Non, non, non ! Tu dois dire : maman est la meilleure. »
L'enfant : « T'es la plus meilleure ! »

En fait, les tout-petits acquièrent le langage en repérant les rythmes qui structurent les phrases qu'ils entendent, puis en essayant d'utiliser ces règles dès qu'ils en ont l'occasion. Un effet secondaire de cet apprentissage du langage est que l'enfant, de temps en temps, *surgénéralise*. Il va par exemple utiliser les verbes irréguliers comme des verbes réguliers : « il a prendu » (il a pris), « vous faisez » (vous faites), ou « forcer » les pluriels : « Moi, j'aime les carnavaux ! » (les carnavals) ou « Mamy, elle a plein des éventaux » (beaucoup d'éventails).

C'est plus tard que l'enfant comprend qu'il existe des exceptions aux règles, peaufinant ainsi ses généralisations et revisitant ses connaissances en conséquence.

Parce que les enfants sont capables d'assimiler une grammaire complexe rapidement et spontanément, les scientifiques ont depuis longtemps avancé l'hypothèse qu'il existe chez l'humain un «équipement inné» facilitant l'acquisition du langage. Charles Darwin, le père de la théorie de l'évolution, abondait dans ce sens quand il décrivait le langage comme quelque chose d'aussi instinctif que la position debout. Un siècle plus tard, le linguiste américain Noam Chomsky a développé et popularisé cette idée. Selon lui, le cerveau contient une série de contraintes inconscientes (qu'il a appelées la *«grammaire universelle»*) qui permettent d'organiser le langage. Il explique sa théorie de cette façon :

> «Il est un fait curieux, dans l'histoire intellectuelle des siècles passés : le développement physique et le développement mental ont été tous deux approchés de façon complètement différentes. Aujourd'hui, personne ne prendrait au sérieux l'idée que le corps humain doive apprendre, par la pratique, à avoir des bras plutôt que des ailes, ou que la structure basique de nos organes soit le résultat du hasard [...]. Les structures cognitives humaines, quand on les examine sérieusement, se révèlent aussi merveilleuses et complexes que les structures physiques qui se développent dans la vie de l'organisme. Pourquoi donc ne devrions-nous pas étudier l'acquisition d'une structure cognitive (comme le langage) de la même façon que nous étudions quelques-uns des organes complexes du corps?»

Selon la théorie de la grammaire universelle de Chomsky, le processus mental (pour n'importe quelle langue) qui nous fait percevoir que telle phrase est grammaticalement juste et que telle autre est erronée est universel et indépendant de la signification de la phrase. C'est pour cette raison que les francophones savent immédiatement que la phrase «Je café veux un» n'est pas grammaticalement juste. De la même façon, nous pouvons admettre que la phrase «Les idées vertes incolores dorment furieusement» est grammaticalement correcte, même si elle n'a pas de sens.

Jusque dans les années 1960, quand la théorie de Chomsky a été introduite, les linguistes pensaient que les enfants naissaient avec un cerveau «vierge», comme une «table rase», et que le langage s'apprenait simplement par l'interaction avec l'environnement. Se battant contre ce point de vue, Chomsky et ses défenseurs ont révolutionné la compréhension de la nature et du processus d'acquisition du langage.

Un des arguments pour abonder dans le sens de Chomsky est lié à l'émergence des langues créoles dans plusieurs parties du monde. À la triste époque du commerce des esclaves, on mélangeait dans les plantations des individus provenant de divers pays. Pour communiquer, ceux-ci étaient contraints de développer une forme simplifiée de langage (le «pidgin») : un mélange de mots, issus des différentes langues parlées dans la plantation. Ces langues pidgin étaient extrêmement simples, débarrassées de plusieurs aspects grammaticaux (tels qu'un ordre constant des mots, l'utilisation de préfixes et suffixes, ou de différents temps) que l'on trouve habituellement dans la plupart des langues. Les enfants d'esclaves étaient souvent isolés de leurs parents et élevés par des travailleurs qui leur parlaient *pidgin*. Une théorie avance l'hypothèse que ces enfants, frustrés de devoir imiter les fragments de phrases et de mots qu'ils entendaient, ont introduit spontanément une certaine complexité grammaticale dans leur langage. Des langues neuves et expressives seraient nées en l'espace d'une seule génération; on les appelle les langues «créoles».

Le linguiste Derek Bickerton suggère que le créole (étant en grande partie le produit du cerveau des enfants) devrait nous donner un aperçu particulièrement clair de la machinerie grammaticale innée du cerveau. Selon lui, les différents créoles, issus de langues sans rapport, montrent des similarités remarquables, parfois même des grammaires basiques identiques. Le linguiste dit retrouver cette grammaire dans le langage des jeunes enfants, non issus des plantations. Il note une similitude entre ce que pourrait dire un enfant français *«moi malade»* et la phrase créole *«mwen malad»* (créole de la Louisianne française) ou *«c'est pa bon»*, qui sont toutes deux grammaticalement justes en créole.

Si le langage est réellement quelque chose qui émerge spontanément du cerveau humain, il devrait être possible d'identifier la (ou les) région(s) du cerveau qui en est (sont) le siège. Les scientifiques toujours à la recherche de cet «organe du langage» ou ce «gène de la grammaire» savent déjà que certaines maladies cérébrales peuvent endommager les capacités langagières sans pour autant atteindre la cognition générale du patient. L'une d'entre elles s'appelle l'*aphasie de Broca* : un syndrome qui résulte de dommages dans la partie la plus basse du lobe frontal gauche. Cette affection est caractérisée par un parler lent et hésitant, qui peine à retrouver des formes grammaticalement correctes. Ci-dessous, vous trouverez la retranscription d'une discussion avec un patient atteint d'*aphasie de Broca* : il tente d'expliquer ce qui lui est arrivé [1].

«Euh, l'histoire que *[s :] [s]* ça me arrive de Broca euh j'ai été opérée du cœur parce que je suis irradiée trop parce que

1. Extrait issu du 2e Colloque Jeunes Chercheurs en sciences du langage, Nanterre, 16 et 17 juin 2005, Halima Sahraoui : *Entre déficit et stratégies palliatives dans l'aphasie de Broca. De la construction d'observables patholinguistiques à leur traitement quantitatif et qualitatif* (pour la version française du livre).

j'ai un cancer tout ça tu sais mais euh : *(2 secondes)* je arrive ici euh : j'ai eu un euh un *[f ibitasjo]* mais euh un *[filbitasjo]* euh : *(2 secondes)* un *[filbilasjo]* c'est c'est un cœur qui bat que : lentement et euh j'ai : je sais c'est parti du cœur j'ai embolie : et euh : *(2 secondes)* *[i]* euh *[ip]* *[i]* euh c'est : c'est : il a pas compris quoi ce que j'ai mais moi je sais *[s]* je p- je veux dire mais j- je peux pas dire j'ai impossible je p- j'ai toute la mémoire mais bon : euh euh : *[...]* et : bon je suis hémiplégique mais j'ai pas j'ai pas perdu la tête hein *[...]*. »

Comme nous pouvons le constater, les aphasiques sont capables d'utiliser beaucoup de mots de contenu (noms, verbes, adjectifs) mais ont plus de mal avec les outils de fonction (le, et, ou). L'*aphasie de Broca* peut aussi produire des formes particulièrement hors du commun d'agrammatisme (incapacité à produire des phrases grammaticalement justes). On peut citer l'exemple d'un aphasique anglophone qui pouvait lire et prononcer les substantifs *« bee »* (abeille) et *« oar »* (rame), mais était incapable de dire des mots plus communs (aux mêmes sonorités), comme *« be »* (être) et *« or »* (ou).

En dehors de son handicap linguistique, les capacités cognitives de cet Anglais étaient intactes. Le psychologue américain Howard Gardner a écrit un rapport sur ce cas :

« Il était alerte, attentif et complètement conscient du lieu où il se trouvait et de la raison pour laquelle il était là. Des fonctions intellectuelles (pas directement liées au langage), telles que distinguer la droite de la gauche, savoir dessiner [...], calculer, lire des cartes, mettre à l'heure une montre, faire des constructions ou exécuter des commandes, étaient toutes préservées. »

À l'inverse de l'*aphasie de Broca* (qui n'endommage pas les fonctions cognitives de l'individu, mais provoque des troubles graves du langage), il existe un syndrome qui

« amplifie » les capacités linguistiques, mais bloque les capacités mentales de l'individu : c'est le *syndrome de Williams* (en anglais « syndrome du moulin à paroles »). L'individu est mentalement déficient, mais possède des compétences langagières relativement impressionnantes. Une étude célèbre à propos d'une adolescente américaine nommée Laura a montré que, si cette jeune fille était incapable d'être autonome ou même de dire son âge (« J'avais 16 ans l'année dernière, et j'ai 19 ans cette année », a-t-elle déclaré un jour), elle arrivait à s'exprimer sans difficulté, et utilisait des phrases grammaticalement justes (mais souvent insensées). Voici un extrait d'une histoire racontée par Laura, qui peut vous donner une idée de sa façon particulière de parler :

> « C'était assez stupide pour papa, et ma mère avait heu trois billets, l'un était un magasin de pantalons, de cette vraiment bonne amie, et c'était assez difficile. Et la police a attrapé ma mère d'ici et dit la vérité. J'ai dit : j'ai deux amies dedans ! La police a attrapé ma mère et j'ai donc dit que jamais il ne se souviendrait d'eux pour le restant de leurs jours ! Et c'était tout ! Ma mère était complètement furieuse ! »

Laura ne répète pas simplement les phrases qu'elle entend autour d'elle comme le ferait un perroquet :

> Laura : « C'est un ami qui me l'a danné. »
> « J'ai ouvri la porte. »
> « Il venut pour me parler. »

Ces erreurs montrent que Laura crée ses phrases elle-même, en dépit de son retard mental. Son cas apporte un argument de plus à la théorie de Chomsky selon laquelle un processus naturel dans le cerveau humain détermine notre capacité à créer et à utiliser le langage.

Les caractéristiques universelles du langage

Si le langage est réellement structuré par une grammaire inconsciente, nichée au cœur du cerveau, plusieurs de ses caractéristiques fondamentales devraient être partagées entre toutes les langues. Pendant des dizaines d'années, nombre de linguistes ont cherché ces « tendances universelles » parmi des milliers de langues autour du globe et ont compilé un ensemble de preuves impressionnantes.

L'un de ces linguistes les plus célèbres et les plus influents s'appelle Joseph Greenberg. Il est l'auteur d'une recherche (en 1963) portant sur trente langues qui se répartissent sur cinq continents – dont le basque, le gallois, le yoruba, le souahéli, le berbère, l'hébreux, l'hindi, le japonais, le maori, le quechua (une langue issue de la langue des Incas) ou le guarani (une langue amérindienne) – et pour lesquelles il a répertorié quarante-cinq « universels linguistiques ». Parmi eux :

– Le sujet d'une phrase précède presque toujours l'objet.

Il existe trois types d'ordre de mots principaux : les phrases S.V.O. (sujet-verbe-objet) comme celles utilisées en français (*« Jean mange une pomme »*) ; les phrases V.S.O. telles que celles qu'on trouve en gallois (*« Edrychais i ar lawer o bethau »*, en français littéral « [ai] Regardé je beaucoup de choses ») ; et les phrases S.O.V. utilisées en japonais (*« Watashi wa hako o akemasu »*, soit « je boîte ouvre »).

– Dans les langues où l'adjectif suit le nom, un petit nombre d'adjectifs peut précéder le nom ; mais dans les langues où l'adjectif est avant le nom, il n'y a pas d'exception.

En français, la plupart des adjectifs se placent après le nom (« Le livre <u>rouge</u> »). Mais il existe aussi quelques adjectifs qui précèdent le nom, comme «petit» : «le petit garçon». Selon la place de l'adjectif, le sens peut changer : «un homme grand» est un homme de grande taille, et «un grand homme» est un individu illustre. *A contrario*, en anglais, on place toujours l'adjectif avant le nom (*«The red book»*) ; sauf peut-être en poésie.

– *Si les noms ont différents genres, alors il y a aussi des genres pour les pronoms.*

Beaucoup de langues utilisent les genres. En français : «le» et «la»; en norvégien : *«en»* («un»), *«en/ei»* («une») et *«ef»* (neutre). D'autres ne font pas de différences, comme en finnois *«hän»*, qui désigne aussi bien «il» que «elle».

Depuis la publication des recherches de Greenberg, d'autres linguistes ont trouvé, parmi les langues du monde, des centaines d'autres caractéristiques universelles :

– *Il existe toujours onze termes basiques pour les couleurs* : noir, blanc, rouge, vert, bleu, jaune, marron, violet, rose, orange et gris. Les autres couleurs correspondent à un mélange, un ton ou une sous-catégorie de celles qu'on trouve dans la liste.

– *Si une langue possède un mot distinct pour le pied, elle aura aussi un terme distinct pour la main; si elle a un mot pour les doigts, elle aura un terme pour les doigts de pied.*

– *Les langues ont une tendance à utiliser des distinctions sémantiques fondamentales pour évoquer des contraires* : on distinguera le mouillé du sec, par exemple, en parlant de l'«herbe» et du «foin», de la «terre» et de la «boue». Ces distinctions se retrouvent également pour les notions de vivant et de mort («corps» et «cadavre»), jeune et adulte («poulain» et «cheval»), grand et petit («géant» et «nain»), le début et la fin («aurore» et «crépuscule»), etc.

Une autre façon d'étudier l'universalité des langues est de voir si les différents locuteurs à travers le monde partagent des associations similaires ou identiques pour certains mots; quel vocable associe-t-on au mot concret «table»? Et au mot abstrait «amour»? En 1961, le psychologue américain Mark R. Rosenzweig a réalisé une étude sur les associations de mots, avec un groupe d'étudiants américains, français et allemands. Cette étude a montré des similarités d'associations remarquables pour ces trois langues. Par exemple, quand le scientifique prononçait le mot «homme» (ou son équivalent en allemand et en anglais), les sujets des trois groupes répondaient le plus souvent par le mot «femme»; pour «mou», la réponse était «dur»; pour le mot abstrait «maladie», la réponse la plus commune pour chaque groupe était «santé». Et même quand la réponse la plus fréquente différait selon les groupes, elle restait assez similaire : pour le mot «bain», la réponse allemande était «eau», la réponse américaine était «propre» et pour le groupe français, «mer».

Pour finir, si l'universalité des langues peut s'étudier à travers la forme des phrases (grammaire, vocabulaire), on peut aussi la retrouver dans le sens (le contenu) des discussions entre individus. L'anthropologue Donald E. Brown a fouillé dans les archives ethnographiques de toutes les cultures documentées du monde, cherchant des rythmes de comportement universels. Sa recherche (intitulée «Les universels humains») montre un niveau de similarité exceptionnellement haut, et ce pour des milliers de cultures, des Inuits aux Samoans ou des Français aux Américains. Parmi les centaines de caractéristiques universelles, on trouve :

– *Les antonymes* (des mots qui ont des sens contraires tels que «chaud» et «froid»).

– Le *«parler bébé»* (une forme de langage que les adultes emploient pour parler à leurs bambins, utilisant souvent une voix aiguë et une intonation roucoulante).

– *Des classifications pour l'âge, les régions du corps, les couleurs, la faune, la flore, les émotions, la famille, les sexes, l'espace, les outils et le temps.*

– *Des histoires folkloriques et des légendes.*

– *Le commérage.*

– *Les insultes humoristiques et les blagues.*

– *La redondance linguistique* : une répétition d'informations dans un message afin d'éviter toute erreur au cours de sa transmission ou de sa réception. Par exemple, pour l'anglais, il a été calculé une redondance de 75 %, ce qui veut dire que les phrases anglaises sont 75 % plus longues que si l'encodage était efficacement utilisé.

– *Les concepts logiques* comme «et», l'équivalence («autant que»), le général et le particulier, le négatif («pas»), les contraires, la partie et l'entier, l'identique.

– *Les comparaisons.*

– *Les métaphores.*

– *Les métonymies* (l'utilisation d'une seule caractéristique pour parler d'une chose ou d'une action plus complexe; comme «boire un verre» qui veut dire : boire le contenu d'un verre).

– *Les chiffres* (au moins «un», «deux» et «plus que deux»).

– *Les onomatopées* (telles que *«wouaf- wouaf»* pour évoquer l'aboiement du chien)

– *Le passé, le présent et le futur.*

– *Les prénoms.*

– *La poésie et la rhétorique.*

– *Les possessifs* («mon», «ma», «mes»).

– *Les pronoms personnels.*

– *Les proverbes et expressions.*

– *Les discours pour des occasions particulières.*

– *Le langage et le comportement symboliques.*

– *Les synonymes.*

– *Le temps, ses cycles et ses unités.*

S'appuyant sur ses découvertes, Brown conseille à tout anthropologue de chercher ce qui unit les cultures humaines, pas seulement ce qui les divise :

«Les humains sont et doivent être sensibles aux différences. Mais trop d'accent mis sur les différences peut engendrer des conflits. Nous devrions retrouver l'espoir en prenant conscience de la multitude de points communs que nous partageons.»

Apprendre une langue étrangère

Sachant l'universalité ou la quasi-universalité de certaines caractéristiques langagières (grammaire, associations, concepts), il est surprenant qu'autant d'étudiants trouvent l'acquisition d'une deuxième langue si frustrante et si difficile. Comment l'expliquer?

Nombreux sont ceux qui ont lu quelque part ou entendu parler d'une période critique de l'enfance, qui détermine l'acquisition du langage. Comme si apprendre une seconde langue à l'âge adulte était un handicap considérable. Cette idée provient d'une mauvaise compréhension de l'expression *«période critique»* : pour les linguistes, cela renvoie à l'acquisition de la langue maternelle, mais n'a rien à voir avec l'apprentissage d'autres langues plus tard dans la vie.

Le concept de *période critique* a été popularisé par le linguiste Eric Lenneberg en 1960. Selon Lenneberg, les premières années sont cruciales dans l'acquisition réussie de la langue maternelle. Si l'enfant n'apprend pas le langage durant cette période, jamais il ne pourra le maîtriser, particulièrement la grammaire (la formation des phrases). C'est ce qui arriva à Genie, une fillette qui avait passé les treize premières années de sa vie dans une chambre, enfermée à clef par un père déséquilibré. Découverte par les autorités et placée dans un foyer, elle était pratiquement muette, son vocabulaire se limitant à une vingtaine de mots. Genie a passé les années qui ont suivi sa libération à travailler intensivement avec des linguistes. Son vocabulaire s'est considérablement amplifié, mais elle restait incapable de produire des phrases grammaticalement justes. Si par exemple un linguiste lui demandait de créer une question, elle disait : «Quel rouge bleu est dans?»

L'importance *des périodes critiques* pour ceux qui apprennent une deuxième langue est encore sujette à de vifs débats entre les linguistes. Bien qu'il soit exact que peu d'adultes arrivent à maîtriser une seconde langue aussi bien que leur langue maternelle, il existe un petit pourcentage qui y parvient. C'est pour cette raison que beaucoup de linguistes s'accordent à dire que l'apprentissage d'une deuxième langue ne dépend pas d'une période critique biologique.

Une découverte récente des chercheurs du centre pour la communication humaine de l'Université College de Londres démontre que, avec de bons stimuli, le cerveau adulte peut effectivement se réentraîner à acquérir correctement les sonorités d'une nouvelle langue. Il est bien connu que les adultes ont des difficultés à distinguer certains sons : les étudiants allemands, qui essaient par exemple d'apprendre l'anglais, trouvent souvent difficile de distinguer la lettre *v* dans le mot *«vest»* (tricot de peau) du *w* dans le mot *«west»* (ouest). Dans une étude, les linguistes Paul Iverson et Valerie Hazan se sont demandé s'il était possible de «débrider» le cerveau d'un adulte pour qu'il puisse enregistrer correctement les caractéristiques phonétiques d'une deuxième langue. Pour cela, ils ont entraîné un groupe de volontaires japonais à entendre la différence entre les sons *r* et *l* (c'est l'une des plus grandes difficultés pour des Japonais qui apprennent l'anglais). Avant et après l'entraînement, les sujets ont reçu une série de tests pour évaluer leur perception des sons. Au bout de dix semaines, les volontaires étaient capables d'améliorer leur reconnaissance des deux sons de 18 % en moyenne.

La conclusion du Dr Paul Iverson est optimiste pour les adultes qui veulent maîtriser une langue étrangère :

> «L'apprentissage adulte ne semble pas être freiné par un changement de la plasticité neuronale [...]. Il est plus difficile parce que l'expérience de notre langue maternelle déforme la perception. Nous voyons les choses à travers une lentille qui déforme la perception que nous avons des langues étrangères [...]. Nous modifions nos perceptions pendant l'enfance afin

qu'elles se spécialisent dans les sons de notre langue maternelle. Cette spécialisation peut inhiber notre capacité à distinguer les sonorités d'une autre langue. Avec de l'entraînement, nous pouvons changer la déformation de notre perception pour rendre plus aisé l'apprentissage d'une deuxième langue.»

D'autres recherches avancent une explication des difficultés rencontrées lors de l'apprentissage d'une langue à l'âge adulte. En 1997, les neuroscientifiques Joy Hirsch et Karl Kim ont découvert que la deuxième langue était gérée par une zone différente du cerveau selon le moment où elle a été apprise.

Le Dr Hirsch recruta douze sujets bilingues (dix langues différentes étaient représentées dans son échantillon). La première moitié d'entre eux avaient appris leur deuxième langue dès la naissance, l'autre moitié à partir de 11 ans (et l'avaient maîtrisée vers l'âge de 19 ans après avoir habité dans le pays correspondant). Les scientifiques leur demandèrent de produire des phrases complexes décrivant ce qu'ils avaient fait la veille; d'abord dans une langue, puis dans l'autre. Pendant que les volontaires racontaient leur journée, un scanner étudiait l'afflux sanguin afin de déterminer les zones cérébrales qui produisaient la pensée pour chacune des deux langues.

De telles expériences ont montré l'existence de zones cérébrales impliquées dans le traitement du langage. L'une d'entre elles, l'*aire de Wernicke*, est spécialisée dans le décodage des informations auditives à valeur linguistique. Une autre zone, l'*aire de Broca*, est dédiée à la production des sons, à l'articulation des mots et à plusieurs aspects grammaticaux. Pour les sujets bilingues (apprentissage dès l'enfance), on a pu constater une activité identique dans les zones cérébrales traitant du langage, pour n'importe laquelle des deux langues parlées. En revanche, pour ceux qui avaient appris une seconde langue plus tard, le scanner indiquait que l'*aire de Broca* se scindait en deux parties distinctes (une pour chaque langue). Et, bien que ces deux parties soient proches l'une de l'autre, elles ne « s'allumaient » jamais en même temps.

Ces résultats nous montrent que, lorsque l'apprentissage se situe au début de l'enfance, le cerveau traite des langues multiples comme un seul langage ; tandis qu'une deuxième langue acquise plus tard est traitée de façon distincte. C'est pour cette raison qu'elle est placée « à l'écart ». Cela implique aussi que, selon l'âge de l'individu, le cerveau utilise des stratégies différentes pour apprendre les langues. Un bébé apprend à parler dans un environnement riche en stimuli, utilisant une gamme de sens – ouïe, vue, touché, mouvement – qui nourrissent des circuits cérébraux, l'*aire de Broca* incluse. Une fois que les neurones sont raccordés à une ou deux langues, ils se figent. Les deux langues (apprises au même moment) se mélangent. Les personnes qui apprennent une seconde langue plus tard dans la vie ont besoin d'acquérir de nouvelles compétences pour générer les sons complexes liés à cette nouvelle langue. L'*aire de Broca* étant déjà dédiée à la langue maternelle, le cerveau la transforme, et une nouvelle partie cérébrale est mise à contribution.

D'autres preuves ont été fournies par les neurochirurgiens pour montrer que les langues apprises à plusieurs années d'intervalle se logeaient dans des parcelles différentes du cerveau. Ainsi le Dr George Ojemann, professeur en neurologie à l'école de médecine de l'Université de Washington (spécialiste de l'épilepsie), a-t-il réalisé une étude sur des patients bilingues. Il leur montrait des images d'objets (une banane par exemple), puis leur demandait de nommer l'objet en question. En utilisant une stimulation électrique très précise, sur des régions spécifiques du cerveau, Ojemann pouvait faire parler le patient dans sa langue maternelle, puis stimuler une région voisine et le faire parler dans sa seconde langue !

Un autre exemple frappant provient d'une conversation que j'ai eue avec un neurologue canadien lors de mes recherches sur ce chapitre. Il m'a raconté le cas d'une jeune femme vietnamienne, élevée dans deux langues : vietnamien et anglais, qui avait commencé à apprendre un peu de français à l'âge adulte. Suite à un grave accident de voiture, elle perdit la capacité d'utiliser ses deux langues maternelles, mais son français fut préservé ! Aussi, chaque fois que son mari (anglophone) venait lui rendre visite, le neurologue devait jouer les interprètes en français pour que le couple puisse communiquer.

Si les scientifiques ont encore beaucoup de chemin à parcourir pour comprendre comment le cerveau conserve et traite les langues, il existe un consensus grandissant sur les bienfaits de l'apprentissage d'une seconde langue, et ce à n'importe quel âge. Selon Suzanne Flynn, un professeur de linguistique à l'Institut de technologie du Massachusetts, spécialisée dans l'acquisition d'une deuxième langue, les personnes bilingues ont un avantage flagrant sur les monolingues, surtout si cela remonte à leur enfance : elles sont « plus à même d'abstraire l'information [...]. Elles apprennent très tôt que le nom donné aux objets est arbitraire, elles traitent donc d'un niveau d'abstraction très tôt dans leur vie ».

Pour évaluer les différences de perception entre des enfants de 4 ans monolingues et bilingues, des psychologues ont utilisé un jeu simple composé de Lego et de Duplo (des briques de plastique à empiler). Ils construisirent deux tours (s'apparentant à des immeubles) : l'une avec des Lego, l'autre avec des Duplo (1 Duplo = 2 Lego en taille), et expliquèrent aux enfants que chacun des Lego/Duplo de la tour pouvait contenir une seule famille. La question posée aux enfants était la suivante : combien de familles peuvent vivre dans la tour de Lego et combien dans la tour de Duplo ? Pour répondre correctement, l'enfant devait lutter contre l'évidence qu'une tour de sept Lego est aussi grande qu'une tour de quatre Duplo. Tandis que les enfants monolingues ne pouvaient répondre correctement qu'à partir de 5 ans, les enfants bilingues réussirent dès l'âge de 4 ans. Il semble que les enfants bilingues aient de meilleures capacités d'attention et parviennent à ignorer davantage les distractions.

Savoir parler plusieurs langues est même un atout contre le déclin des performances mentales dues au vieillissement ! Dans des études réalisées au Canada, en Inde et à Hong Kong, des psychologues ont découvert que les individus bilingues réussissaient mieux certains tests que les monolingues, en particulier ceux qui exigeaient de la concentration. Il s'agissait notamment du *test de Simon* (qui mesure les capacités mentales connues pour se détériorer lors du vieillissement). Les sujets devaient regarder un carré clignotant rouge ou bleu sur un écran et appuyer sur un bouton à gauche ou à droite selon la couleur qui apparaissait. Trois expériences ont montré que les bilingues en cantonais/anglais, tamil/anglais ou français/anglais surpassaient systématiquement les sujets qui ne parlaient que l'anglais. Les chercheurs ont émis l'hypothèse que la capacité à « contenir » simultanément deux langues dans le cerveau, sans mélanger leurs mots et leurs grammaires, pourrait expliquer la meilleure concentration des bilingues. Une autre explication est que les bilingues ont développé une *mémoire à court terme* plus efficace pour conserver et traiter l'information.

Multilingue : les clés du succès

Apprendre une nouvelle langue implique trois étapes majeures : les sons (*la phonétique*) ; les mots – leur sens et les règles pour les créer (*la morphologie*) ; et la combinaison grammaticalement correcte du vocabulaire pour former des expressions et des phrases (*la syntaxe*). Voici une définition utile du processus d'acquisition d'un nouveau langage, extraite de l'excellent livre *An Introduction to Langage* des linguistes Victoria Fromkin et Robert Rodman : « Savoir parler une langue, cela veut dire être capable de produire de nouvelles phrases que personne n'a jamais dites, et pouvoir comprendre des phrases jamais entendues avant. »

Si les adultes trouvent la maîtrise d'une seconde langue beaucoup plus difficile, c'est aussi parce que leurs connaissances antérieures interfèrent avec les nouvelles informations à acquérir. Il n'est pas rare qu'ils utilisent les sons de leur langue maternelle pour prononcer les mots de la langue étrangère. Par exemple, un anglophone a tendance à produire un souffle (lettre expirée) quand il prononce les mots *« quick »* (rapide) ou *« come »* (venir) ; quand il tente de parler espagnol, il reproduit à mauvais escient cette expiration pour les mots *« como »* ou *« que »*. Les Espagnols ont le problème inverse avec l'anglais.

Pour m'entraîner aux sonorités d'une langue que je souhaite apprendre, j'ai mis au point cette méthode efficace : j'invente des phrases dans lesquelles les sons difficiles se répètent. Par exemple, pour apprendre à bien prononcer le son « -ain » en français : « Alain tient du pain aux grains dans sa main. » Pour apprendre le son *« -ook »* en anglais, vous pourriez répéter la phrase : *« Look ! He took the cookbook ! »* (Regarde ! Il a pris le livre de cuisine !).

Une autre astuce pour mémoriser les sons consiste à écouter des chansons dans la langue étudiée et à les chanter. Utiliser la musique aide à imiter les rythmes et contribue à une bonne prononciation.

Point important : bien prononcer, c'est surtout savoir où placer l'accent tonique. L'anglais est une langue très compliquée à ce niveau. Dans la phrase *« the White House »* (la Maison Blanche), l'accent est mis sur le mot *« White »*, mais dans *« a white house »* (une maison blanche) l'accent porte cette fois sur le mot *«house»* ! Heureusement, beaucoup de langues ont un accent tonique régulier : en finnois, l'accent tombe toujours sur la première syllabe de chaque mot, tandis qu'en polonais l'accent est toujours placé sur l'avant-dernière syllabe.

L'intonation est également essentielle car elle détermine le sens que l'on veut donner à ce qu'on dit. Certaines langues, comme l'anglais et le français, peuvent changer une affirmation en question uniquement en modifiant le ton de la voix. La phrase «Jean est ici», avec une intonation descendante en fin de phrase, est une affirmation. Mais, si l'intonation est ascendante (avec une voix plus aiguë en fin d'énoncé), elle devient une question («Jean est ici ?»).

La phonétique ne constitue pas seulement un inventaire des sons utilisés dans une langue, elle étudie aussi la façon dont la langue les assemble en syllabes et comment les syllabes associées forment ensuite des mots. Par exemple, le mot «splatch» n'est pas un mot anglais, mais une telle association de syllabes pourrait, en théorie, exister. Rien à voir avec le mot *«tskhviri*[1]*»* qui, lui, est inconcevable dans cette langue. Habituellement, dans notre langue maternelle, nous savons automatiquement si tel ou tel mot peut en faire partie. En ce qui concerne notre seconde langue, n'ayant pas l'«instinct» de l'appartenance du mot, nous sommes forcés d'apprendre les règles. Une méthode pour les francophones consiste à étudier comment les mots français ont été empruntés par d'autres langues. Par exemple, en japonais, le mot «croissant» s'est transformé en *«kurowassan»* et le mot «avec» en *«abekku»*.

Savoir comment les sons se combinent est également important. Par exemple, un anglophone qui entend *«this*

1. «Nez» en géorgien.

road» sait que son interlocuteur lui dit *«this»* + *«road»* et non *«the sroad»* (l'association «sr-» étant une aberration en anglais). Selon ce que les linguistes appellent «la théorie de la cohorte», lorsqu'on entend le début d'un mot, notre cerveau s'emplit d'une ribambelle de mots «candidats» (la cohorte) qui correspondent aux premiers sons entendus. Puis, au fur et à mesure que le mot se déroule, la cohorte diminue. Par exemple : si l'on entend un mot qui débute avec «él-», notre cerveau va automatiquement penser à tous les mots qui commencent par «él-» (él-éphant, él-ection, él-ément, Él-éonor, él-ectrique), réduisant rapidement les possibilités des mots candidats pendant que les sons du mot prononcé se dévoilent : «élec-» (élec-trique, élec-tion), jusqu'à ce que le mot soit reconnu «él- ec- tion». Plusieurs expériences ont soutenu cette *théorie de la cohorte* et ont montré que la reconnaissance d'un mot est beaucoup plus difficile si ses premières syllabes sont mal prononcées que si c'est sa terminaison qui est «mangée» (un mot est plus facile à deviner avec ces premières lettres qu'avec sa terminaison).

Apprendre le vocabulaire d'une langue étrangère est souvent un travail décourageant. Mais l'acquisition d'un lexique riche et expressif n'est pas aussi difficile que vous le pensez. Dans les pages qui suivent, je vais partager avec vous plusieurs méthodes simples pour apprendre des mots nouveaux rapidement et efficacement. Avant cela, pourtant, je voudrais évoquer cette croyance répandue selon laquelle il est possible de parler une langue étrangère correctement si l'on en connaît les cent mots les plus utilisés. Selon l'auteur Tony Buzan dans son livre *Using Your Memory* («Utiliser votre mémoire»), les cent mots les plus communs d'une langue constituent 50 % du langage quotidien. Amusons-nous avec la liste des cent mots les plus courants en français :

le, la, l', les	être	avoir	de
autre	deux	venir	prendre
bien	ce, cet, cette/ces	tu	en
encore	trois	parler	toujours
faire	qui	oui	alors
heure	rien	jour	mettre
là	comme	voir	non
mais	elle/elles	en	dire
me	se	aller	au/aux
moi	tout	très	que
pas	à	et	on
passer	peu	devoir	aussi
plus	même	sur	ou
pouvoir	parce que	avec	lui
quand	vouloir	petit	si
savoir	nous	puis	mon, ma, mes
son, sa, ses	enfin	falloir	par
tout	arriver	beaucoup	croire
un, une, des	je	il/ils	ce
vous	ça	que	ne
y	du/des	pour	dans

Le problème, si l'on applique cette idée, c'est que les mots de la liste sont effectivement très basiques et apportent très peu d'information. Pour démontrer cela, voici le début d'un conte français très connu, reproduit uniquement avec les cent mots de la liste :

Il était une ___ un ___ et une ___ qui avaient ___ ___ ___. L'___ n'___ que ___ ___, et le plus ___ n'en avait que ___. On ___ que le ___ ait eu ___ d'___ en si peu de ___; mais c'est que sa ___ allait ___ en ___, et n'en faisait pas ___ que deux à la ___. Ils étaient ___ ___, et leurs ___ ___ les ___ beaucoup, parce qu'___ d'___ ne pouvait encore ___ sa ___. Ce qui les ___ encore, c'est que le plus ___ était ___

___ et ne ___ ___: prenant pour ___ ce qui était une ___ de la ___ de son ___. Il était ___ petit, et quand il vint au ___, il n'était ___ plus ___ que le ___, ce qui fit que l'on l'___ le petit ___. Ce ___ ___ était le ___ de la ___, et on lui ___ toujours ___. ___ il était le plus ___, et le plus ___ de ___ ses ___, et s'il parlait peu, il ___ beaucoup.

Voici maintenant le texte original :

«Il était une fois un bûcheron et une bûcheronne qui avaient sept enfants tous garçons. L'aîné n'avait que dix ans, et le plus jeune n'en avait que sept. On s'étonnera que le bûcheron ait eu tant d'enfants en si peu de temps ; mais c'est que sa femme allait vite en besogne, et n'en faisait pas moins de deux à la fois. Ils étaient fort pauvres, et leurs sept enfants les incommodaient beaucoup, parce que aucun d'eux ne pouvait encore gagner sa vie. Ce qui les chagrinait encore, c'est que le plus jeune était fort délicat et ne disait mot : prenant pour bêtise ce qui était une marque de la bonté de son esprit. Il était fort petit, et quand il vint au monde, il n'était guère plus gros que le pouce, ce qui fit que l'on l'appela le petit Poucet. Ce pauvre enfant était le souffre-douleur de la maison, et on lui donnait toujours tort. Cependant il était le plus fin, et le plus avisé de tous ses frères, et s'il parlait peu, il écoutait beaucoup[1].»

On pourrait rétorquer que les vocables utilisés dans ce conte sont plutôt rares : «bûcheron» ou «besogne» par exemple. Mais que dire des mots «fort», «garçon», «frère», «jeune», «pauvre» qui n'apparaissent pourtant pas dans la liste ? Pensez aussi à tous ces substantifs très communs comme «homme» et «femme», «chat» et «chien» ou «main» et «pied». Enfin, l'argument statistique : «cent mots constituent 50 % du langage quotidien» est trompeur. Si l'on

1. *Le Petit Poucet* de Charles Perrault (NdT).

analyse la pièce *Macbeth* de W. Shakespeare, on sera étonné de découvrir que 21 % du texte est composé de seulement neuf mots (*«the»*, *«and»*, *«to»*, *«of»*, *«I»*, *«a»*, *«Macbeth»*, *«that»*, *«in»*), mais cela ne veut pas dire que, si vous connaissez seulement cette liste, vous serez capable de comprendre ne serait-ce qu'un cinquième des thèmes, des événements ou de l'intrigue de la pièce !

Il est tout simplement impossible d'acquérir un vocabulaire riche et utile avec des listes statistiques. Ce qu'il vous faut, c'est une gamme d'idées et de méthodes. Apprendre des onomatopées est un bon début, parce qu'on les trouve dans toutes les langues et qu'elles sont «naturellement» mémorisables : les verbes onomatopéiques anglais comme *«bang»* (claquer), en allemand *«klatschen»* (applaudir) ou *«susurrar»* (chuchoter) en espagnol sont de bons exemples facilement mémorisables.

Utiliser le symbolisme phonétique (des sons associés à un sens spécifique) est une autre façon d'apprendre et de mémoriser de nouveaux mots. En anglais, les mots commençant par les lettres «gl-» font souvent partie du champ lexical de la lumière : *«glow»* (rougeoiment), *«glimmer»* (lueur), *«glitter»* (scintiller), *«glint»* (étinceller) ou encore *«gleam»* (chatoiement). En islandais, les mots commençant par «hn-» décrivent souvent des objets ronds, tels que *«hnöttur»* (globe), *«hné»* (genou), *«hnúi»* (partie ronde de l'articulation des doigts), *«hnappur»* (bouton), *«hnútur»* (nœud) ou encore le verbe *«hnipra»* (se mettre en boule). Le même système d'association peut se faire en français : les mots commençant par «lu-» évoquent souvent la lumière : «lueur», «luciole», «luminaire», «lune», «lucide», «lucarne», «lustre», etc. Des exemples comme ceux-ci montrent que certains sons/mots ont une correspondance non fortuite avec l'objet qu'ils décrivent. Plusieurs expériences corroborent cette idée. L'une d'entre elles date de 1954 : le psycholinguiste allemand Heinz Wissemann demanda à un groupe de sujets d'inventer des mots correspondant à certains sons et découvrit que les sujets avaient tendance à créer des mots qui commençaient par « P », « T » ou « K » pour décrire des sons brusques, et des mots commençant par « S » ou « Z » pour des mots plus « glissants ». Au cours d'une expérience récente, le scientifique Brent Berlin fit entendre à des anglophones une liste de noms de poissons et d'oiseaux issus de la langue huambisa (une langue du Pérou) ; et découvrit que les sujets étaient capables de distinguer les mots décrivant un poisson de ceux qui décrivaient un oiseau (et cela sans l'aide du facteur chance). Fait surprenant, puisque l'anglais n'a rien à voir avec la langue huambisa !

Et vous ? Pouvez-vous retrouver la définition des mots ci-dessous issus de différentes langues à travers le monde ?

1- L'adjectif « *pambalaa* » dans la langue africaine siwu décrit :
A- Une personne ronde ?
B- Une personne mince ?

2- Le mot « *durrunda* » en basque évoque-t-il :
A- Un bruit doux ?
B- Un bruit fort ?

3- Les couleurs japonaises « *aka* » et « *midori* » veulent-elles dire :
A- Rouge et vert ?
B- Vert et rouge ?

4- Le verbe malais « *menggerutu* » est utilisé pour :
A- Une personne qui rit ?
B- Une personne qui râle ?

5- « *Piro piro* » en italien est :
A- Un poisson ?
B- Un oiseau ?

6- Les adjectifs hongrois *«nagy»* et *«kicsi»* veulent-ils dire :
A- Grand et petit ?
B- Petit et grand ?

7- Si un habitant des îles Samoa vous dit *«ongololo»*, de quoi parle-t-il ?
A- D'un mille-pattes ?
B- D'une fourmi ?

8- Dans la langue aborigène yir yoront, que signifie *«chichichi»* ?
A- C'est un chien qui est assis ?
B- C'est un chien qui court ?

Réponses : 1A-2B-3A-4B-5B-6A-7A-8B

Établir des associations entre les mots d'une même langue (ou entre les mots de sa langue maternelle et ceux d'une seconde langue) est une autre astuce pour apprendre. Mon style de pensée (naturellement associatif) m'aide particulièrement à recourir à ce genre de méthode. Par exemple, quand je pense au mot «jour» en français, je l'associe immédiatement à «bonjour» ou à «journal». Je fais la même chose avec l'allemand : *«Hand»* (la main) me fait penser à *«Handy»* (téléphone portable) et *«Handel»* (commerce).

Des grappes de mots peuvent alors se former. Elles sont idéales pour la compréhension et la mémorisation du vocabulaire étranger. En français, je forme une grappe de mots associés, qui m'aide à me souvenir des termes qu'on utilise pour protéger ses pieds : «chaussure», «chaussette» et «chausson» ! En anglais on peut aussi trouver des associations identiques et former des grappes : *«paper»* (papier), *«pen»* (stylo), *«pencil»* (crayon) et *«paint»* (peinture).

Il est tout aussi aisé de faire correspondre des mots étrangers à des mots similaires, piochés dans notre langue maternelle, et ainsi optimiser la remémoration. Ces correspondances ne sont pas toujours évidentes à trouver, mais avec un peu d'imagination... Par exemple, pour se souvenir du mot *«casa»* en espagnol (maison), pourquoi ne pas l'associer dans son esprit au mot français «case» (maison rudimentaire africaine) ?

Ci-dessous d'autres exemples d'associations dues à une similarité, dans différentes langues :

En finnois : *«sipuli»* (oignon) peut être associé au mot français «ciboule» (plante dont le goût s'apparente à l'oignon). Exemple plus évident encore, le mot *«apteekki»* qui veut dire «pharmacie», peut être associé à «apothicaire».
En gaélic d'Écosse : *«uisge»* (eau) a donné le mot *«whiskey»*, et *«sgrìobh»* (écrire) ressemble au mot français «scribe» (celui qui écrit) ou encore «gribouillis».
En allemand : *«Vogel»* (oiseau) peut être connecté au mot «voler», et *«Mädchen»* (fille) commence par les mêmes lettres que le mot français «madame» («-chen» est un suffixe diminutif en allemand).
En lituanien : *«dantys»* fait penser à sa définition française «dent» mais aussi à «dentiste». Le mot *«senis»* (vieil homme) peut être associé, non sans humour, au mot français «sénile»! Enfin, *«vyras»* (homme) nous fait penser à «viril».
En roumain : *«birou»* est très proche de sa traduction française «bureau», et *«apă»* (eau) ressemble à *«aqua»*.
En espagnol : beaucoup de mots sont des copies non conformes du français, par exemple *«año»* (année) ou *«azul»* (azure).
Enfin, en gallois : *«pen»* (tête) et *«gwin»* (blanc) ont formé le mot gallois *«penguin»* («pingouin» en français). D'autres mots sont reconnaissables, malgré une écriture différente : *«llyfr»* veut dire «livre» ou *«ffenestr»*, «fenêtre».

Attention, les mots qui se ressemblent n'ont pas toujours de définition identique! Entrent maintenant en piste ces mots à l'apparence trompeuse que l'on nomme les faux amis : *«library»* en anglais n'a rien à voir avec une «librairie», c'est une «bibliothèque». En espagnol, *«contestar»* veut dire «répondre». En islandais, le mot *«gras»* est plus bucolique qu'il en a l'air, il veut dire «herbe» (*«grass»* en anglais). En finnois, *«kaniini»*, bien qu'il ressemble à «canin», donc «chien», veut dire en réalité... «lapin»!

Autre façon de faciliter la remémoration du vocabulaire étranger : apprendre des paires de mots indissociables, car faisant partie d'une même expression. En anglais, par exemple, on dit *«bread and butter»* pour parler de son «gagne-pain» (littéralement «pain et beurre»); *«bucket»* et *«spade»* s'utilisent toujours ensemble (*«bucket and spade»* = «le seau et la pelle») ou encore *«table and chair»* («table et chaise»). En français, ce genre d'expressions existe aussi : «Ses cheveux sont poivre et sel», ou «Ils s'entendent comme chien et chat». Attention, pour la traduction anglaise de ces expressions, il faut inverser les termes, ce qui donne : *«salt and pepper»* et *«cat and dog»*.

Apprendre des mots composés (comme «gagne-pain» en français) permet aussi d'enrichir facilement son vocabulaire : pour un mot appris, deux vous sont offerts! Quand, en 2004, des producteurs m'ont posé un défi : apprendre l'islandais en une semaine (et me «tester» ensuite dans une interview en directe de Reykjavik sur la télévision islandaise), j'ai découvert l'existence d'une multitude de mots composés islandais, et j'ai pu ainsi élargir mon vocabulaire rapidement. Par exemple, en apprenant le mot *«járnbraut»*, qui veut dire «chemin de fer», j'ai appris en même temps les mots *«járn»* (fer) et *«braut»* (chemin). Le mot *«hvítlaukur»* est composé de *«hvít(ur)»* (blanc) et de *«laukur»* (oignon), et signifie «ail». Enfin, *«orðabók»* est une combinaison de *«orð»* (mots) et *«bók»* (livre), soit littéralement «livre de mots», donc «dictionnaire». En islandais, certains mots composés peuvent même se connecter pour former un nouveau mot composé! Le mot «*alfræðiorðabók*» est formé de «*al*» (tous), de «*fræði*» (savoir) et du mot composé «*orðabók*» (dictionnaire), le tout formant le mot «encyclopédie» (dictionnaire de tous les savoirs). En suivant ce processus très expressif de composition des mots, j'ai été capable (après quelques jours d'étude seulement) d'inventer moi-même des mots composés, compréhensibles par tous les Islandais ! Par exemple, je voulais expliquer l'expérience de se sentir immerger dans une langue étrangère et j'ai créé le mot composé «*orðafoss*», qui veut dire littéralement «chute de mots»; ou encore expliquer l'attirance très forte que l'on peut éprouver pour une langue étrangère, avec le mot inventé : «*bróðurmál*» («langue sœur»).

Étudier comment fonctionne le système des affixes (ces suffixes et préfixes que l'on fixe au début ou à la fin d'un mot) permet de multiplier les définitions à partir d'un seul mot appris; encore une bonne façon d'accroître ses capacités linguistiques. En anglais, nous avons un mot à rallonges : «*antidisestablishmentarianism*». Il combine le verbe «*establish*» (établir) et les préfixes «*anti-*» (contre) et «*-dis*» (pas), ainsi que les suffixes «*-ment*» (qui transforment le verbe en nom), «*-arian*» (indique l'intérêt pour quelque chose), et enfin «*-ism*» (qui évoque un courant, un mouvement). Pour récapituler, cela veut dire : «le courant qui s'oppose à ceux qui ne veulent pas de l'Église établie!» Un exemple plus simple, en anglais toujours, est l'utilisation courante du suffixe «*-ness*» pour transformer un adjectif en nom. Par exemple, «*red*» (rouge) + «*-ness*» = «*redness*» (la rougeur), «*mad*» (fou) + «*-ness*» = «*madness*» (la folie) ou encore «*clever*» (intelligent) + «*-ness*» = «*cleverness*» (habileté/ingéniosité). Le même processus peut s'effectuer en espagnol. Voici un exemple qui montre comment des suffixes ajoutés à la fin d'un seul mot (ici, «*manteca*» qui signifie «graisse animale» en français) peuvent engendrer toute une gamme de nouvelles définitions :

«manteca» + le suffixe *«-illa»* = *«mantequilla»* qui veut dire *«beurre»*,
+ le suffixe *«-ero»* = *«mantequero»* (un beurrier),
+ le suffixe *«-ada»* = *«mantecada»* (tartine de beurre ou «petit-beurre»),
+ le suffixe *«-ado»* = *«mantecado»* (gâteau au saindoux ou glace à la vanille).

Certains mots utilisés couramment revêtent plusieurs définitions selon leur contexte. Les apprendre augmente nos capacités d'expression. En anglais, *«still»*, utilisé pour dire «encore/toujours» (*«he is still here»* = il est encore là), peut aussi signifier «calme» (*«the water was still»* = l'eau était calme) ; ou encore «immobile» comme dans *«the dog rested still next to his master»* (le chien restait immobile à côté de son maître). Un autre exemple, en allemand cette fois-ci, avec le mot *«Schuld»* qui peut vouloir dire selon le contexte : «dette», «faute», «responsabilité» ou «culpabilité». Mais faites attention quand vous essayez de traduire un mot qui a plusieurs sens dans votre langue maternelle : le verbe français «apprendre» peut à la fois dire «apprendre soi-même» ou «apprendre à quelqu'un». En anglais, il existe deux verbes bien distincts pour «apprendre» : *«to learn»* (apprendre soi-même) et *«to teach»* (enseigner).

Les genres sont une vraie «bête noire» pour beaucoup d'Anglais qui veulent apprendre une langue étrangère ! La plupart des langues européennes possèdent deux ou trois genres (l'anglais n'en a pas). Mais ce chiffre est dérisoire comparé à la langue aborigène yanyuwa, qui propose seize genres selon les différentes utilisations des objets dans la société ! Ce qui rend si difficile l'apprentissage du genre pour un étranger, c'est qu'il semble complètement arbitraire. En français par exemple, le mot «lune» est féminin, mais en allemand il est masculin (*«der Mond»*). Mark Twain, un humoriste américain, était émerveillé par les genres des noms en allemand, écrivant dans son livre *A Tramp abroard* (Un vagabond à l'étranger) : « En allemand, une jeune femme n'a pas de genre, mais un navet en a un [...]. Un arbre est masculin, ses bourgeons sont féminins, et ses feuilles sont neutres ; les chevaux n'ont pas de sexe, les chiens sont mâles, les chats sont femelles [...] même les matous ! »

Des études effectuées par les psychologues cognitifs Lera Boroditsky, Lauren A. Schmidt et Webb Philipps montrent que ceux qui parlent une langue maternelle à genres ont appris à se souvenir du genre de chaque mot en créant des images mentales qui mettent en avant les caractéristiques « féminines » ou « masculines » dudit mot. Quand on demande à un groupe d'Allemands et d'Espagnols de penser à des adjectifs pour décrire le mot « clef », les Allemands (pour lesquels « clef » est un mot masculin) répondent : « dure », « lourde », « dentelée » et « métallique » ; mais les Espagnols, pour qui le mot est féminin, préfèrent les qualificatifs suivants : « dorée », « petite », « belle » et « brillante ».

Si vous apprenez une langue étrangère, vous pouvez vous inspirer de ce processus d'association pour vous souvenir du genre d'un mot, ou suivre les deux conseils suivants. Le premier : considérer l'article qui précède le nom comme faisant partie du nom et/ou apprendre le nom en l'associant à un adjectif qui vous aidera à retrouver son genre. Vous pouvez par exemple retenir la phrase allemande « *Ein schwerer Schlüssel* » (littéralement « un lourd_ clef ») plutôt que d'apprendre le mot « *Schlüssel* » de façon isolée. En espagnol, on peut apprendre la phrase « *la sangre es roja* » (littéralement « *la sang est rouge* » afin de se souvenir que le mot « sang » est féminin. Second conseil : repérez la terminaison des noms, car elle est souvent révélatrice d'un genre. En allemand, les noms qui se terminent par « – chen » ou « – lein » sont toujours neutres (« *das Mädchen* » = fille), tandis que les mots qui se terminent par « – ik » sont souvent féminins (« *die*

Klinik», «*die Musik*», «*die Panik*») ; enfin, ceux qui se terminent par «– ismus» sont masculins («*der Journalismus*», «*der Kommunismus*»).

Au dernier stade de l'apprentissage, il nous faut créer de façon significative des groupes de mots qui, une fois combinés les uns aux autres, formeront des phrases. La lecture est pour moi essentielle dans le processus d'acquisition de la langue ; parce que apprendre les mots dans leur contexte aide la mémoire et permet de les réutiliser correctement dans ses propres phrases. Dans la seule semaine que l'on m'a accordée pour apprendre l'islandais, j'ai lu autant que possible, apprenant rapidement beaucoup de groupes de mots utiles avec lesquels je pouvais construire mes propres phrases. Ci-dessous, cinq phrases courtes en islandais qui peuvent servir d'exemples :

«*Ég las góða bók um helgina*» (J'ai lu un bon livre ce week-end)

«*Hún er alltaf með hatt á höfðinu*» (Elle porte toujours un chapeau sur la tête)

«*Ég heyri fuglana syngja*» (J'entends chanter les oiseaux)

«*Stundum kemur regnbogi þegar það rignir*» (De temps en temps un arc-en-ciel apparaît quand il pleut)

«*Hann fer á fætur klukkan sjö*» (Il se lève à sept heures)

En recombinant les groupes de mots qui constituent ces phrases, j'ai pu immédiatement créer les phrases originales suivantes (et bien d'autres !) :

«*Stundum heyri ég fuglana syngja klukkan sjö*» (De temps en temps j'entends chanter les oiseaux à sept heures)

«*Hún er með góða bók*» (Elle a un bon livre)

«*Þad rignir alltaf þegar ég fer á fætur*» (Il pleut toujours quand je me lève)

«*Hann kemur um helgina*» (Il vient ce week-end)

Plus vous lirez, et plus vous serez exposé à des groupes de mots et à des rythmes grammaticaux, qui vous permettront de créer presque immédiatement vos propres phrases complètes et justes; sans recours aux tableaux de conjugaisons ni aux livres de grammaire.

Ces quelques conseils pourront vous éviter les problèmes liés à l'apprentissage mot à mot, hors contexte. Ceux qui apprennent l'anglais, et ont acquis une bonne maîtrise de la langue, continuent pourtant de faire des erreurs sur des mots appris en dehors de tout contexte. Le mot «*ripe*», par exemple, veut dire «mûr» en anglais, mais ne peut en aucun cas s'utiliser dans une expression du type «*the ripe man*» (l'homme mûr). Cet adjectif est exclusivement réservé aux fruits et légumes; on dira plutôt «*the mature man*». Autre exemple avec le mot «*profound*» (profond) : «*the sea was profound*» est une aberration. Ce mot ne s'utilise que pour parler des idées, des sentiments; pour la mer, on choisira «*deep*». Des expressions de tous les jours peuvent être également bien différentes d'une langue à l'autre; il est nécessaire de les retenir à l'aide d'exemples :

«*The boy brushed his teeth*» en anglais (littéralement : le garçon a brossé ses dents) devient «le garçon s'est lavé les dents» en français.

«*I miss you*» (littéralement : je manque toi) se dit en français «tu me manques».

«It is cold» (littéralement : c'est froid) veut dire «il fait froid».

Enfin, *«I have a headache»* (littéralement : j'ai une tête-douleur) se traduit par «j'ai mal à la tête».

Apprendre des groupes de mots et des phrases entières composés d'un vocabulaire varié est une bonne méthode qui imite le processus avec lequel nous avons tous appris notre première langue. Après tout, un enfant n'acquiert pas sa langue maternelle en étudiant la grammaire ou en faisant des listes de mots. Essayer d'apprendre une langue étrangère mot après mot est une méthode artificielle, trop fragmentaire. Le but n'est pas de reproduire le vocabulaire étudié dans un livre ou écouté sur une cassette, mais de communiquer nos pensées, nos sentiments, nos expériences et nos idées – toutes choses qui exigent des phrases complexes et bien formées.

En s'inspirant des conseils et méthodes de ce chapitre, je crois que n'importe qui sera capable de maîtriser une langue étrangère; et d'en retirer du plaisir. C'est une expérience qui nous enrichit, bien au-delà des mots.

Langues oubliées : ces voix qui disparaissent

Je connais la valeur des langues, leur utilité à la fois pratique et instructive, et la quantité immense et variée des savoirs qu'elles renferment. C'est pour cela que j'ai été profondément choqué et triste suite à la lecture de récents articles scientifiques. Près d'une moitié des six mille langues parlées dans le monde sont en train de mourir; cinq cents d'entres elles n'étant parlées que par dix personnes au grand maximum. Selon certaines estimations, près de 90 % des langues parlées sur le globe vont disparaître au cours de ce siècle! Le linguiste Michael Krauss parle d'une perte de la diversité linguistique « catastrophique », « aussi inquiétante que si l'on perdait 90 % des espèces biologiques mondiales ».

Pendant que j'écrivais ce chapitre sur le langage, une vieille femme nommée Marie Smith Jones est morte. Elle était la dernière personne sur terre à parler une langue venue de l'Alaska : l'eyak. Elle avait travaillé avec des chercheurs spécialistes des langues menacées, et s'était battue pour la défense du droit des autochtones et leur protection. Avec l'Université de l'Alaska, elle a mis au point un dictionnaire d'eyak dans l'espoir que les générations futures ressusciteront cette langue. La fille de Mme Jones expliqua plus tard aux journalistes qu'aucun des neuf enfants de sa mère n'avait appris l'eyak, « l'anglais étant la seule langue vraiment acceptée par tous ».

Si les langues des minorités connaissent un tel déclin partout dans le monde, c'est parce qu'elles sont toujours perçues inférieures et non civilisées. À la fin du XXe siècle, aux États-Unis et au Canada, les langues amérindiennes étaient considérées comme « barbares », et les élèves punis sévèrement s'ils parlaient dans leur langue maternelle. Comme pour les plantes et les espèces animales, les langues disparaissent quand leur « habitat naturel » est détruit. Plusieurs causes à ce fléau : des changements démographiques, des génocides ou le développement de l'industrie. L'oppression politique est une autre raison de ce déclin – à l'instar de ce qu'ont vécu mes amies lituaniennes à l'époque soviétique, quand les journaux et les panneaux de circulation devaient être obligatoirement écrits en russe – mais aussi la propagation des médias électroniques en langues étrangères, décrits par un linguiste comme « un gaz neurotoxique culturel ».

Bien sûr, la mort de certaines langues, comme de certaines espèces biologiques, est naturelle et prévisible. Les langues éclosent, se développent, évoluent, avant de finalement se raréfier et mourir. Les enjeux moraux et pratiques autour de la préservation des langues sont complexes. Comme l'avait remarqué le créateur de l'espéranto Ludwig Zamenhof, les différences linguistiques entre les communautés peuvent diviser et devenir une source de malentendus, de tension et même d'hostilité. On comprend facilement pourquoi beaucoup de jeunes issus de communautés linguistiques minoritaires préfèrent parler une langue européenne, ou encore le russe, l'arabe, et le chinois : c'est pour eux une meilleure garantie de progrès économique et social.

Cependant, il y a de bonnes raisons pour se pencher sur le cas désespéré de ces langues menacées. Une langue n'est pas seulement une collection de mots, elle est aussi un moyen de transmission de la culture, une culture qui s'est adaptée aux circonstances environnementales, sociologiques et historiques uniques. Les mots d'une langue rare pour décrire une idée ou une coutume perdent beaucoup de leur sens quand ils sont traduits dans une autre langue. Toutes ces langues menacées possèdent des cultures orales riches, composées de chansons et de récits voués à une disparition définitive. Elles véhiculent souvent un savoir des choses de la nature. Certaines ethnies, en interaction avec le monde naturel depuis des centaines ou des milliers d'années, ont codifié dans leur langue leurs connaissances des plantes, des animaux et des écosystèmes locaux. Des savoirs dont certains sont encore ignorés des scientifiques. L'étude de ces langues par des chercheurs peut contribuer à la protection de l'environnement et accroître notre compréhension des systèmes de transmission des connaissances entre générations d'êtres humains.

De nature plutôt optimiste, je crois que tout espoir n'est pas perdu pour la diversité linguistique à travers le monde. La raison de cet optimisme est due aussi à l'éclosion de nouveaux amateurs de langues mortes (ou en voie d'extinction), comme en Grande-Bretagne, où l'on a vu le mannois et le cornique, autrefois disparus, renaîtrent de leurs cendres avec beaucoup de succès ; certains enfants de l'île de Man suivent aujourd'hui leur scolarité entièrement en mannois. Après des décennies de déclin, le gallois a récemment connu un regain d'intérêt, jamais égalé depuis plusieurs générations. Mais la réussite la plus spectaculaire est sans conteste la renaissance de l'hébreu qui, après deux millénaires, a été «ressuscitée» au cours du XIXe siècle et est aujourd'hui la langue officielle de l'État d'Israël, parlée par plus de sept millions de personnes!

Le professeur de linguistique Ken Hale, à l'Institut de technologie du Massachusetts, a constaté que «la disparition des langues faisait partie d'un phénomène plus général dont le monde souffre : la fin de la diversité dans toute chose». Je partage la même passion pour les langues et ne puis qu'être totalement d'accord avec lui. Dans un monde qui va à toute allure, nous devons prendre soin de ne pas détruire cette multitude linguistique qui a permis à des individus, depuis des générations, de ressentir, d'imaginer, de penser et de dire ce que signifie «être humain». La sagesse n'est possible que lorsque nous choisissons d'écouter et d'apprendre. Pour cette raison, chaque voix – dans chacune de nos langues – devrait avoir le droit de se faire entendre et d'être comprise.

Chapitre 5

L'INSTINCT DES NOMBRES

Enfant, j'étais fasciné par la beauté, l'ordre et la complexité des nombres. Deux décennies plus tard, l'envoûtement continue, plus que jamais : désormais, je m'intéresse aussi aux processus qui régissent mon expérience personnelle. Dans ma tête, les chiffres et les nombres sont des figures aux formes complexes qui interagissent pour me donner le résultat d'un calcul : comment ce phénomène s'articule-t-il? Comment puis-je visualiser ces formes et les utiliser pour calculer? Cette capacité hors du commun est-elle le fruit (au moins en partie) d'un sens inné que tout le monde possède, à différents degrés?

Dans ce chapitre, j'aimerais développer un certain nombre d'arguments en faveur de l'hypothèse suivante : la plupart des individus viennent au monde avec la capacité innée de compter, analogue à l'instinct du langage que nous avons examiné dans le chapitre précédent. Cet *instinct naturel des nombres* se manifeste sous plusieurs formes, dans notre système arithmétique (commun à tous) ou dans les représentations internes et personnelles que chacun se fait du monde des nombres. J'aimerais également proposer une théorie personnelle selon laquelle les capacités numériques des autistes savants sont le résultat de processus cérébraux naturels : il ne faut pas les comparer au fonctionnement d'un ordinateur. En fait, si mon hypothèse est vérifiée, cela signifie que mes capacités mathématiques sont la variante d'une forme de calcul mental que tout le monde exécute quotidiennement, spontanément et sans difficulté.

Tout le monde sait compter

À peine deux ans après la fin de ses études universitaires, Karen Wynn (chercheuse en sciences cognitives de l'enfant) a stupéfié le monde académique en découvrant que les bébés de 5 mois savaient compter ! Les résultats de son étude ont été si convaincants qu'ils ont généré une vague de recherches dans ce domaine, afin de mieux comprendre ce *sens inné des nombres* chez l'être humain.

Pour évaluer les capacités arithmétiques des bébés, Wynn a mis au point une méthode ingénieuse avec des figurines de Mickey et des écrans pour les cacher. Sous l'œil attentif des bambins, les expérimentateurs posent un Mickey sur une table, puis le font disparaître derrière un écran. Ils glissent ensuite un autre Mickey derrière ce cache. Surprise, on enlève l'écran ! La moitié du temps apparaît le nombre correct de figurines (soit 2). Mais, dans l'autre moitié des cas, une fois le cache levé, il ne reste qu'un Mickey (soit 1 Mickey + 1 Mickey = 1 Mickey), ou bien (suite au retrait d'une figure derrière le cache) il reste encore deux Mickey (soit 2 figurines derrière le cache + 1 figurine retirée = 2 figurines) ! L'étude montre que les bébés regardaient beaucoup plus longtemps les expériences dans lesquelles le résultat semblait illogique. Selon Wynn, les bébés, qui, naturellement, fixent plus attentivement les choses nouvelles et surprenantes, étaient capables de « compter » combien de Mickey se trouvaient derrière le cache : c'est pourquoi ils étaient perplexes devant des résultats erronés.

Karen Wynn a également découvert que les très jeunes enfants étaient attentifs au nombre de gestes effectués ou de sons émis. Dans une autre expérience, des scientifiques font sauter une marionnette de deux bonds en avant. Ils répètent ce geste à plusieurs reprises. Plus tard, ces mêmes scientifiques, toujours face aux gamins, font exécuter à la marionnette tantôt deux bonds, tantôt trois. Les bébés regardent plus attentivement quand le nombre de bonds change, ce qui indique qu'ils ont «compté» le nombre de bonds que la marionnette effectuait pour chaque série. Dans une expérience similaire, des bébés de 7 mois écoutent des poupées qui produisent des séries de deux à quatre sons. Ils fixent leur regard sur la poupée qui produit un nombre de sons irrégulier.

Les scientifiques ont par ailleurs montré que les jeunes enfants pouvaient être brillants dans des exercices impliquant des chiffres beaucoup plus grands que 1, 2 ou 3. Les psychologues Elizabeth Spelke et Fei Xu ont réalisé une étude sur des bébés de 6 mois, en leur présentant des compositions de points dont la taille et la position changeaient. Selon les résultats, ces bébés étaient capables de faire la différence entre une composition de 8 points et une composition de 16 points, qui couvraient pourtant toutes deux le même espace. Dans une autre étude, des enfants d'environ 3 ans, à qui l'on montrait une image de 21 points suivie d'une image de 30 points, pouvaient dire si elles contenaient plus de points qu'une seule image de 34 points!

Elizabeth Spelke a récemment étendu ces résultats en démontrant que les enfants étaient capables de compter (ajouter et soustraire de façon approximative) sans avoir appris auparavant les règles d'arithmétique. Pour cela, des chercheurs ont proposé à des groupes d'enfants de 5 et 6 ans un test audiovisuel sur ordinateur portable avec des questions du type : «Sarah a 15 bonbons, elle en reçoit 19 de plus. John a 51 bonbons. Qui a le plus de bonbons?» De façon surprenante, les enfants ont répondu correctement dans 64 à 73 % des cas.

Cet *instinct des nombres*, spécifique et spécialisé, résiderait dans une zone précise du cerveau (comme l'instinct du langage décrit par Chomsky), une zone distincte de celle où siègent les capacités générales de raisonnement. Certains cas cliniques semblent corroborer cette idée. Celui de signora Gaddi, par exemple : cette Italienne d'une bonne cinquantaine d'années fut victime d'une grave crise cérébrale qui endommagea le lobe pariétal gauche de son cerveau et la rendit complètement *acalculique* (incapable d'utiliser les nombres). Remise sur pied, elle fut examinée par des chercheurs qui découvrirent qu'elle était capable de parler couramment et d'être autonome (elle était gérante de son propre hôtel) mais ne pouvait compter au-delà de 4 (et ce de façon laborieuse, car elle comptait chaque objet individuellement).

Un autre indice en faveur de cette hypothèse se retrouve chez les personnes qui souffrent de maladies dégénératives (avec pour conséquence un fonctionnement cognitif embrouillé), mais qui conservent, malgré tout, leurs facultés pour le calcul. À l'image de ce patient, «Monsieur Bell», de l'hôpital national de neurologie et de neurochirurgie de Londres. Souffrant d'une maladie rare (*la maladie de Pick*) qui le rendait pratiquement incapable de s'exprimer, sauf pour quelques phrases comme «je ne sais pas» ou plus curieusement «millionnaire bub», il était toujours capable d'ajouter et de soustraire des nombres sans faire d'erreurs, ainsi que de les multiplier. Il pouvait aussi reconnaître si tel ou tel nombre de deux à trois chiffres était plus grand qu'un autre, même si sa compréhension du langage parlé ou écrit était pratiquement nulle.

D'autres indices confirment la théorie d'un *instinct inné*

des nombres. À l'instar du langage, il existe des myriades de formes de calculs et d'arithmétique à travers l'Histoire et les continents. Que peuvent-elles nous apprendre de la relation entre les mathématiques et le cerveau?

Les différentes façons de compter dans le monde

Dans son livre *The Mathematical Brain* («Le Cerveau mathématique»), le neuroscientifique cognitif Brian Butterworth défend de façon convaincante l'hypothèse d'une structure innée dédiée aux nombres au sein du cerveau. Il souligne la capacité universelle des humains à reconnaître instantanément (et sans compter) de petites quantités de 1 à 4 objets. Ce phénomène est appelé *subitisation* (du latin *subitus* qui veut dire «tout à coup»).

C'est pourquoi, dans beaucoup de langues, les premiers chiffres (de 1 jusqu'à 4) sont traités de façon particulière. Leur forme grammaticale est spécifique, ce qui n'est pas le cas des chiffres plus élevés. Dans certaines langues, on fait la distinction entre 2 objets et un ensemble plus grand. En gaélique d'Écosse, le mot *«chloich»* (pierres) est utilisé seulement précédé du chiffre 2 (ou par un nombre plus élevé qui se termine par 2) ; pour tous les autres nombres, le pluriel standard est *«clachan»*. On trouve d'autres exemples d'irrégularités linguistiques pour les chiffres les plus petits dans la langue anglaise : les adjectifs numéraux ordinaux s'écrivent différemment selon qu'il s'agit de la première, de la deuxième ou de la troisième place; soit respectivement : *«first»* (premier), *«second»* (deuxième) et *«third»* (troisième), puis un rythme standard s'installe tout comme en français : *«fourth»* (quatrième), *«fifth»* (cinquième), *«sixth»* (sixième), etc.

L'islandais nous offre quelques-unes des preuves linguistiques les plus impressionnantes concernant notre tendance à traiter différemment les petites quantités. Les chiffres de

1 jusqu'à 4 sont utilisés comme des adjectifs et possèdent plusieurs orthographes selon leur position dans la phrase. À l'inverse, les chiffres plus grands restent réguliers, ce qui suggère qu'ils ne décrivent pas de la même façon que les nombres plus petits. Par exemple : le mot pour « quatre » change toujours selon l'objet qu'il décrit (comme pour tous les adjectifs en islandais) : *« fjórir menn »* (quatre hommes) mais *« fjögur börn »* (quatre enfants) et *« eitt af fjórum »* (un sur quatre). En revanche, le mot pour cinq (*« fimm »*) (et ce pour tous les autres nombres supérieurs) ne change jamais : *« fimm menn »*, *« fimm börn »*, *« eitt af fimm »*. De tels exemples montrent que le cerveau perçoit les quantités plus petites comme la caractéristique spécifique et palpable du groupe d'objets. Pour comprendre, on pourrait inventer en français des mots comme « triosité » ou « quatriosité » pour signifier l'essence même de tel ou tel groupe (« la triosité des pommes dans la corbeille de fruits », à l'instar de leur « rondeur »).

Les preuves historiques et anthropologiques montrent une capacité innée et universelle dans le calcul et l'utilisation des nombres. Les Sumériens et les Babyloniens utilisaient déjà des symboles pour compter voilà au moins 3 000 ans avant J.-C. ; des tablettes d'argile de cette période montrent des tables de multiplication, des racines carrées et des racines cubiques ! Plus surprenant encore, des inscriptions en forme de bâtonnets ont été découvertes sur des morceaux d'os et sur les murs de grottes remontant à au moins 30 000 ans avant notre ère, démontrant peut-être que l'instinct des nombres est aussi vieux que l'instinct des langues et de la créativité.

Les anthropologues ont répertorié les mots pour compter dans pratiquement toutes les cultures. Ces mots sont parfois peu nombreux, les populations les utilisent alors pour les notions de « un » et « deux », parfois « trois », puis emploient un terme général pour dire « beaucoup ». Ce qui ne les empêche pas de concevoir des systèmes pour compter au-delà des petites quantités. Les Bochimans d'Afrique du Sud, par exemple, disent *«xa»* pour «un», *«t'oa»* pour «deux» et *«quo»* pour «trois». De façon ingénieuse, ils diront *«t'oa-t'oa»* pour «quatre» (littéralement «deux deux»), *«t'oa-t'oa-ta»* pour «cinq» («deux deux un») et *«t'oa-t'oa-t'oa»* pour «six» (deux-deux-deux). Des méthodes similaires ont également été découvertes en Asie du Sud-Est, en Amérique du Nord, en Afrique centrale et dans le Pacifique.

Pour compter au-delà de 5 ou 6, certains habitants de Papouasie-Nouvelle-Guinée ne s'aident pas seulement des doigts de la main, mais peuvent solliciter les pieds et d'autres parties du corps ! La tribu Oksapmin utilise, par exemple, un système de comptage qui parcourt le corps jusqu'au nombre 27. Il débute par le pouce droit («un»), passe par le nez («quatorze») et se termine à l'auriculaire gauche. Dans la langue de la tribu Oksapmin, on utilise les noms des parties du corps pour désigner chaque chiffre ou nombre : ainsi, 8 se dit «coude droit». L'anthropologue Geoffrey Saxe raconte qu'il observa une fois un gérant de magasin oksapmin qui réussit à ajouter 14 + 7 shillings en touchant son corps : le nez (14) puis l'œil gauche (15), le pouce droit (+1), l'oreille gauche (16), l'index droit (+2), etc. jusqu'à ce qu'il soit arrivé au total juste (l'avant-bras gauche, 21) !

Ce procédé n'est pas l'apanage des cultures isolées; selon plusieurs linguistes, les mots anglais *«four»* et *«five»* viennent de la même racine : *«finger»* (doigt). Le mot *«fimf»* en langue gothique veut dire «cinq», il a peut-être aussi la même origine (*«figgrs»* voulant dire «doigt»). Dans les langues slaves, le mot pour «cinq» est lié au mot «poing». Les chercheurs pensent que le mot original indo-européen pour «dix» devait vouloir dire «deux mains».

Au passage, signalons que, selon certaines recherches, les mots européens utilisés pour compter auraient un effet négatif sur les aptitudes de calculs des enfants. Ces études montrent systématiquement que les jeunes asiatiques apprennent à compter plus tôt et plus loin que les enfants américains ; ils peuvent notamment faire des additions et des soustractions très tôt. La raison : en anglais et dans d'autres langues, les mots pour compter de 11 à 19 et pour les dizaines (20, 30, 40...) sont irréguliers et difficiles à apprendre. En revanche, ces mots sont réguliers dans la plupart des langues asiatiques. En chinois, par exemple, on dit « dix-un » pour « onze », « dix-deux » pour « douze », « dix-trois » pour « treize », etc. Ce rythme continue pour les dizaines : « deux-dix » correspond à notre mot « vingt », « trois-dix » à « trente » et « quatre-dix-cinq » à « quarante-cinq ». Un calcul comme « onze + douze = vingt-trois » est traduit par « dix-un » + « dix-deux » = « deux-dix-trois » en chinois. Cette langue aide plus qu'elle n'entrave la compréhension précoce du système décimal.

L'utilisation d'un système décimal (qui a pour base 10) est probablement la conséquence de notre morphologie : les dix doigts de la main ou les dix doigts de pied. D'autres systèmes ont pourtant existé à différentes époques et dans différentes cultures. Cela indique que le calcul et l'arithmétique ne sont pas le résultat d'une seule invention diffusée à travers le monde, mais qu'ils ont été le fruit de toutes sortes de méthodes spontanément créées autour du globe pour calculer des grands nombres. Une preuve de plus à l'appui d'un instinct des nombres universel.

En Angleterre, on retrouve les traces d'un système de calcul non décimal, mais duodécimal (base 12). Pour compter l'argent par exemple (12 pennies correspondaient à 1 shilling), pour mesurer la longueur (12 pouces équivalaient à 1 pied) et, comme en France, pour certaines quantités (« une douzaine d'œufs », « une demi-douzaine d'huîtres »). Le mot anglais *« score »* (« vingtaine ») est également le vestige d'un système vigésimal (base 20). On le retrouve en français quand on utilise le mot « quatre-**vingts** » pour le nombre 80.

Les Danois, quant à eux, utilisent le mot *« tre-synts-tyve »* (littéralement « trois fois vingt ») pour dire 60. Enfin, dans la culture maya, on se servait de mots distincts pour parler des quatre premières puissances du nombre 20 : *« hun »* (20), *« bak »* (20 x 20 soit 400), *« pik »* (20 x 20 x 20 soit 8 000) et *« calab »* (20 x 20 x 20 x 20 = 160 000).

Les Babyloniens utilisèrent un système encore plus complexe : le système sexagésimal (base 60) ; qui survit encore aujourd'hui dans la façon dont nous mesurons les angles et le temps. Ce système est très pratique pour certains calculs parce qu'il contient beaucoup de facteurs : 2, 3, 4, 5, 6, 10, 12, 15, 20 et 30 (les diviseurs de 60), et simplifient les opérations.

L'Égypte ancienne se servait d'une méthode simple et intuitive pour effectuer des multiplications : il suffisait simplement d'ajouter et de doubler les nombres. Un exemple : combien font 42 x 14 ? Nous doublons 42 successivement et formons ces deux colonnes :

1	42
2	84
4	168
8	336

Nous nous arrêtons au numéro 8, car 8 doublé donnerait un nombre supérieur à 14 (16) et nous voulons savoir combien font 42 x 14. Regardons la colonne de gauche : 8 + 4 + 2 = 14. Nous ajoutons ensemble les nombres qui leur font face dans la colonne de droite soit : 336 + 168 + 84, et nous obtenons le résultat de la multiplication : 588 !

En utilisant cette méthode, on peut également résoudre des divisions. Combien font 143 divisé par 11 ? Les Égyptiens pensaient à la question de cette façon : « Quoi multiplié par 11 = 143 ? », puis doublaient 11 successivement :

1	11
2	22
4	44
8	88

Nous nous arrêtons au numéro 8, parce que le prochain doublage produirait 176 (88 + 88), qui est plus grand que 143. Regardons la colonne de droite, quels sont les nombres qu'il faut ajouter pour obtenir 143 ? 11 + 44 + 88 = 143. Les chiffres qui leur font face dans la colonne de gauche doivent ensuite être additionnés pour connaître la réponse à la division : 1 + 4 + 8 = 13.

Bien qu'ancienne, cette méthode est encore utilisée aujourd'hui dans les communautés rurales d'Éthiopie, de Russie et dans le monde arabe.

Des chiffres plein la tête

En acceptant l'évidence d'un *instinct des nombres* chez l'être humain, nous pourrions tout naturellement nous poser la question suivante : comment les chiffres sont-ils représentés dans le cerveau ? Certains chiffres suscitent-ils des formes, des sentiments ou d'autres associations spécifiques ? On se souvient que ce phénomène se produit parfois pour certains mots de notre langue : ceux commençant par la syllabe « lu- », par exemple, sont souvent associés à l'idée de luminosité, de lumière.

Une des études les plus remarquables sur la question de la représentation mentale des chiffres chez des personnes lambda eut lieu en 1967. Les deux chercheurs, Robert Moyer et Thomas Landauer, firent alors une découverte surprenante. Ils demandèrent à un groupe d'adultes sains de comparer deux chiffres apparaissant sur un écran et de dire lequel des deux était le plus grand (par exemple 7 et 5).

Leurs réponses furent chronométrées. Les chercheurs constatèrent que les adultes prenaient souvent plus d'une demi-seconde pour répondre (l'exercice étant pourtant basique) et que certains sujets pouvaient même faire des erreurs. Plus surprenant encore, quand les chiffres proposés sur l'écran correspondaient à des quantités très différentes (comme 2 et 9), les sujets répondaient rapidement et sans faire d'erreur, mais quand les chiffres étaient plus proches (5 et 6), ils avaient besoin de plus de temps et se trompaient (à hauteur de 10 %). Même quand la distance entre les chiffres était la même, comme entre 7 et 9 et 2 et 4, les réponses furent plus longues pour le couple 7 et 9 !

Un effet similaire fut observé quand les sujets comparaient des nombres de deux chiffres. L'évaluation d'une paire comme 71 et 65 prenait plus de temps et engendrait plus d'erreurs que pour le couple 69 et 61. Les chercheurs avaient pourtant pensé qu'il était plus simple de savoir lequel, de 71 et 65, était le plus grand, en regardant simplement le premier chiffre.

Comment expliquer ces variations du temps de réponse et de l'exactitude pour des comparaisons *a priori* si simples ? Moyer et Landauer ont avancé l'hypothèse que les sujets se référaient à une ligne numérique mentale, inscrite dans le cerveau, qui leur permettrait d'effectuer des comparaisons. D'autres chercheurs ont par la suite confirmé cette hypothèse.

Il est possible de comprendre l'organisation de cette ligne numérique mentale en demandant à des personnes de penser à un nombre au hasard, entre 1 et 50. Dans l'absolu, chacun des nombres a une chance sur 50 d'être cité. Mais, quand on pose cette question à un large panel d'individus, on voit apparaître une tendance qui se répète : les gens citent plus fréquemment des nombres petits. Cela suggère que nous nous représentons mentalement les nombres comme le faisaient les «règles à calcul[1]» : entre les chiffres 1 et 2, 2 et 4, 4 et 8, etc., il existe le même espace. Notre règle mentale semble comprimer les nombres les plus grands dans un espace réduit. C'est pour cette raison que notre cerveau accède plus facilement aux nombres les plus petits.

Une autre expérience montre que nous avons une représentation spatiale des chiffres. Il s'agit du Spatial Numerical Association of Response Codes, ou SNARC, un test où l'on demande aux sujets d'appuyer sur une touche à gauche quand apparaît un chiffre impair et sur une touche à droite pour un chiffre pair. En moyenne, les sujets répondent plus rapidement avec la touche gauche quand les nombres sont petits, et inversement. Il est par exemple plus long pour les sujets d'appuyer sur la touche **droite** pour 2 et 4 (nombres pairs) car ces chiffres se trouvent «naturellement» à **gauche** sur leur ligne numérique mentale, comme nous le verrons plus bas. Ce processus se répète quand les sujets croisent leurs bras ou utilisent une seule main pour les deux touches.

C'est le neurologue Stanislas Dehaene qui fut le premier, en 1993, à identifier ce phénomène de spatialisation numérique. Il existe une ligne numérique mentale qui commence à gauche : 1, 2, 3, 4... et se poursuit vers la droite. Mais cette représentation est dépendante de la culture du sujet. En effet, Dehaene a aussi découvert que ceux qui lisaient de droite à gauche (comme les Iraniens) réagissaient inversement au test SNARC : ils répondent plus rapidement avec la touche droite quand les nombres sont petits.

Les chercheurs ont découvert qu'entre 10 et 15 % des gens arrivent à se représenter une ligne numérique mentale, et qu'une proportion plus petite explique même que leurs

1. Utilisées pour effectuer toutes sortes de calculs, elles étaient d'usage courant jusqu'à l'apparition des premières calculatrices numériques dans les années 1970 (NdT).

nombres ont des couleurs, des textures ou une personnalité ! En 1880, Francis Galton, un psychologue (et cousin de Charles Darwin), fut le premier à découvrir ce phénomène. Il donna un questionnaire à ses amis et collègues en leur demandant s'ils étaient capables de « voir » les nombres et, si oui, de quelle façon. Les réponses obtenues offrirent un aperçu fascinant de la variété des représentations numériques chez l'humain. Certes, les lignes numériques mentales partageaient beaucoup de similarités : environ 2/3 partaient de la gauche et se développaient vers la droite, avec une tendance nette à se diriger vers le haut plus que vers le bas. Quelques-unes étaient pourtant singulières, dessinant des tortillons et des virages, certaines se pliaient et repartaient dans l'autre sens ! Un homme a rapporté que les dizaines étaient toujours laineuses. Un autre raconta que le chiffre 9 était « un être merveilleux, qui [me] fait presque peur », et que 6 était « doux et plus franc ». Un physicien confia que sa ligne numérique suivait la courbe d'un fer à cheval (0 en bas à droite, 50 en haut au centre et 100 en bas à gauche). Un avocat expliqua que la courbe de ses nombres de 1 jusqu'à 12 s'arrondissait comme sur une horloge, puis se transformait en vaguelettes qui ondulaient en direction de la gauche :

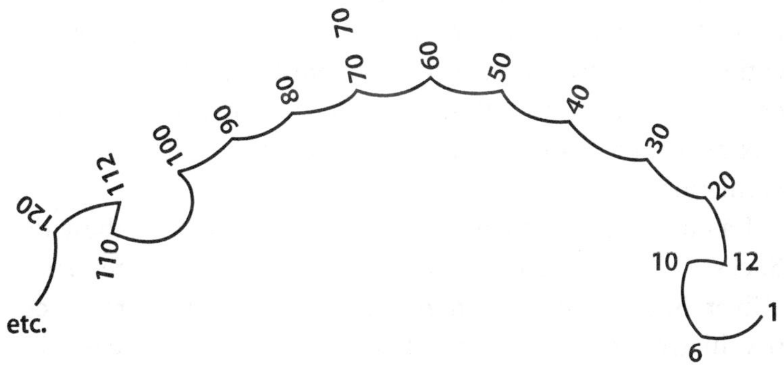

Une expérience récente a permis de vérifier de façon objective l'existence de ces lignes numériques mentales. Rappelez-vous l'expérience dans laquelle des sujets devaient trouver le nombre le plus grand au sein d'une paire – avec plus de difficultés pour les couples où les nombres étaient proches (comme 53 et 55). Les chercheurs ont découvert que, pour la plupart des gens qui ont une ligne numérique mentale différente, le temps de réponse aux exercices de comparaison variait en fonction de leur représentation spécifique. Ce n'est plus la distance numérique qui entre en jeu, mais bien la distance spatiale entre les nombres tels qu'ils sont disposés dans leur représentation.

Quelques-unes de ces personnes utilisent leur ligne numérique mentale comme aide au calcul. Une femme a expliqué aux chercheurs qu'elle pouvait se représenter des lignes de chiffres regroupés en dizaines qui s'empilaient les unes sur les autres, ce qui lui permettait de calculer plus rapidement sa monnaie quand elle faisait ses courses !

Comment je calcule

Toutes ces preuves corroborent mon hypothèse : les capacités numériques des autistes savants sont une variante de *l'instinct des nombres* naturellement ancré en chacun de nous. Il est malgré tout intéressant de considérer les explications alternatives que certains scientifiques donnent à ces capacités exceptionnelles. Nous le verrons, deux d'entre eux avancent des hypothèses complètement différentes de la mienne.

La plus connue est celle que j'ai nommée « l'hypothèse de Sacks ». Elle fut popularisée grâce aux livres de son créateur : Oliver Sacks. Comme mentionné dans le chapitre 1, ce psychiatre raconte avoir vu deux jumeaux autistes calculer de tête le contenu d'une boîte d'allumettes renversée sur le sol (111 allumettes au total). Un scénario adapté plus tard au cinéma dans *Rain Man*, où les allumettes ont fait place à des cure-dents et où leur nombre a augmenté (passant de 111 à 246) ! Le témoignage de Sacks fut très influent auprès de plusieurs cognitivistes. Selon eux, les savants autistes se représentent mentalement les nombres (même les plus grands) en des myriades de points, dont ils se servent pour les calculs.

Récemment, Allan Snyder, directeur du Centre pour l'esprit de Sydney en Australie, a tenté de reproduire l'expérience du « comptage automatique des autistes savants » en laboratoire. Douze sujets adultes lambda furent coiffés d'un casque qui leur envoya, pendant quelques minutes, des ondes magnétiques au niveau du lobe temporal gauche. Ce traitement (la stimulation magnétique transcranienne) rendit leur perception plus minutieuse, à l'image des autistes savants. Snyder leur demanda ensuite d'essayer de compter le nombre de points qui apparaissaient brièvement sur un écran. Chaque paysage de points contenait entre 50 et 150 points et ne durait qu'une seconde et demie. Le test comporta 20 paysages choisis de façon aléatoire par un ordinateur ; Snyder accepta une marge d'erreur de plus ou moins 5 points pour chaque réponse. Résultat : avant la pose du casque à énergie magnétique, les sujets trouvèrent la bonne réponse (à 5 points près) environ 15 % du temps ; avec le casque, le pourcentage s'éleva à seulement 25 %.

Le problème majeur de cette théorie du « comptage automatique des autistes savants » est qu'aucune expérience scientifique n'a jamais pu la prouver ! Même vingt ans après les déclarations d'Oliver Sacks ! Les sujets de Snyder sous traitement magnétique n'ont pu donner que des estimations assez floues, et ne « réussirent » le test qu'une fois sur quatre. Rien à voir avec la prétendue capacité des jumeaux qui sont capables de compter instantanément et avec précision les 111 allumettes. Des autistes savants ont, eux aussi, été évalués par des scientifiques : ils affirment, tout comme moi, être incapables de dénombrer de grandes quantités de cette façon.

Une autre théorie, encore plus spéculative, fut proposée par la psychiatre Diane Powell et l'informaticien Ken Hennacy : les capacités savantes seraient liées, d'une manière ou d'une autre, à la mécanique quantique[1]. Selon Powell et Hennacy, la compréhension actuelle du cerveau, de la mémoire et de l'apprentissage ne peut expliquer ces facultés numériques hors du commun. Leur théorie postule que, pour arriver au résultat d'un calcul, les autistes savants doivent se représenter simultanément une grande quantité de solutions possibles. Or ce processus ne serait réalisable que grâce à « un niveau quantique de conscience ». La théorie de Powell et de Hennacy fut fortement critiquée par les autres scientifiques ; notamment Peter Slezak, un philosophe de l'Université de la Nouvelle-Galles du Sud, en Australie. Pour lui, il n'y a aucune preuve concrète à l'appui de cette théorie. Les capacités numériques des autistes savants sont comparables, dans leur complexité, aux capacités linguistiques dont chacun de nous est pourvu :

« Nous sommes tous des savants de façon intéressante [...] comprenant le langage [...]. Il y a un niveau extraordinaire de complexité mathématique dans cette capacité [à comprendre le langage] que nous ne comprenons toujours pas complètement [...]. Nous avons évolué pour faire cela automatiquement, instinctivement, intuitivement, sans effort. C'est l'espèce de chose que les savants font dans d'autres domaines [...]. Vous ne recourez pas à la physique quantique pour expliquer le langage, même si [...] cela implique toutes sortes de formes complexes de calculs rapides. »

1. Théorie physique qui cherche à comprendre comment s'organise l'infiniment petit (NdT).

Je partage l'avis de Slezak. Et ma propre explication des capacités numériques savantes s'inspire de cette analogie entre mathématiques et langage. Avant de la dévoiler, je dois d'abord expliquer succinctement comment fonctionne le cerveau. Chez la plupart des individus, les tâches cognitives majeures (faire des calculs, comprendre le langage, analyser des informations sensorielles, etc.) sont effectuées distinctement, dans des régions cérébrales « séparées ». Cette spécialisation des activités mentales est le résultat d'un processus qu'on appelle l'*inhibition*. Elle empêche les différentes parties du cerveau de se mêler du travail des autres.

Plusieurs scientifiques pensent qu'un éventail de maladies neurologiques (telles que l'autisme, l'épilepsie et la schizophrénie) peuvent être à l'origine d'un manque d'inhibition dans le cerveau, produisant des communications anarchiques entre des parties habituellement « séparées ». Selon le scientifique cognitiviste Ed Hubbard, ce manque d'inhibition pourrait aussi expliquer l'apparition d'expériences synesthésiques (multisensorielles). Il aurait également une influence sur les capacités des autistes savants : Kim Peek, par exemple, est né sans corps calleux, une zone du cerveau qui lie habituellement les deux hémisphères cérébraux et sert d'inhibiteur majeur.

Je pense que c'est dans cette communication désordonnée entre des régions cérébrales habituellement distinctes que l'on peut trouver un début d'explication aux capacités numériques savantes, dont je fais moi-même l'expérience. Il est très probable que mon cerveau fonctionne de cette façon : en plus des troubles liés à mon autisme de haut niveau, j'ai souffert de crises d'épilepsie durant mon enfance, et, pour sa part, mon père se bat depuis longtemps contre la schizophrénie. Tout cela indique une origine fortement génétique au fonctionnement hors du commun de mon cerveau. Ma capacité de voir les nombres comme des formes variées, et les mots en couleurs, est un autre indice des échanges exceptionnels qui s'effectuent entre toutes les zones de mon cerveau.

La question est de savoir quelles sont les régions impliquées dans ce processus ? J'avance l'hypothèse que ce sont les aires de mon cerveau dédiées aux nombres et au calcul qui entretiennent des relations (habituellement censurées) avec celles des mots et du langage. Plus précisément, je suppose que mes capacités numériques sont liées à la région cérébrale responsable de l'organisation syntaxique (la formation des phrases).

Plusieurs indices vont dans le sens de cette théorie. D'abord, la proximité des deux zones : le lobe pariétal gauche (région qui, d'après les chercheurs, est spécialisée dans les nombres) et le lobe frontal gauche (zone du langage) se trouvent côte à côte dans l'hémisphère gauche du cerveau. Le lobe pariétal gauche, siège de nos capacités séquentielles et logico-spatiales, nous permet d'effectuer des calculs. Le lobe frontal gauche (et plus spécifiquement l'aire de Broca) nous aide à produire des phrases syntaxiques ordonnées. La capacité que j'ai de segmenter et de manipuler des formes numériques mentales, pour résoudre différents calculs, est analogue à la segmentation et à la manipulation des mots et groupes de mots que j'effectue pour créer des phrases compréhensibles.

Une deuxième preuve de cette hypothèse réside dans mes capacités linguistiques : je connais une douzaine de langues et suis capable d'en acquérir une nouvelle rapidement (l'islandais en une semaine !). Je suis même en train de créer ma propre langue (voir le chapitre suivant). Il semble donc raisonnable de penser qu'une activité sous-jacente lie mes capacités linguistiques à mes habiletés numériques ; d'autant plus que ces deux domaines demandent une gymnastique complexe de calculs. Face à ces constatations, qui pourrait encore douter du lien qui connecte ces deux régions de mon cerveau ?

Troisièmement, mes capacités numériques sont rapides, intuitives et largement inconscientes. Phénomène identique aux «calculs» syntaxiques qu'effectue le cerveau de n'importe quelle personne qui produit des phrases parlées ou écrites. Vous trouverez ci-dessous des illustrations de ma linguistique numérique à travers plusieurs exemples spécifiques.

Expliquons d'abord ce qu'est la syntaxe : c'est un système de règles qui détermine le positionnement des différents mots et leur interaction au sein des phrases. La syntaxe nous aide à faire bien plus que simplement nommer les choses, elle nous permet de décrire et d'étudier comment les segments variés du langage peuvent se lier. Les constructions syntaxiques de mots (et également de nombres dans mon cas) rendent analysables et compréhensibles des séries d'informations qui sans cela seraient désordonnées.

Nous sommes tous capables de comprendre immédiatement les mots d'un interlocuteur parce que nous les lions à des images mentales, et parce qu'ils ont des relations sémantiques avec d'autres mots. Pensez par exemple au mot «girafe». Instantanément dans votre cerveau, une image apparaît. Puis vous l'associez à d'autres mots qui ont des points communs avec la girafe : «cou», «immense», «taches». En revanche, pour la plupart des gens, quand on parle d'un chiffre ou d'un nombre, ce processus ne s'enclenche pas : aucune image mentale ne surgit de tel ou tel nombre. Les nombres ne produisent pas non plus d'associations avec d'autres nombres, comme le mot «girafe» peut le faire avec «cou». Bien sûr, si je vous demande de penser au nombre «23», vous pourriez immédiatement songer à «22», le nombre précédent, ou à «24», celui d'après; peut-être même à «32», l'inverse. Ces nombres n'ont pourtant pas de relation sémantique avec le nombre initial. C'est un peu comme si on connectait le mot «pot», à «pop», «potache» ou «top» ! Dans mon cerveau, voici ce qui se produit quand on évoque le nombre « 23 » : je pense immédiatement à sa relation sémantique avec le nombre « 529 » (23 au carré) et à « 989 » (le dernier nombre divisible par 23 avant 1 000). J'arrive à faire cela parce que, pour moi, les nombres ne sont pas isolés ; ils vivent en interaction les uns avec les autres (c'est le processus que tout le monde connaît avec les mots). De la même façon qu'il est bien improbable de parler d'une girafe sans évoquer son cou, il est pour moi impossible de parler du nombre 23 sans faire référence à 529 ou 989 !

Je réussis à retrouver spontanément les connexions sémantiques qui relient les nombres parce que, tout comme avec les mots, je peux visualiser leur forme. Chaque nombre produit chez moi une image. C'est un peu comme lorsqu'on prononce le mot « chaise » devant un francophone : il est immédiatement capable de faire la connexion avec d'autres termes, tels que « tabouret » ou « canapé », parce qu'il connaît et comprend la ressemblance visuelle. De la même façon, être capable de visualiser des nombres m'aide à voir et à comprendre les interactions qui existent entre eux.

Mais d'où me viennent toutes ces formes que j'associe aux nombres ? La réponse est simple : je n'en ai aucune idée ! Je ne sais pas pourquoi le 6 m'apparaît tout petit et le 9 très grand, ou pourquoi les 3 sont ronds et les 4 pointus. Je retrouve malgré tout des tendances, qui prouvent que ces images mentales des nombres ont un sens, et ne sont pas totalement hasardeuses : le 1 est brillant, le 11 est rond et brillant, 111 est rond, brillant et grumeleux, enfin 1 111 est rond, brillant et tourne comme une toupie. Mon cerveau s'est servi de perceptions synesthésiques pour créer l'image des nombres les plus petits, puis s'est servi de capacités combinatoires pour générer des milliers d'autres formes. C'est ainsi que les langues se servent d'un petit nombre de lettres et de sons, et produisent des milliers de mots.

Bien sûr, même les lexicophiles les plus chevronnés ne peuvent connaître la totalité des mots d'une langue. Pour ma part, mon *vocabulaire numérique* ne va pas au-delà du nombre 10 000. On peut alors légitimement se poser la question : comment est-il possible que j'arrive à trouver le résultat d'un calcul quand celui-ci est plus grand que 10 000 ? Autrement dit, quand il ne fait pas partie de mon *vocabulaire numérique*? Pour comprendre, je dois vous faire part d'une anecdote intéressante qui s'est produite lors d'une récente partie de Scrabble entre amis. Arrivé en milieu de partie, je me suis rendu compte que je pouvais poser toutes mes lettres en un seul tour (et, au passage, décrocher le bonus de 50 points !). Le problème, c'est que je n'étais pas certain de l'existence du mot dont j'avais l'intuition. *«Agedness»* ne faisait pas partie de mon vocabulaire, je ne l'avais jamais utilisé, jamais lu ni entendu auparavant. Après la partie, je suis allé consulter un site Internet qui répertorie les 86 000 mots les plus communs en anglais, et *«agedness»* n'apparaissait pas. Plus tard, explorant les bases de données lexicales créées par l'Université de Princeton aux États-Unis, je fus heureux de constater que ce mot existait (il définit les caractéristiques de la vieillesse). J'avais eu raison de suivre mon intuition lors de la partie de Scrabble, car ce mot m'a fait gagner la partie !

Comment ai-je été capable de trouver un mot que je ne connaissais pas ? Simplement en me référant à des composantes, qui m'étaient déjà connues : l'adjectif *«aged»* (âgé) et le suffixe *«-ness»*. L'anglais étant ma langue maternelle, je me suis souvenu intuitivement de ses règles morphologiques, notamment celles qui permettent à des adjectifs comme *«left-handed»* (gaucher) ou *«broken»* (cassé) de devenir un substantif grâce au suffixe *«-ness»* – cette règle ne s'appliquant pas pour *«strong»* (fort) ou *«intelligent»* par exemple. J'utilise la même intuition, basée sur des connaissances préexistantes, pour trouver des solutions numériques. Elle me permet de résoudre des calculs dont les résultats dépassent les frontières de mon vocabulaire de formes numériques. Un exemple avec la multiplication : 37 x 469. Je trouve immédiatement les équivalences accessibles dans mon vocabulaire soit : [37 x 169] + [37 x 300, soit 37 x 3 et on ajoute deux zéros] = 6253 + 11100 = 17353.

Ce processus de manipulation mentale des formes numériques est identique au système syntaxique : n'importe quel individu est capable de manipuler l'enchevêtrement de ses pensées désordonnées, pour créer sans difficulté des phrases compréhensibles. Mécanisme impossible à reproduire avec des chiffres pour la majorité des individus : les grands nombres sont difficilement représentables et trop lourds à manipuler. L'enjeu est d'arriver à utiliser un produit «massif» [37 x 469] en le découpant en tranches plus légères [6253] + [111 x 100] qui sont plus faciles à manipuler; je peux créer ensuite une phrase numérique «grammaticalement» juste (avec le bon résultat) : [6253] + [11100] = 17353.

Outre la multiplication, je dispose d'une autre capacité numérique essentielle : la factorisation et la reconnaissance des nombres premiers[1]. La factorisation est un système par lequel on trouve les nombres premiers diviseurs d'un autre nombre, qui, multipliés ensemble, nous ramènent au nombre original. Par exemple, 42 est factorisé en 2 x 3 x 7 = 42. Puisque je peux visualiser les nombres comme des formes numériques sémantiques, je les factorise rapidement. Si je prends le nombre 6253 issu de la multiplication ci-dessus, j'arrive à voir immédiatement que la forme de ce nombre est la combinaison de 13 x 13 x 37. Cette capacité à segmenter instantanément une forme numérique sémantique est analogue à la capacité d'un francophone qui segmente sans difficulté le mot «incroyablement» = in + croire + able + ment. Je factorise les nombres plus grands (au-delà de 10000) en les coupant en morceaux facilement

1. Est appelé nombre premier un nombre entier qui n'a pour seuls diviseurs que 1 et lui-même (NdT).

visualisables : pour un nombre comme 84 187, je le coupe en 841 [29 x 29] et 87 [03 x 29], ce qui me dit tout de suite que ce nombre est divisible par 29 (2 903 est un nombre premier).

Je suis capable de reconnaître rapidement les nombres premiers jusqu'à 10 000 en me promenant dans mon paysage mental numérique – une composition logique et structurée issue de mon savoir naturellement sémantique des nombres. Pour savoir par exemple si 2 903 est un nombre premier, il me faut parcourir la carte de mon esprit en prenant pour point de départ le nombre 2 900. J'avance ensuite à l'aveuglette jusqu'au premier nombre qui me saute aux yeux et qui m'arrête : 2 911. Un nombre composé complexe dont les deux facteurs sont 41 et 71. Si je ne me suis pas arrêté avant sur le chemin numérique qui sépare 2 900 de 2 911, cela veut dire que les autres nombres (2 901, 2 902, 2 904, 2 905, 2 906, 2907, 2 908, 2 910) n'étaient pas très intéressants : ils sont tous facilement divisibles par 2, 3 ou 5. J'en déduis alors que les deux nombres qui se cachent encore (parce que indivisibles par 2, 3 ou 5) sont des nombres premiers : soit 2 903 (le nombre que je cherchais) et 2 909 ! Dans ce paysage numérique, j'aime voir les nombres premiers comme des galets lisses et réguliers ; les autres nombres affichent des contours plus ou moins dentelés. En utilisant mon intuition, je peux aussi reconnaître des nombres premiers de cinq, six, sept ou huit chiffres ! C'est la même intuition que l'on peut avoir devant un mot inconnu. Par exemple, un Français saura d'instinct que le mot «gloubr» a peu de chance d'appartenir à sa langue maternelle, tandis que «glouber» est plus probable.

Voici deux règles intuitives, l'une simple et l'autre plus complexe, qui peuvent nous aider à éliminer les nombres qui ne sont pas premiers :

1- S'il contient plus d'un chiffre et se termine par 2 ou par 5, alors ce n'est pas un nombre premier. Il sera divisible par au moins 2 et/ou 5.

2- Si un nombre se compose de quatre chiffres, et que le premier et le dernier chiffre sont impairs (sauf 5) et identiques; et si la paire des chiffres centraux est divisible par 7, 11 ou 13, alors ce n'est pas un nombre premier (il sera forcément divisible par 7, 11 ou 13). Exemples : 1 141 et 9 529.

D'autres méthodes intuitives me permettent de débusquer des nombres premiers composés de plusieurs chiffres. J'utilise par exemple un nombre de trois chiffres, dont les facteurs sont petits, par exemple 323 (qui est divisible par 17 et 19). Je le répète ensuite pour produire un nombre plus grand de six chiffres : 323 323. À ce moment précis, je sais tout de suite que ce nouveau nombre est divisible par d'autres petits facteurs (7, 11 et 13). J'ajoute enfin un dernier chiffre, qui n'est divisible par aucun des facteurs trouvés ci-dessus (17, 19, 7, 11 et 13), et je crée un nombre premier! Dans cet exemple, j'ajoute simplement le chiffre 1 et j'obtiens : 3 233 231.

Évidemment, cette approche intuitive n'est pas infaillible, et il m'arrive de me tromper en pensant qu'un nombre x «ressemble» à un nombre premier, alors qu'il n'en est rien. Les chercheurs savent depuis longtemps que les autistes savants font eux aussi des erreurs, contrairement au mythe qui les poursuit. Dans son livre *Bright Splinters of the Mind* («Les échardes du cerveau»), la psychologue Beate Hermelin parle d'une étude qu'elle a menée sur un autiste savant nommé Howard :

> «Quand nous avons demandé à Howard de trouver un nombre premier entre 10 500 et 10 600, il a trouvé 10 511 en moins de 6 secondes. Il a dit aux chercheurs que 10 511 n'était divisible ni par 3 ni par 7. Après plusieurs autres questions [...] il a répondu que 611 n'était pas divisible par 13 et que 10 511 – 611 = 9 900, et ce nombre ne peut pas être divisé par 13 [...]. Cette maladie [l'autisme] semble permettre à ceux qui

en souffrent un accès privilégié aux segments et composantes des informations. [...] Grâce à son autisme il peut utiliser sa pensée particulière pour fragmenter des nombres en leurs composantes, ce qui lui permet d'essayer rapidement plusieurs diviseurs possibles. À plusieurs reprises, Howard a simplement dit que certains nombres avaient pour lui l'apparence d'un nombre premier. Mais son intuition n'était pas infaillible et de temps en temps il se trompait.»

En fait, 10511 n'est pas un nombre premier même s'il lui ressemble. Il est divisible par 23 et par 457. Cette défaillance n'est pas surprenante. Si nous reprenons l'analogie avec le langage, nous savons que notre intuition (en puisant dans les règles inconscientes de la morphologie des mots) nous permet de reconnaître l'appartenance d'un mot inconnu à notre langue maternelle... Mais pas toujours ! Tentez l'expérience en essayant de retrouver le ou les mots qui appartiennent réellement à la langue française dans la liste ci-dessous :

«ouche» – «zeugme» – «obvers» – «aunilaire» – «nandou».

Pas facile, quand on pense à tous les mots qui existent en français ! C'est la même chose avec les nombres premiers : on en a répertorié 664579 jusqu'à 7 chiffres ! Le seul mot qui n'était pas français dans la liste ci-dessus était «aunilaire» ; tous les autres existent bel et bien !

La beauté des mathématiques

Une explication de mes capacités numériques serait incomplète si j'omettais de décrire combien les nombres sont importants à mes yeux – et, j'en suis sûr, aux yeux des autres autistes savants. Toutes les personnes du spectre autistique connaissent l'isolement social et la solitude. Dans un monde qui semble souvent trop grand, étrange et chaotique, elles ont aussi un sentiment de frustration et de confusion. Les nombres peuvent leur servir de refuge : ils forment un univers intérieur de logique, d'ordre et de beauté. Dans la section finale du chapitre, j'aimerais partager avec vous un peu de l'infinie beauté des mathématiques.

Commençons par une énigme simple et amusante : quel est le nombre le plus grand? Beaucoup d'enfants s'amusent à citer un nombre très grand et on leur rétorque toujours : + 1 ! Impossible de le trouver, car, comme chacun le sait, les nombres sont infinis.

L'idée d'infini captive les mathématiciens et les philosophes depuis des siècles. Galilée fut le premier à remarquer un fait étonnant lié à la nature paradoxale de l'infini : si l'on prend la série des nombres entiers naturels (1, 2, 3, 4, 5...) et qu'on lui enlève exactement une moitié des nombres, la série qui reste est aussi grande qu'avant! Par exemple, si dans une liste N de nombres naturels[1] on retire tous les nombres impairs, il nous restera une liste P de nombres pairs. Maintenant, comparez la liste N d'origine avec la liste P comme ci-dessous :

Liste N : 1 2 3 4 5 6 7 8 9 10 11...
Liste P : 2 4 6 8 10 12 14 16 18 20 22...

Nous constatons que ces deux listes peuvent se poursuivre à l'infini, et qu'elles ont la même longueur. Ce principe est aujourd'hui utilisé par les mathématiciens pour définir si oui ou non une série de nombres est infinie. Une série de nombres est dite infinie si l'on peut retirer quelques-uns de ses nombres sans en réduire la longueur.

---

1. Un nombre naturel est un nombre entier supérieur ou égal à zéro (NdT).

L'histoire de l'*Hôtel Infini*, paradoxe popularisé par le mathématicien David Hilbert, est une belle illustration de la nature surprenante de l'infini. Imaginez un hôtel avec un nombre infini de chambres. Que se passe-t-il quand un nouveau client arrive, mais que toutes les chambres sont déjà occupées ? Pas de problème, accueillez donc ce nouveau venu et demandez simplement aux autres pensionnaires de se décaler d'une chambre afin de libérer la première ! Mais que se passe-t-il si un nombre infini de nouveaux clients débarque dans cet hôtel déjà plein à craquer ? Réfléchissons. Pour libérer assez de chambres, il suffit de demander à tous les pensionnaires de s'installer dans la chambre dont le numéro est le double de celle qu'ils occupaient : Monsieur Dupont qui était dans la chambre n° 1 va dans la chambre n° 2, Madame Martin de la chambre n° 2 part dans la chambre n° 4, Mademoiselle Trucmuche libère la n°3 pour aller dans la n° 6, etc. Ainsi, toutes les chambres aux numéros impairs sont libres pour l'infinité de nouveaux clients.

Le mathématicien grec Euclide a prouvé voilà plus de deux mille ans que les nombres premiers étaient eux aussi infinis. Sa démonstration se présentait à peu près sous cette forme : postulons comme point de départ qu'il existe un nombre fini de nombres premiers, que l'on regroupe dans une (très) longue liste. Multiplions ensuite tous ces nombres premiers entre eux, et ajoutons 1. Nous nous retrouvons désormais avec un nouveau nombre que nous appellerons le nombre P. Ce nombre P est **ou** n'est pas un nombre premier.

1- Si P est un nombre premier, pourquoi ne figurait-il pas dans notre liste de départ de tous les nombres premiers ? Notre liste serait donc fausse.

2- Si par contre P n'est pas un nombre premier, il admet au moins un diviseur de notre liste, sauf qu'en effectuant l'opération on aurait toujours un chiffre à virgule. S'il existe un nombre premier qui pourrait le diviser sans laisser de virgule, il n'est pas sur notre liste de tous les nombres premiers. Notre liste est donc incomplète.

Il existe par conséquent un nombre infini de nombres premiers.

Les nombres premiers sont fascinants et mystérieux autant pour les savants que pour les mathématiciens : ils semblent être distribués au hasard sur notre ligne numérique, mais sont pourtant capables de produire des formes. Un exemple : la *Spirale d'Ulam*, nommée d'après le mathématicien polonais Stanislaw Ulam. Il en fit la découverte au cours d'une conférence ennuyeuse, alors qu'il gribouillait sur un morceau de papier pour tuer le temps. Ulam s'amusa à dessiner une spirale numérique en partant du chiffre 1 :

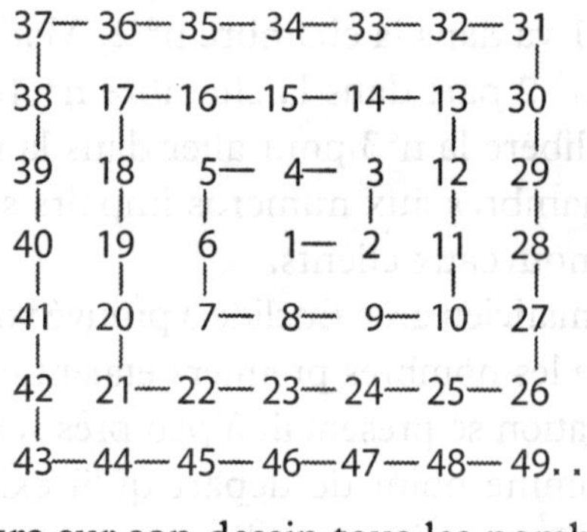

Puis il entoura sur son dessin tous les nombres premiers et découvrit ceci :

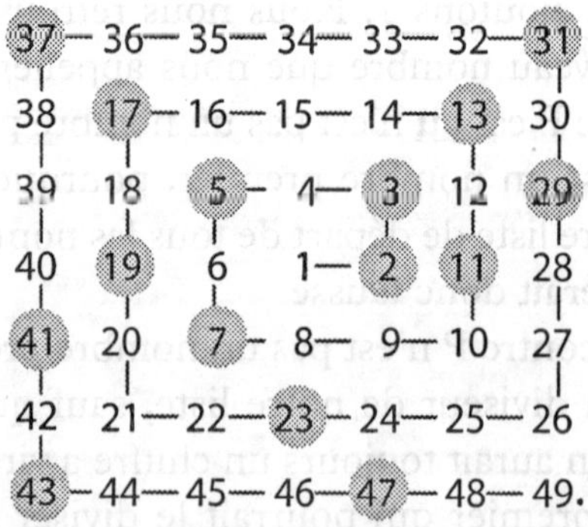

Il fut stupéfait de voir que les nombres entourés formaient plusieurs lignes diagonales. Les tests ont montré par la suite que ce phénomène persiste même quand la grille contient une très grande quantité de nombres. La découverte d'Ulam fut tellement inattendue que sa spirale fit la couverture de la célèbre revue *Scientific American*[1].

Les nombres premiers ne sont pas seulement beaux, ils ont aussi leur utilité ; notamment dans le domaine de la cryptographie. Chaque fois que vous utilisez votre carte bancaire sur Internet, la sécurité des informations que vous communiquez est garantie par un système de cryptage chiffré appelé *RSA* (le nom vient des initiales de ses inventeurs). Ce nombre clef, composé de 200 à 300 chiffres, est issu de la multiplication de deux très grands nombres premiers. Pour accéder à vos informations, un pirate informatique devrait d'abord retrouver ces deux nombres premiers. Le nombre d'étapes que l'on effectue pour décomposer un nombre en utilisant tous les algorithmes actuellement connus augmente de façon exponentielle avec la taille de ce nombre. Aussi, le cryptographe peut toujours devancer l'ordinateur du pirate en ajoutant toujours plus de chiffres à son nombre clef.

Nous finirons ce survol de la beauté des mathématiques avec l'une de mes découvertes favorites : la théorie des réseaux. Elle montre la manière dont les réseaux entre personnes se développent au sein de la société.

Plus connue sous le nom de « Small-World Phenomenon », cette théorie fut décrite pour la première fois par l'auteur hongrois Frigyes Karinthy en 1929. Karinthy imagina un scénario dans lequel chaque individu sur terre serait relié par l'intermédiaire de cinq connaissances à un autre individu. Quatre décennies plus tard, le psychologue Stanley Milgram voulut vérifier l'hypothèse et mit au point une expérience qui lui permettrait de compter le nombre

1. Un magazine américain de vulgarisation scientifique (NdT).

d'intermédiaires qui relie deux personnes qui ne se connaissent pas. Des courriers informatifs furent envoyés à travers un large éventail d'individus sélectionnés au hasard dans différentes villes américaines (Omaha, Kansas City...). Ces lettres expliquaient le but de l'expérience et s'accompagnaient d'une fiche informative basique sur une personne à retrouver dans la ville cible de Boston (choisie parce qu'il existe une grande distance, socialement et géographiquement, entre cette ville et les villes de départ). Si l'individu connaissait déjà la personne cible, il était censé réexpédier directement le courrier à cette personne. Dans le cas plus probable où il ne la connaissait pas, il devait penser à un ami ou à une connaissance susceptible de la connaître et lui renvoyer le courrier; et ainsi de suite... Les lettres devaient être signées chaque fois par l'expéditeur. De ce fait, il serait possible de vérifier le nombre d'intermédiaires nécessaires pour atteindre la personne cible.

L'expérience de Milgram a souffert de plusieurs problèmes, en particulier celui du refus de plusieurs personnes de participer en réexpédiant les lettres. Malgré tout, parmi les courriers qui ont atteint leur cible, le nombre de réexpéditions fut en moyenne de cinq ou six. Les chercheurs en ont conclu qu'il existe bel et bien un système qui nous relie les uns aux autres, par l'intermédiaire de tout au plus six personnes !

Les mathématiques qui se cachent derrière cette idée sont assez simples. Si l'on suppose qu'une personne connaît en moyenne 100 autres personnes, et que chacune de ces 100 personnes connaît 50 autres personnes différentes, qui en connaissent chacune 50 autres... ainsi de suite jusqu'à six niveaux, cela équivaut à : 100 x 50 x 50 x 50 x 50 x 50 = 31 250 000 000 (soit plus de 31 milliards). La population actuelle mondiale est d'un peu moins de 7 milliards d'individus, ce qui prouve que 6 degrés de séparations sont facilement suffisants pour couvrir la population entière.

Une étude récente effectuée par les chercheurs de l'Université de Colombia a conforté ce «phénomène du petit monde». Nommée Small World Project, l'expérience a été réalisée en ligne, en collaboration avec des internautes qui avaient pour mission de se connecter (*via* leurs connaissances) à l'une des 18 personnes cibles sélectionnées à travers le monde. Les courriers traditionnels ont, pour cette expérience, laissé place aux courriels. Environ 60 000 personnes de 170 pays ont participé à l'expérience; et des centaines de chaînes ont atteint leur cible. Les chercheurs ont alors constaté que le nombre moyen de liens qui séparent deux personnes sur terre est effectivement de 6 !

Les scientifiques ont découvert que ce «phénomène du petit monde» peut se produire dans n'importe quel grand réseau d'éléments dynamiques et connectés, par exemple le réseau électrique ou celui d'Internet, dans le cerveau ou encore au niveau du génome. Steven Strogatz, un professeur de mathématiques appliquées à l'Université de Cornell, est un expert de ce phénomène et a réalisé des découvertes importantes sur ce qu'il appelle «l'architecture universelle des connexions». Strogatz et son collègue Duncan Watts ont calculé que seul un petit nombre de raccourcis entre quelques composantes d'un même réseau suffisent à produire cet effet, reliant des grappes de gens, des sites Web ou des cellules cérébrales de façon inattendue. Les scientifiques ont étudié plusieurs systèmes de façon empirique pour confirmer leurs découvertes. Dans une étude, Strogatz et Watts ont examiné une liste de 250 000 noms d'acteurs (répertoriés sur une base de données cinématographiques sur Internet). Leurs résultats ont confirmé la théorie : un petit nombre d'acteurs bien connus et prolifiques constituent le centre d'un réseau très structuré à travers lequel toutes sortes de comédiens peuvent être connectés les uns aux autres par le biais de quelques liens seulement. Par exemple : Alfred Hitchcock peut être connecté à Demi

Moore en seulement trois étapes ! Hitchcock a joué dans le film *Show Business at War* (1943) avec Orson Welles ; qui lui-même a joué dans le film *Un coin tranquille (A Safe Place,* 1971) avec Jack Nicholson ; qui a joué dans *Des hommes d'honneur (A Few Good Men,* 1992) avec... Demi Moore ! Dans une autre étude, les deux chercheurs ont découvert que n'importe lequel des 282 neurones d'un nématode (ver parasite) pouvait se connecter à un autre neurone en moins de 3 intermédiaires en moyenne.

Pas étonnant qu'autant de personnes soient impressionnées par ce phénomène : nous sommes tous liés les uns aux autres d'une façon plus contiguë que ce nous pouvions imaginer. Le monde est beaucoup plus petit et plus numérique qu'il en a l'air.

Chapitre 6

LA BIOLOGIE DE LA CRÉATIVITÉ

Mis à part l'instinct du langage et des nombres, somme toute universel, qu'y a-t-il de particulier dans mon cerveau pour que je sache parler autant de langues ? Qu'est-ce qui me permet d'inventer mon propre vocabulaire, de créer des paysages numériques (comme celui de pi, série de chiffres pourtant aléatoires) ou de résoudre des opérations en manipulant mentalement des « nombres formes » complexes ? Tout cela est en partie possible grâce à la communication qui s'établit entre les différentes régions de mon cerveau : je parle ici de la synesthésie (un processus déjà abordé dans le chapitre précédent). Il est probable que certaines formes d'imagination créative soient le résultat d'une extraordinaire connexion de pensées, de souvenirs, de sentiments et d'idées, habituellement sans lien les uns avec les autres. Comme je le montrerai au cours de ce chapitre, l'hyperconnectivité pourrait être au cœur de toutes les formes de créativité avant-gardistes.

À pieds joints dans l'imagination

Créer quelque chose à partir de rien. Les philosophes ont débattu pendant longtemps de la nature et des origines mystérieuses de cet envol de l'imagination. Platon pensait qu'il était le résultat d'une inspiration divine, un cadeau des dieux. Le philosophe du XVIIe siècle René Descartes n'était pas de cet avis : selon lui, toute pensée créative est le produit de l'esprit déductif plutôt que des Muses. Emmanuel Kant, penseur du siècle des Lumières, a proposé une voie médiane entre les explications théologiques et rationnelles : pour lui, la création est une activité spontanée, volontaire, indépendante de l'assistance divine ou de règles antérieures.

Comme les philosophes, les neurologues d'aujourd'hui cherchent à expliquer et à comprendre pourquoi certains individus sont plus créatifs que d'autres. La clef de cette énigme ancienne est peut-être dans la biologie du cerveau. Le neurologue V. S. Ramachandran, qui a étudié pendant près de vingt ans le phénomène synesthésique, pense que l'interaction des sens est une voie pour comprendre comment le cerveau produit des pensées originales et créatives.

Les chercheurs distinguent deux types de synesthésie : la *synesthésie* dite *faible,* qui produit une visualisation atypique de l'objet (apparence différente, couleurs...), et la *synesthésie* dite *forte,* où des associations multisensorielles se combinent avec des concepts abstraits, telles que des séries numériques ou des mesures (quantité, poids...). Tous ces concepts abstraits sont distribués dans différentes parties du cerveau, et c'est la communication entre ces régions qui intrigue le plus les scientifiques à la recherche des racines biologiques de la créativité.

Selon Ramachandran, la capacité à établir un lien entre des concepts habituellement sans rapport est au cœur du processus artistique. Il cite plusieurs études qui montrent que la synesthésie est beaucoup plus fréquente chez les artistes, les poètes ou les romanciers. Tous ont en commun une facilité naturelle pour la métaphore et l'analogie. Quand Shakespeare écrit «Voilà l'Orient et Juliette en est le soleil», c'est pour saisir au mieux l'éclat de son héroïne en le référant au soleil. Ramachandran pense que les artistes possèdent une synesthésie forte leur permettant des connexions rapides et originales. Cette capacité hors norme trouverait sa source dans la génétique. L'individu serait alors prédisposé à développer des pensées hautement créatives et complètement nouvelles.

Nancy Andreasen, professeur en psychiatrie à l'Université de l'Iowa et lauréate de la National Medal of Science, expose dans son livre *The Creating Brain : The Neuroscience of Genius* («Le cerveau créateur : neuroscience du génie») des hypothèses concernant l'influence de la biologie et de l'environnement sur les individus hautement créatifs. Les preuves que certaines formes de créativité sont transmissibles ne manquent pas. Ainsi de ces nombreuses familles célèbres qui comptent au moins deux membres extraordinairement créatifs : la famille Darwin (Erasmus et son petit-fils Charles), les sœurs Brontë ou encore la famille Bach où les musiciens de talent se sont succédé pendant huit générations de 1550 à 1800.

Outre ces anecdotes historiques, Andreasen a réalisé plusieurs expériences scientifiques pour démontrer son hypothèse. Elle a étudié le potentiel créatif des membres de famille de deux groupes d'individus : 1- Des personnes inscrites dans un atelier d'écriture, 2- Un groupe de contrôle lambda. Pour cela, elle a mis au point une classification : membre familial «non créatif», «modérément créatif» (journaliste, danseur ou professeur de musique) et «extrêmement créatif» (romancier, «bête de scène», musicien dans un orchestre symphonique ou encore scientifique ayant contribué à une importante découverte). Les 30 apprentis écrivains comptaient 116 personnes dans leur famille proche, et les 30 individus du groupe lambda,121. Résultat : chez les proches des apprentis écrivains, on relevait 32 individus «créatifs» (28 %) – 20 «extrêmement» et 12 «modérément». Tandis que, dans les familles contrôles, il n'y en avait que 16 (13 %) – 11 «extrêmement» et 5 «modérément». L'analyse mathématique des résultats montre une différence statistique significative, qui ne peut être imputée au hasard. Pourtant, on peut opposer une objection à ces résultats : comment savoir si cette disparité créative entre les familles des deux groupes est le résultat de facteurs génétiques ou environnementaux?

Naître dans un environnement familial «enrichissant» pourrait également expliquer ce décalage. La scientifique reconnaît qu'il est possible que des grands-parents ou parents passionnés de livres et d'écriture transmettent à leurs enfants le goût des mots et certaines aptitudes littéraires, les prédisposant ainsi à des carrières d'écrivains. Pourtant, l'étude d'Andreasen fournit des indications claires sur les origines biologiques (au moins partiellement) de la créativité artistique ou scientifique : les membres des familles du groupe d'apprentis écrivains n'avaient pas forcément de compétences littéraires. Ils s'intéressaient plutôt à d'autres domaines : arts plastiques, musique, danse, mathématiques ou sciences. La créativité de ce groupe ne pouvait donc être uniquement le résultat d'un facteur environnemental.

Une autre réflexion sur les caractéristiques uniques et biologiques de la créativité nous vient du mathématicien et physicien anglais Roger Penrose. Dans son livre *The Emperor's New Mind* («Le Nouvel Esprit de l'empereur»), Penrose montre que le surgissement d'une idée créative «révolutionnaire» ne peut être que le fruit d'un processus complexe et profond du cerveau humain, processus qui n'a jamais pu être reproduit par ordinateur. Bien sûr, il est possible de créer des programmes informatiques qui singent la créativité; mais ils seront toujours prisonniers de leurs paramétrages figés. Impossible pour eux de dépasser leur programmation et d'arriver à prononcer le fameux «*Eurêka*» d'Archimède.

Le raisonnement de Penrose consiste à peu près en ceci : chaque ordinateur fonctionne selon des algorithmes, des règles qu'il suit, étape par étape. Ce qui n'a rien à voir avec les bonds en avant de la pensée créative. Les mathématiciens, par exemple, découvrent souvent une nouvelle théorie avant même d'avoir résolu tous les calculs qui pourraient la démontrer! Il est donc plus qu'improbable qu'apparaissent un jour des machines capables de penser et de créer à la manière des humains.

Cet argument sonne juste : la créativité n'a rien à voir avec le suivi de règles prédéterminées. Au contraire, elle a tendance à s'en affranchir, à les tordre et à les casser pour faire naître quelque chose de totalement singulier. Si je donnais à une machine une panoplie de règles qui lui permettent de peindre un tableau ou de jouer de la musique, elle ne pourrait jamais produire un Picasso, ni une composition de John Cage. Ce constat nous renvoie à ma théorie première : l'avant-gardisme prend souvent sa source dans l'hyperconnectivité de certains cerveaux, et rend plus compréhensible l'apparition soudaine d'idées particulièrement créatives. À l'inverse des machines, ces cerveaux ne suivent pas une réflexion étape par étape; ils puisent leur inspiration dans une sorte de chaos merveilleux et déchaîné, qui extirpe les informations de partout dans l'esprit pour arriver à des résultats à nous couper le souffle.

Si ma théorie est exacte, certaines maladies neurologiques (épilepsie, schizophrénie – qui s'accompagnent souvent d'hyperconnectivité) pourraient être le foyer de formes de créativité exceptionnelle. Dans les pages qui suivent, nous étudierons des exemples de ce type et nous verrons ce qu'ils peuvent nous apprendre sur le génie créatif.

La tempête intérieure

«Les grands esprits sont sûrement de proches alliés de la folie, et de minces cloisons les en séparent.» Le poète John Dryden écrivit ces mots célèbres en 1681, observant que le génie et la folie semblaient souvent aller de pair. Il existe de nombreux exemples d'individus dotés d'une grande créativité qui passent leur vie à combattre la maladie mentale. Le plus célèbre est sans doute l'artiste hollandais Vincent Van Gogh qui souffrait d'une épilepsie du lobe temporal. Van Gogh, décrivait ses crises comme «des tempêtes intérieures» faites d'hallucinations, de confusion mentale et d'une avalanche de souvenirs. Après l'incident mémorable de «l'oreille coupée» (résultat d'une crise de «folie»), Van Gogh s'explique à son ami le peintre Paul Gauguin :

«Dans ma fièvre cérébrale ou nerveuse ou folie, je ne sais trop comment dire ou comment la nommer, ma pensée a navigué sur bien des mers. J'ai rêvé jusqu'au vaisseau fantôme et jusqu'à la horla et il paraît que j'ai alors chanté, moi qui ne sais pas chanter en d'autres occasions, justement un chant de nourrice en songeant à ce que chantait la berceuse qui berçait les marins et que j'avais cherchée dans un arrangement de couleurs avant de tomber malade.»

La journaliste Eve LaPlante, dans son livre *Seized : Temporal Lobe Epilepsy as Medical, Historical and Artistic Phenomenon* («Possédé : l'épilepsie du lobe temporal comme phénomène médical, historique et artistique»), fut l'une des premières à identifier un lien possible entre l'épilepsie de Van Gogh et sa créativité hors du commun. LaPlante cite aussi d'autres noms célèbres pour leur fantaisie, et dont on peut supposer qu'ils étaient épileptiques : Lewis Carroll, Edgard Allan Poe, Gustave Flaubert ou encore Fiodor Dostoïevski.

Le mathématicien et prix Nobel John Forbes Nash est un autre cas où se mêlent génie créatif et maladie mentale. Sa lutte contre une forme de schizophrénie paranoïde a donné naissance à un livre biographique en 1998, écrit par Sylvia Nasar, ainsi qu'à un film éponyme : *Un homme d'exception*, sorti en 2002 en France. Ce mathématicien brillant, qui contribua de façon innovante au domaine économique, souffrit de confusion mentale et de paranoïa pendant trente ans. Il perdit sa famille et fit de nombreux et réguliers séjours dans des hôpitaux psychiatriques. Par bonheur, Nash se rétablit de façon remarquable et reçut en 1994, à l'âge de 66 ans, le prix Nobel pour son apport essentiel dans la théorie des jeux.

Une étude de 2003, menée par des psychologues de l'Université de Toronto et de celle de Harvard, nous donne un indice du pont biologique qui lie désordres mentaux et pensées particulièrement ingénieuses (comme celles de Nash ou de Van Gogh). Les psychologues Jordan Peterson, Shelley Carson et Daniel Higgins font l'hypothèse qu'une faible *inhibition latente* (processus qui permet au cerveau de filtrer tous les stimuli environnementaux inutiles – comme le tic-tac d'une montre par exemple) engendre non seulement des formes de psychoses, mais aussi des éclairs de pensées géniales, surtout quand ce processus s'associe à des capacités intellectuelles élevées.

Leur théorie est étayée par des tests sur des étudiants de Harvard : ils ont montré que les jeunes adultes qui excellaient dans des domaines très créatifs étaient sept fois plus sujets à des formes de désinhibition. Les chercheurs en ont conclu qu'une faible inhibition latente pouvait avoir ses avantages quand elle s'accompagnait d'une forme « élevée » d'intelligence et d'une bonne mémoire à court terme. Comme l'explique Peterson, « si vous êtes ouvert à toute nouvelle information et à toute nouvelle idée, il est très important que vous puissiez les contrôler et les choisir intelligemment et prudemment. Si vous avez cinquante idées, il est probable que seulement deux ou trois sont bonnes. Vous devez pouvoir les repérer, sinon, vous êtes submergé ».

Cette découverte est en accord avec la théorie qui fait de l'hyperconnectivité une condition *sine qua non* de l'émergence de pensées de haut niveau et d'idées créatives. Personnellement, elle apporte aussi une explication à la ligne en pointillé qui sépare mon destin de celui de mon père : lui s'est toujours battu contre la schizophrénie. Il est probable que son cerveau soit hyperconnectif, mais incapable de canaliser le flot d'associations mentales qu'il génère lui-même de façon chaotique. De ce point de vue, j'ai beaucoup de chance de pouvoir contrôler les « tempêtes créatives » qui prennent naissance dans mon cerveau ; et, encore mieux, de pouvoir les utiliser pour produire toutes sortes de contributions originales.

On trouve, dans la littérature médicale, des sujets devenus créatifs à la suite de chocs cérébraux ou de certaines maladies ; une preuve de plus du lien qui semble exister entre désinhibition et créativité. Ainsi de Tommy McHugh, un maçon d'âge mûr de Liverpool. Suite à une crise cérébrale qui le plongea dans la confusion, il ne s'exprimait plus qu'à l'aide de rimes et se prit de passion pour l'art (lui qui ne s'y était jamais vraiment intéressé). McHugh se mit à écrire des poésies, à dessiner et à peindre. Il réalisa même de grandes peintures murales dans sa maison. Récemment, il s'est mis à la poterie et à la sculpture sur bois. Il décrit son esprit comme « un volcan qui expulse des boules contenant chacune un million d'autres boules [...]. Des boules d'idées créatives irrésistibles ». Son travail a été exposé dans plusieurs galeries et a été plébiscité par des artistes renommés.

Alice Flaherty, neurologue à l'Hôpital général du Massachusetts est bien placée pour comprendre le cas de McHugh. Après avoir reçu un des courriers que l'ancien maçon envoyait régulièrement aux scientifiques, elle décida de s'envoler pour l'Angleterre et de le rencontrer. Ses raisons étaient aussi personnelles que professionnelles : elle aussi avait vécu une irrésistible envie d'écrire durant quelques mois, lors d'une dépression *post-partum*[1]. Une transformation qu'elle décrivit par la suite dans un livre témoignage *The Midnight Disease* («La Maladie de minuit») ; sa ferveur créatrice était, selon elle, le résultat de bouleversements apparus dans le lobe temporal de son cerveau, qui stimulèrent un désir d'écrire.

Contrairement à McHugh et à Flaherty, Anne Adams était déjà une créatrice expérimentée quand elle manifesta les premiers signes de démence fronto-temporale. Cette maladie allait développer de façon surprenante l'originalité de ses œuvres. Titulaire d'un doctorat en sciences, Adams décida de changer de carrière après l'accident de voiture de son fils : il avait frôlé la mort et elle devait rester auprès de lui. Une fois son enfant rétabli, elle ouvrit un atelier de peinture à West Vancouver en Colombie britannique, où elle s'était installée avec toute sa famille. Ses peintures s'inspirèrent de l'architecture des maisons alentour.

Comme la démence fronto-temporale est une maladie progressive, les symptômes d'Adams ne devinrent évidents que quelques années plus tard. En observant l'évolution de son travail pictural, on aurait déjà pu remarquer des signes du bouleversement qui s'opérait dans son cerveau : ses toiles devenaient plus variées, plus atypiques. Sur l'une d'entre elles, Adams avait peint des carrés rouges, bleus et jaunes, s'entrecroisant pour représenter l'expérience visuelle d'une migraine. Sur une autre, elle avait dessiné des centaines de lignes verticales pour représenter chacune des mesures du *Boléro* de Ravel. La hauteur de chacune des lignes correspondait à l'intensité de chaque mesure. Leur forme se calquait sur le son de chaque note, et leur couleur sur chaque ton. Les neurologues pensent que cette métamorphose est le résultat d'une activité plus élevée dans la région

1. Après un accouchement (NdT).

postérieure droite de son cerveau, une région impliquée dans l'intégration des informations sensitives. Cette activité habituellement restreinte par les lobes frontaux avait été libérée par l'avancée de la démence, engendrant des flots d'idées créatives.

De tels exemples de créativité hors norme ne sont pas toujours le fruit de la maladie. Les linguistes sont depuis longtemps intrigués par le cas de jeunes enfants sains (souvent des jumeaux) inventeurs d'une langue qu'eux seuls peuvent comprendre. Ce phénomène que l'on nomme *idioglossie* est rare, mais se révèle un indice de plus pour dire que le talent créatif est essentiellement biologique. Une des raisons qui pousse des enfants à créer leurs propres mots et leur propre langage est l'hyperconnectivité naturelle de leur cerveau : c'est le résultat d'un excès de connexions synaptiques qui aide le cerveau du bébé à se développer rapidement pendant la petite enfance. À l'âge de 3 ans, l'enfant possède deux fois plus de connexions synaptiques qu'il n'en aura à l'âge adulte. Le jeune cerveau fait de nombreuses coupes au cours de son développement, protégeant l'individu d'un trop-plein d'informations et optimisant l'efficacité de la réflexion. La petite enfance est donc une période unique d'opportunité créative, parfois spectaculaire.

Des « big bangs » linguistiques

– *Dug-on, haus you dinikin, du-ah.*
– *Snup-aduh ah-wee die-dipana, dihabana.*

Personne ne pouvait comprendre ce que les jumelles américaines Grace et Virginia Kennedy se racontaient. La conversation reproduite en partie ci-dessus fut enregistrée dans un hôpital pour enfants en Californie. Nous sommes dans les années 1970, et des linguistes tentent de décoder la langue privée de ces deux fillettes. Âgées de 6 ans, elles avaient été gardées la plupart du temps par leur grand-mère, une Allemande taciturne, qui ne parlait pas beaucoup l'anglais. Souvents contraintes de rester seules, les deux fillettes s'occupaient en discutant l'une avec l'autre. Il va sans dire qu'elles n'avaient pas d'amis et que leurs contacts avec leur langue maternelle (l'anglais) étaient rares (à l'image des enfants des parleurs de « pidgin »). Grace et Virginia, frustrées d'essayer de reproduire les maigres fragments de phrases qu'elles entendaient ici ou là dans la maison, s'étaient mises à composer une nouvelle langue pleine de néologismes et à la syntaxe singulière. Elles avaient été contraintes de réveiller d'une façon ou d'une autre leur créativité innée.

Les linguistes du département de l'hôpital spécialisé dans les troubles du langage découvrirent deux fillettes, « Poto et Cabengo » (les prénoms qu'elles s'étaient donnés), amenées par leurs parents déconcertés parce que incapables de les comprendre. Les scientifiques restèrent perplexes face à un langage que les fillettes parlaient couramment, mais qui était *a priori* impénétrable. Le directeur du département décrivit cette langue comme « un magnétophone [...] bloqué sur avance-rapide, avec un mot intelligible qui sautait de temps en temps ». Les psycholinguistes Richard Meier et Elissa Newport réussirent à la décoder en ralentissant la bande-son et les images des vidéos correspondant aux sessions de thérapies auxquelles les deux enfants devaient se soumettre. Ils transcrivirent phonétiquement leurs dialogues pour les décomposer et les analyser. Après avoir étudié plus d'une centaine d'heures d'enregistrement, les linguistes furent finalement capables de communiquer directement avec les jumelles, dans leur propre langue.

Ils se rendirent compte des nombreuses similarités de leur langage avec ce qu'on appelle le *langage cryptophasique des jumeaux* : un méli-mélo de deux ou plusieurs langues, qui surgit quand des jumeaux sont élevés dans un environnement multilingue. Les mots entendus peuvent aussi se déformer à cause d'une mauvaise prononciation. Au lieu de dire «rouge», l'enfant prononcera «vouge». Beaucoup de mots appartenant aux jumelles étaient en fait des mots anglais mal prononcés et influencés par la langue allemande de leur grand-mère : elles utilisaient par exemple le mot *«nieps»* pour *«knife»* (couteau) ou *«pintu»* pour *«pencil»* (crayon). Les scientifiques découvrirent aussi des termes intraduisibles : *«nunukid»* et *«pulana»* semblaient avoir été inventés de toutes pièces. Plus surprenant encore, le mot «pomme de terre» (leur nourriture préférée) se déclinait en une trentaine de termes! Ce langage se composait aussi d'innovations grammaticales : l'adverbe *«out»* (dehors) pouvait prendre la place du verbe, ce qui donnait : *«I out the pudatoo-ta»* (Je dehors la salade de pommes de terre).

Avec l'aide des orthophonistes du centre hospitalier, les jumelles apprirent petit à petit la langue anglaise; et, quand leurs compétences de communication dans cette langue furent établies, la famille les envoya dans deux écoles différentes pour les empêcher de parler leur langue inventée et de continuer à la développer. Malheureusement, la négligence affective de leur famille eut des effets permanents sur ces deux jeunes filles. À présent âgées d'une trentaine d'années, Grace et Virginia ont toujours un retard mental et enchaînent, l'une sans l'autre, des petits boulots.

Une histoire encore plus surprenante de création linguistique s'est déroulée au Nicaragua. Si les deux petites Américaines «Poto et Cabengo» ont pu créer leur langue à partir de mots entendus et de mots inventés, des enfants sourds nicaraguayens ont réussi à mettre au point un langage des signes totalement inédit. Les linguistes ont acclamé cette nouvelle langue appelée *Idioma de Signos Nicaragense* (langue des signes nicaraguayenne) et n'ont pas hésité à la comparer à un «big bang» linguistique!

L'origine de cette langue date des années 1980. Avant

cela, les écoles nicaraguayennes pour enfants sourds n'existaient pratiquement pas. Beaucoup de ces enfants étaient donc contraints d'utiliser des gestes improvisés dans leur famille pour communiquer. En 1981, une école spécialisée ouvrit ses portes et aida ces enfants sourds à communiquer. Au fil des mois, la langue gestuelle basique des écoliers se mit à évoluer rapidement; particulièrement à l'arrivée d'enfants plus jeunes (5 ou 6 ans). Au début, ces derniers utilisaient la langue rudimentaire «parlée» dans la cour par les plus âgés, puis, progressivement, ils en transformèrent les gestes, créant du même coup une nouvelle langue des signes, plus sophistiquée.

Étonnés par l'apparition de cette nouvelle langue, les professeurs invitèrent des scientifiques à l'étudier *in situ*. Judy Kegl, une experte américaine de la langue des signes, fut l'une des premières à disséquer la gestuelle complexe de ces jeunes Nicaraguayens. Elle se rendit compte qu'une des choses qui distinguait ce nouvel idiome de gestes basiques était la segmentation de l'information en parties gestuelles distinctes. Par exemple, pour dire : «a roulé jusqu'en bas», les enfants âgés avaient pour habitude d'utiliser un seul geste continu qui mimait l'action, mais les enfants plus jeunes se servaient de deux gestes : un pour le mouvement (rouler) et l'autre pour la direction (en bas). Cette segmentation avait l'avantage d'apporter de la flexibilité, permettant aux enfants de combiner les signes les uns avec les autres pour élargir la gamme de leur expression.

Ces enfants avaient même inventé leur propre grammaire, ce qui intéressa d'autant plus Judy Kegl et ses collègues. Comme chez les jumelles Grace et Virginia, les prépositions pouvaient s'utiliser comme des verbes : «les livres sont sur la table» se traduisait à peu près comme ceci : «table livres sur<u>ent</u>». Les signes des Nicaraguayens étaient également d'une surprenante inventivité : pour dire «chercher», ils utilisaient leurs index et majeur droits et caressaient leur main gauche. Ils arrivaient même à transcrire leur humour, agitant par exemple un index dressé menaçant en l'associant à un signe en forme de V proche de la bouche afin d'évoquer Fidel Castro !

Cette invention exubérante de mots originaux a été repérée dans plusieurs langues à travers le monde. Ce qui suggère que la créativité enfantine pourrait faire partie du processus naturel de l'acquisition du langage maternel. Le psychologue russe Alexander Luria a répertorié dans son livre *The Child and His Behaviour* (« L'enfant et son comportement ») une liste de néologismes étonnants créés par de jeunes Russes. Par exemple, pour décrire quelque chose que tout le monde utilise, un enfant créa le mot *« vsyekhny »* – du mot russe *« vsyekh »* (unanime). Un autre raconta qu'il voulait plus tard réparer des machines à coudre. Le mot de ce métier n'existant pas, il le créa : *« mashennik »* (« machineàcoudrier »).

D'autres études montrent combien certains autistes aiment inventer des néologismes. Les enfants et adultes atteints du syndrome d'Asperger s'adonnent souvent avec amusement à la création de leurs propres mots et calembours. On trouve par exemple dans la littérature scientifique anglo-saxonne les inventions suivantes : *« paintlipster »* (littéralement un « peint-lèvres » pour « rouge à lèvres »), *« flappy »* (difficilement traduisible en français, il s'utilise pour désigner carton et papier, qui ont la spécificité d'onduler sous l'action de l'air), le très joli *« water bone »* (qui remplace le mot glaçon et qui signifie littéralement « os d'eau »), et enfin *« pling »* (mot complètement inventé pour dire « crayon »). De telles inventions permettent une nouvelle fois de faire le lien entre hyperconnectivité (souvent présente chez les autistes) et créativité.

J'ai moi-même fait preuve d'une grande créativité pour mettre au point ma propre langue : le *mänti*. Cette langue a poussé « naturellement » en moi depuis l'enfance. Elle s'inspire des structures grammaticales et lexicales de langues baltiques et scandinaves (des langues qui m'ont toujours fasciné), mais contient aussi beaucoup de mots et sens originaux. En mänti, les mots se créent à partir d'analogies et de concepts liés. Quelques exemples : «*Hemme*», qui signifie «fourmi» en mänti, est construit à partir du mot utilisé pour dire «dent» («*hamma*»). Ces insectes sont en effet considérés comme capables de «mordre», d'où l'analogie. «*Rupu*» signifie «pain». Il est forgé à partir du verbe mänti «*rupe*» qui veut dire «rompre». «*Ausa*» veut dire «entendre», il vient du mot «*auss*» («oreille» en mänti). «*Rodu*» désigne le visage et est formé à partir du verbe «*rode*» («montrer» en mänti).

Cette langue utilise aussi beaucoup de mots composés : «*Vantool*» (toilettes) veut dire littéralement «chaise d'eau» ! «*Päivelõer*» (journal intime) est littéralement un «livre de jours». «*Lugusopa*» signifie littéralement «savon pour cheveux». «*Melsümmi*» (abeille) est composé de «mouche» et de «miel» («mouche à miel»)

La fusion de deux mots est une autre technique que j'utilise dans la création de mon vocabulaire mänti : «*puhe*» (parler) et «*kello*» (cloche) donne le mot «*pullo*» (téléphone).

Quelques mots composés sont aussi utilisés pour exprimer de nouveaux concepts, tels que «*kellokült*» pour signifier «être en retard» (littéralement «dette d'horloge») !

Cette langue recourt aussi à des mots formés à partir d'onomatopées; les noms d'animaux par exemple : «*karka*» (corbeau), «*huhu*» (hibou) et «*mää*» (chèvre).

D'autres caractéristiques sont spécifiques et ne se retrouvent pas dans les langues européennes. Les mots qui désignent des paires («yeux», «oreilles») ne font qu'un en mänti. Si vous voulez dire «œil» au singulier, vous utiliserez les mots «*puse aku*» (littéralement «moitié d'une paire d'yeux»).

Les indénombrables[1] sont souvent exprimés avec deux noms au pluriel : pour « littérature » on dira *« lõert ritot »* (littéralement « livres lettres »).

Autre caractéristique du mänti : une période de temps s'exprime par la durée d'une activité banale : *« Rupuaigu »* (« temps du pain ») veut dire environ une heure. *« Piippuaigu »* (« temps d'une pipe ») équivaut au temps moyen nécessaire pour fumer une pipe !

La grammaire mänti est également très exotique. Il est par exemple possible de généraliser un mot en le répétant et en ajoutant la lettre « m » au second mot : *« Armo »* (amour) devient *« armomarmo »* (pour l'amour en général, la tendresse, l'amour maternel...).

Si le mot commence déjà par un « m » par on le remplace par un « v » lors de la répétition, avec parfois des ajustements : *« Meri »* (mer) devient *« meriveri »* (étendue d'eau en général).

La répétition sert à intensifier une action ou une caractéristique. Si vous répétez les verbes en mänti, cela signifie que l'action décrite est plus longue : *« Lue »* (lire) devient *« luelue »* pour dire « lire pendant un long moment ».

De la même façon, répéter un adjectif équivaut à l'utilisation du mot français « très » : *« löbö »* (bon) devient *« löbö löbö »* (très bon).

Enfin, répéter un nom indique l'authenticité. Pour dire par exemple que Pinocchio voulait devenir un « vrai garçon » vous utiliserez le mot mänti *« poipoig »*.

Ces exemples sont-ils la preuve qu'il existe une relation particulière entre autisme et créativité ? Cette idée avait déjà été évoquée par Hans Asperger, le médecin autrichien qui fut un pionnier dans l'étude de l'autisme dans les années

1. Les indénombrables (*« uncountable nouns »* en anglais) sont toujours au singulier. Exemples : *« luggage »* (bagages), *« furniture »* (meubles) ou *« information »* (informations) (NdT).

1940 : «Il me semble que pour avoir du succès dans la science ou l'art une pincée d'autisme est essentielle.» Elle fut très vite balayée par le consensus scientifique qui définit malheureusement les individus autistes comme non créatifs. Les deux définitions ne concordent pas. Il est donc assez ironique que la compréhension scientifique des processus de création se soit modifiée grâce à la découverte des possibilités innovatrices de l'esprit autiste.

La créativité autiste

Autrefois, les scientifiques considéraient la pensée autiste comme l'antithèse de la créativité : inapte à l'apprentissage, rigide et littérale. Même les capacités des savants autistes étaient perçues comme des formes extrêmes d'imitation ! Ces *a priori* ont été remis en cause, ces dernières années, grâce à une série d'études qui montrent que les individus autistes sont capables d'une vraie créativité. Nos interrogations sur la créativité n'en sont que plus intéressantes.

Expliquons d'abord que ce rejet de l'idée de créativité chez les autistes est fondé sur un malentendu. Les critères standard pour diagnostiquer l'autisme étaient le peu de flexibilité dans la production langagière et le manque de créativité et d'imagination dans les processus de pensée. Mais, dans les années 1990, les chercheurs qui ont commencé à reconnaître des formes d'autisme de haut niveau (comme le syndrome d'Asperger) se sont rendu compte que ces critères étaient obsolètes. Il était clair que l'hypothèse d'une absence de créativité chez des individus relevant du spectre de l'autisme était la conséquence d'une mauvaise définition de ce trouble, et non le résultat du fonctionnement de leur pensée.

Autre raison de cette erreur scientifique : il est extrêmement difficile et subjectif d'évaluer une chose aussi insaisissable et aussi énigmatique que la créativité. À défaut d'une définition simple et acceptée par tous, les scientifiques ont dû se référer aux tests traditionnels et faciles à utiliser pour « mesurer » la créativité des personnes autistes. Dont le *test de pensée créative de Torrance* (du nom de son créateur, le psychologue scolaire E. Paul Torrance). Hélas, ce test a les mêmes défauts que les tests de Q.I (voir chapitre 1). Dans une étude de 1999 réalisée par le Centre pour la recherche sur l'autisme de l'Université de Cambridge, des scientifiques testèrent la créativité des autistes à l'aide du test de Torrance : ils montrèrent à un groupe d'enfants autistes et à un groupe lambda un petit éléphant en peluche et demandèrent aux deux groupes de trouver des idées pour rendre le jouet encore plus « amusant ». Les enfants autistes donnèrent moins de réponses que les autres, et la conclusion des chercheurs ne tarda pas : « Ces enfants sont moins créatifs. » Cette déduction me semble surtout refléter la banalité du test. Après tout, le concept « amusant » est vague et subjectif. La moins bonne performance des enfants autistes est probablement due au flou de la notion d'« amusant ».

Quand ils peuvent s'exprimer à travers une passion qui stimule leur imagination, les individus autistes de haut niveau font preuve d'une créativité considérable. Quelques-uns ont même fait de leurs dons créatifs un métier. Parmi eux, l'Américain George Widener, la quarantaine, qui combine sa fascination pour les carrés magiques[1] et les calendriers en créant un art tout à fait original. Les carrés de Widener utilisent les dates importantes de la vie de personnages historiques (la reine Victoria par exemple) et se transforment en « portrait-calendrier » de l'individu. Ces œuvres ont été acclamées par des connaisseurs en arts et… en mathématiques ! Elles font l'objet d'expositions autour du monde.

1. Dans un carré magique, la somme de chaque ligne, de chaque colonne et de chaque diagonale est égale à un même nombre (qu'on appelle la somme magique) (NdT).

Les personnes autistes de haut niveau peuvent également exceller dans le domaine littéraire. Ces dernières années, les scientifiques ont répertorié un éventail remarquablement large de textes poétiques écrits par des autistes. Peu étonnant, quand on sait que certaines figures de style, comme la métonymie – on exprime un mot ou une idée par un autre qui lui est lié : «Lire un Flaubert» (au lieu de lire un livre de Flaubert) – ou la métaphore, sont proches de la pensée très associative des autistes.

Temple Grandin, professeur en zoologie à l'Université du Colorado et autiste de haut niveau, décrit sa pensée comme une succession de liens associatifs fondés sur des images mentales. Elle peut passer du vélo au chien parce qu'elle a vu des chiens courir après des bicyclettes. On trouve des exemples d'associations métonymiques encore plus frappantes dans le livre de Clara Claibourne Park, *Exiting Nirvana* («Sortir du nirvana»), dans lequel elle décrit les perceptions très poétiques de sa fille autiste Jessy. Pour Jessy, «bon» veut dire 8 et est également associé au silence, tandis que 7 est «entre le silence et le son». 3 est lié à une action mauvaise, 2 est mauvais, et 1 très mauvais. Le bonheur pour elle c'est : «0 nuage et 4 portes».

Tous les individus autistes ne sont bien entendu pas capables d'utiliser ou de comprendre les métaphores, mais nombreux sont ceux qui perçoivent les rapports subtils qui relient différentes choses ou notions; et cela les aide à exprimer leurs propres émotions et idées complexes. Les psychologues Beate Hermelin et Linda Pring de l'Université de Londres ont trouvé de nombreuses métaphores dans les poèmes d'une femme autiste se prénommant Kate. Dans l'un d'eux, Kate se décrit comme un *«puzzled jigsaw»* (un puzzle perplexe) et dans un autre comme «quelque chose sur quoi le brouillard s'attarde». J'écris moi-même des poèmes pour explorer et exprimer des émotions et expériences qui me tiennent à cœur. Dans le poème ci-dessous, écrit lors d'un voyage en Islande en mai 2007, je décris la profonde affection que j'éprouve pour ce petit pays et son peuple :

Hier je m'en vins à Gullfoss[1]
Où m'apparut un arc-en-ciel
Mon pied s'y posa par erreur
Et je montai dans le ciel

En contrebas je vis
La terre balayée de lumière
La mousse humide et les pierres luisantes
Baignant dans le chaud clapotis de l'air

Je vis mes amis, comme des anges
Disparaître dans les embruns dorés
Portant la cascade
À même la peau et tout près du cœur

Plus bas je vis des rivières, au limon couvert
Des espoirs argentés du voyageur
Lancés sur la surface comme des étoiles filantes
Dans l'obscurité ruisselante

Au loin j'aperçus
Des tourelles de vapeur
Tenter de soulever l'horizon

Et dans les villages et les villes
J'ai regardé parler les gens
Cousant leur souffle
De mots doux et colorés

Dans le port «Sólfarið»
Un matelot d'une mer solaire

---

1. Gullfoss est une gigantesque chute d'eau célèbre pour les arcs-en-ciel que les nuées de vapeur d'eau forment dans le ciel.

Ouvre ses bras
Pour embrasser le temps
Se souvenant du rêve lavé par les flots, des hommes
D'aujourd'hui et de demain.

Il semble qu'au cœur de la pensée autiste et de l'inventivité (artistique et scientifique) il y ait une certaine facilité à former des associations entre objets ou idées habituellement sans lien. Cela pourrait nous aider à expliquer à la fois l'autisme et la créativité. La découverte en 1865 de la structure du benzène par le chimiste allemand Friedrich Kekule – événement qui a inauguré la science de la chimie organique – est un exemple célèbre d'ingéniosité scientifique. L'idée que le benzène pouvait posséder une structure fermée et hexagonale lui apparut comme un flash lors d'une rêverie, dans laquelle il voyait un serpent se mordant la queue ! Kekule fut réveillé « comme par un éclair » et passa la nuit à développer son hypothèse (qu'il présenta ensuite dans un papier scientifique à l'Académie royale de Belgique).

Il y a pléthore d'exemples d'envol créatif chez les scientifiques les plus connus de l'Histoire. Michael Fitzgerald, professeur de psychiatrie au Trinity College de Dublin, a analysé les biographies de plusieurs grands scientifiques (Isaac Newton, Albert Einstein, Nikola Tesla et Gregor Johann Mendel). Il va jusqu'à poser l'hypothèse que ces personnalités puiseraient leur génie dans une forme de pensée autiste. Mendel, célèbre moine et botaniste autrichien dont les découvertes ont servi de base à la génétique moderne, avait pour passion extraordinaire le comptage de toute chose : les petits pois issus du potager, le temps qu'il faisait chaque jour, les étudiants de sa classe et les bouteilles de vin achetées pour la cave du monastère. Fitzgerald a noté que, pour ses expériences avec les pois, Mendel avait compté au total plus de 10 000 plantes, 40 000 fleurs et 300 000 petits pois. Il en conclut que « pratiquement personne sauf une personne autiste pourrait faire cela».

Fitzgerald suppose que les exploits créatifs des scientifiques qu'il a répertoriés sont le fruit de traits caractéristiques du syndrome d'Asperger : concentration intense, grande persévérance, capacités d'observation, curiosité énorme et obsession à comprendre le monde. Il n'hésite d'ailleurs pas à dire que, pour lui, le talent des Asperger *«a changé le monde»*.

Le mystère neurocéréblal qui entoure la créativité ne sera peut-être jamais résolu, et c'est sans doute mieux ainsi. Mais l'idée que les grands exploits créatifs sont enracinés dans notre biologie nous aide à expliquer pourquoi des troubles comme l'épilepsie, la schizophrénie ou l'autisme ont perduré au fil de l'évolution de l'Homme. Et cela nous rappelle que les génies sont avant tout des êtres humains. Les musiques d'un Mozart ou les peintures d'un Picasso ont la capacité de nous toucher intimement parce qu'elles sont issues des mêmes tissus cérébraux que ceux que nous partageons tous. Comme le disait Shakespeare, nous sommes tous faits «de l'étoffe des rêves». Si les grandes œuvres créatrices ne cessent de nous enrichir, c'est qu'elles nous rappellent les trésors enfouis en chacun de nous.

Chapitre 7

VOIR, UNE ILLUSION?

Selon la romancière Anaïs Nin, « nous ne voyons pas les choses comme elles sont mais comme nous sommes ». La vision serait ainsi un processus autant personnel que biologique, et non un simple enregistrement de nos yeux. Lorsque nous voyons, nous tissons un patchwork de lumières reflétées, d'émotions et d'anticipations. Ce processus reste encore énigmatique, mais les chercheurs espèrent qu'une science de la perception nous ouvrira de nouvelles portes pour comprendre le fonctionnement du cerveau humain. Vu sa complexité et son caractère subjectif, la vision est une véritable prouesse technique. Comme l'attestent la romancière Anaïs Nin et les neuroscientifiques, deux personnes ne percevront jamais la même chose exactement de la même façon.

Ma propre vision du monde extérieur illustre bien le caractère individuel et unique du système visuel : l'autisme me procure une perception particulière, orientée vers les détails. Quand j'étais enfant, j'adorais la série des livres *Où est Charlie ?* : à chaque double page, le but est de retrouver un personnage minuscule, Charlie, perdu dans la foule. Ces énigmes sollicitaient l'acuité de mes yeux. Aujourd'hui encore, je détecte régulièrement les fautes d'orthographe et les coquilles cachées dans les livres et les journaux. Et quand j'entre dans une pièce pour la première fois, je ressens souvent comme un petit vertige, parce qu'une myriade de détails font spontanément irruption dans mon cerveau : ils précèdent les objets. Je vois les éraflures sur la surface d'une table avant de voir la table, la réverbération de la lumière sur la fenêtre avant la fenêtre ou encore les motifs sur une moquette avant la totalité du sol.

Cette vision fragmentaire s'explique grâce à la «théorie de la cohérence centrale faible» mise au point par Uta Frith, une chercheuse anglaise spécialiste de l'autisme. La cohérence centrale est la capacité à rassembler de grandes quantités d'informations pour former un ensemble compréhensible. Selon Frith, cette capacité à synthétiser des bribes d'informations semble réduite chez les individus autistes, ce qui explique leurs arrêts fréquents sur les détails au détriment de l'essentiel.

D'autres études corroborent la théorie de Frith, notamment celle basées sur le test de Navon. Cette expérience consiste à montrer au sujet une lettre de l'alphabet dont la forme est constituée de plusieurs petites lettres. On lui demande alors d'appuyer sur un bouton à gauche quand il voit la forme globale de la figure (grande lettre) et sur un bouton à droite quand il ne distingue que les détails qui la constituent (petites lettres). Un exemple typique : la lettre A constituée de petites lettres H. J'ai moi-même fait l'objet d'une telle expérience, entouré des chercheurs du centre de recherche sur l'autisme de l'Université de Cambridge. Conclusion : ma capacité à percevoir la grande lettre (vision globale) fut contrariée par la perception instantanée que j'ai des petites lettres. Pour la plupart des gens, c'est le contraire : l'ensemble saute d'abord aux yeux, puis apparaissent les détails.

La psychologue cognitiviste Francesca Happé explique que cette façon minutieuse de percevoir a aussi ses avantages.

Dans l'illusion d'Ebbinghaus (voir ci-dessous), deux cercles entourés d'autres cercles sont présentés côte à côte. L'un est entouré de petits cercles, l'autre de gros cercles. Quand Francesca Happé les présente à deux groupes d'individus (autistes et non autistes), les individus lambda «tombent dans le panneau», percevant le cercle de gauche plus grand que le cercle de droite, mais les autistes repèrent plus facilement qu'ils ont en réalité la même taille.

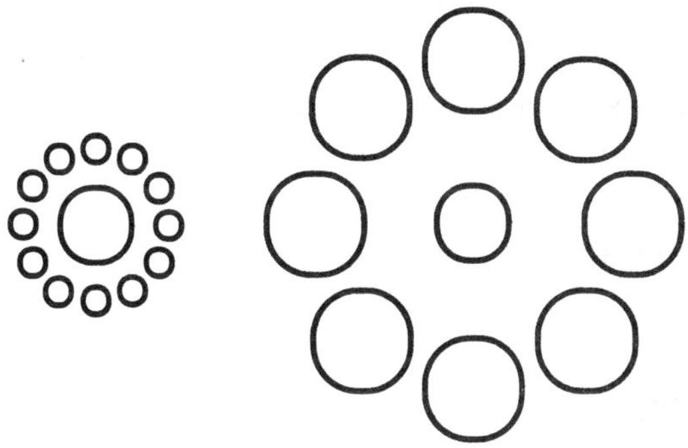

Voici un autre exemple de la différence de perception entre autistes et non-autistes : un jour, en feuilletant un livre dans une librairie, je suis tombé par hasard sur une énigme et j'ai décidé de demander à mon ami (non autiste) de la résoudre avec moi. Il s'agissait à peu près de ceci :

Combien de F pouvez-vous compter dans la phrase suivante?

Finished files are the result of years of scientific study combined with the experience of many years.

Mon ami lut avec attention et déclara : «Trois! Il y a trois F dans cette phrase.» En réalité, comme je le lui démontrai, il y en avait six. Dans sa course au comptage, il n'avait pas vu immédiatement tous les F parce qu'il les cherchait uniquement dans les noms, négligeant au passage la préposition «*of*». C'est le même phénomène pour la plupart des individus.

Nos perceptions sont filtrées par ce que nous anticipons : mon ami a cru voir trois F au lieu de six (bien que ces yeux puissent tous les voir) parce que son cerveau n'a cherché l'information que dans les mots où il s'attendait à la trouver !

Une expérience amusante, réalisée par les psychologues Daniel Simons et Christopher Chabris, montre combien la perception est sélective. Ils demandent à un groupe d'individus de compter attentivement le nombre de passes d'une équipe de basketteurs au cours d'un match filmé. Résultat : trop concentrés à compter les va-et-vient du ballon, presque la moitié des spectateurs ne voient pas passer, parmi les joueurs, un homme déguisé en gorille qui traverse lentement le terrain en tapant sur son torse et en regardant la caméra, avant de disparaître !

L'œil intelligent

Bien qu'elle ne soit pas infaillible, l'intelligence de l'œil nous transforme tous en virtuoses de la vision. Sans même y penser, notre cerveau absorbe des quantités énormes d'informations : des lignes, des couleurs, des formes, des ombres, des distances, des mouvements et bien plus. Et tout cela en un clin d'œil ! C'est encore plus impressionnant quand on sait que les images qui se forment dans notre esprit sont le résultat d'une multitude de petits ajustements que nos yeux effectuent de concert avec le cerveau. Les images fournies semblent glisser sans effort, les unes à la suite des autres. Notre œil et notre cerveau les réactualisent constamment et rapidement au fil du balayage de notre regard. Il est donc très rare de percevoir des imperfections.

Mais, au fait, que se passe-t-il exactement quand nous voyons ? Le philosophe grec Aristote pensait que nous ne voyions pas l'objet, mais l'altération que celui-ci produit sur l'air environnant. Cette conception passive de la perception (et ses avatars) est restée l'explication la plus courante pendant plusieurs siècles. Aujourd'hui, nous savons que la vision est un processus beaucoup plus actif et plus constructif que nous n'aurions pu l'imaginer auparavant.

La vision commence quand les rayons de la lumière se réfléchissent sur la surface d'un objet et parviennent jusqu'à notre œil. La pupille (la partie noire au centre de l'iris) détermine la quantité de lumière qu'elle doit laisser entrer; elle se dilate dans l'obscurité et se contracte quand la lumière est très vive. Après avoir traversé la cornée, la pupille et le cristallin, les rayons de lumière atteignent la rétine – une couche souple et photosensible de tissus nerveux qui tapisse deux tiers du fond de l'œil. C'est grâce à la rétine que nous pouvons voir – notre vue serait impossible sans elle, quelle que soit la quantité de lumière qui passe par notre œil.

La rétine se compose de deux types de cellules spécialisées, appelées «photorécepteurs» : les premières ont la forme de bâtonnets, les autres sont coniques. Il existe environ 120 millions de bâtonnets dans chaque œil. Ils nous servent à voir quand il fait sombre et nous permettent de différencier divers tons de gris. Les 6 millions de cônes, quant à eux, sont sensibles aux niveaux de rouge, de vert et de bleu qui constituent ce que l'on voit. En combinant de multiples façons ces trois informations colorées, nous pouvons différencier toutes les couleurs du spectre.

Quand la lumière reflétée frappe la rétine, ses cellules la «capturent» et la transforment en décharges électriques. Ces décharges sont ensuite envoyées *via* le nerf optique aux différentes régions du cerveau consacrées à la vision, chacune traitant un aspect différent de l'objet regardé. Puis, à la manière d'un puzzle, toutes les données sont immédiatement assemblées pour nous fournir une image finale complète et compréhensible.

Ce processus de construction de l'image à partir d'infimes

éclats de lumière reflétés sur notre rétine constitue l'une des découvertes les plus extraordinaires de la science moderne. Et, pourtant, elle est loin de nous avoir livré tous ses secrets. Rendez-vous compte du nombre infini d'interprétations que le cerveau pourrait donner à la tache de lumière projetée au fond de l'œil! L'image rétinienne est en deux dimensions : hauteur + largeur; et c'est le cerveau qui la transforme en image 3D. Comment fait-il pour saisir la bonne interprétation parmi une combinaison de choix infinis; et ce pour chaque image qu'il doit mettre en relief? Le philosophe britannique du XVIIIe siècle George Berkeley fait état de ce problème dans son livre *A New Theory of Vision* («Une nouvelle théorie de la vision») : «On est tous d'accord, je crois, pour dire que la distance elle-même ne peut être vue. Car la distance est une ligne dirigée vers l'œil, dont on ne reçoit que le point extrême; et ce point est toujours le même, que la distance soit longue ou courte.»

En d'autres termes, les rayons de lumière qui atteignent notre œil peuvent théoriquement être réfléchis sur un objet qui se trouve à quelques centimètres de nous, à quelques kilomètres... voire à des années-lumière! Il est impossible d'obtenir cette information à partir du seul travail de la rétine. La capacité à convertir ces données ambiguës en représentations visuelles compréhensibles implique une série de règles inconscientes, qui nous permettent de construire notre monde visuel. Après de nombreuses années d'études, les chercheurs ont découvert des dizaines de règles, et pensent qu'elles sont naturellement inscrites en nous.

Cette idée d'une «grammaire de la vision» universelle et innée est corroborée par la recherche. Plusieurs études ont démontré que les bébés réagissaient aux mouvements, et que leur cerveau était capable, dès la première année, de repérer les contours, de reconstruire la forme et la profondeur des objets, et d'utiliser les ombres et la perspective. Aucun parent n'*apprend* à son enfant à voir, lui-même ne sachant pas vraiment comment fonctionne réellement la vision. Le monde visuel nous apparaît naturellement et spontanément très tôt dans l'enfance, un peu comme le désir de communiquer avec les mots de notre langue maternelle.

Dans son livre *Visual Intelligence : How We Create what We See* («L'intelligence visuelle : comment nous créons ce que nous voyons»), le cognitiviste Donald D. Hoffman met en évidence l'avantage de ces règles innées : elles permettent un consensus dans les constructions visuelles que la plupart des adultes effectuent. Deux personnes vivant à deux extrémités du monde verront dans un même objet les mêmes caractéristiques physiques : malgré leurs différences culturelles, elles partagent une même structure cognitive qui les conduit à des conclusions visuelles similaires.

Le processus de construction visuelle se déroule pas à pas, et chaque étape dépend du résultat obtenu au cours de l'étape précédente. Hoffman cite l'exemple d'un livre perçu en trois dimensions : le cerveau trace d'abord mentalement les lignes qui le composent, puis ses angles et procède, enfin, à un «gonflage» tridimentionnel.

La profondeur et la couleur sont deux caractéristiques fondamentales du monde visible. Pour les voir, notre système visuel doit une nouvelle fois suivre un processus de construction. Nous sommes tous dotés d'une vision appelée «stéréoscopique» qui nous permet d'appréhender la profondeur : quand nous regardons un objet, la distance entre nos yeux crée de petites différences dans l'image captée par chacun d'eux. Nous disposons de deux images de l'objet réalisées à partir d'un angle légèrement différent. Notre cerveau fusionne instantanément ces deux perspectives en une seule image, ce qui nous donne l'impression de la profondeur.

Pour ce qui est des couleurs, le cerveau construit le rouge des pivoines ou le bleu des myosotis en analysant les photons (particules élémentaires de la lumière) capturés par les yeux. Chaque photon transporte une énergie propre dont la longueur d'onde (la fréquence) correspond à une couleur. Le violet correspond à la longueur d'onde la plus courte, le rouge à la plus longue. Quand un flot de photons tombe sur la surface d'un objet, certaines des longueurs d'onde sont absorbées tandis que d'autres sont réfléchies. Notre cerveau parvient à définir la couleur d'un objet grâce aux fréquences qui atteignent notre œil.

La construction de la couleur fait partie d'un processus cognitif plus vaste, où le cerveau construit simultanément plusieurs caractéristiques visuelles en essayant de les faire concorder. Pour résumer, au moment où le cerveau construit la couleur de l'objet, il est aussi en train de lui donner une forme en trois dimensions et de repérer d'où vient la source de lumière.

Couleurs martiennes et papillons d'encre

La couleur est une façon intéressante d'illustrer la variété et la subjectivité de notre perception. La gamme des coloris que nous percevons autour de nous, bien qu'impressionnante, est loin d'être exhaustive. Les humains sont normalement capables de voir les couleurs correspondant aux longueurs d'onde situées entre 400 nanomètres (violet) et 700 nanomètres (rouge) – les violets, les bleus, les verts et les orangés se placent entre ces deux extrêmes.

Les oiseaux, quant à eux, perçoivent des couleurs aux longueurs d'onde plus courtes (entre 340 et 400 nanomètres), des couleurs ultraviolettes qui nous sont totalement invisibles. Ainsi, nos amis à plumes voient beaucoup plus de couleurs que nous.

Quand nous observons un couple de *Parus caeruleus* (des mésanges bleues), le mâle et la femelle nous semblent identiques, jusque dans la tache bleue qui couronne leur tête.

Pourtant, si nous pouvions entrer dans la peau de l'oiseau femelle, il nous serait facile de faire la différence : la tache du mâle est d'un bleu intense tout à fait spécifique, rehaussé par l'ultraviolet, qu'hélas nous ne pouvons percevoir !

À l'image des oiseaux, certaines personnes souffrant de dysfonctionnement rétinien peuvent voir les couleurs différemment. L'exemple le plus connu est celui du daltonisme, maladie causée par l'héritage d'un gène défectueux qui affecte la perception des couleurs. Généralement, les individus daltoniens confondent le rouge et le vert (deux tons ternes et indistincts pour leur système visuel). D'autre part, lorsque nous vieillissons, nous pouvons être atteints de troubles de la cornée qui affecte notre perception des bleus et des violets.

Le neurologue V. S. Ramachandran nous rapporte une histoire exceptionnelle qui montre combien notre biologie peut affecter la perception des couleurs. Il s'agit d'un homme synesthète **et** daltonien dont la rétine ne pouvait distinguer qu'une gamme étroite de longueurs d'onde. Pourtant, la région de son cerveau qui traite des couleurs fonctionnait parfaitement. Grâce à une forme de synesthésie numérique, cet homme pouvait « voir » dans sa tête des chiffres teintés de couleurs que, dans la vie de tous les jours, il lui était impossible de percevoir ! Il décrivait ces couleurs comme des couleurs « martiennes » qui lui semblaient « bizarres » et « irréelles ».

Les mots que nous utilisons pour parler des couleurs peuvent aussi affecter notre perception. Les Russes, par exemple, utilisent deux mots bien distincts pour décrire le bleu d'un objet : *« siniy »* (bleu foncé) et *« goluboy »* (bleu clair). Dans une étude de 2007, le chercheur américain Jonathan Winawer, en collaboration avec ses collègues, a conçu une expérience pour voir si ces distinctions linguistiques avantageaient les Russes par rapport aux Anglais. Pour cela, il rassembla un groupe de 50 sujets dont la moitié avait pour langue maternelle le russe. Il projeta ensuite à ces volontaires des images représentant une multitude de carrés peints en différents tons de bleu. Le but du test était de repérer les deux seuls carrés bleus qui avaient exactement la même teinte. Les résultats ont montré que les Russes étaient effectivement plus rapides à distinguer les tons de bleu, clairs et foncés.

Ce que confirme l'étude de Winawer, c'est que, dans notre perception visuelle, les facteurs environnementaux sont aussi importants que les facteurs biologiques. Le rôle joué par le contexte nous permet aussi d'illustrer cela. Quand j'écris le mot « 1ivraison » et la série « 123 456 789 », votre cerveau perçoit le premier caractère du mot comme une lettre et celui de la série comme un chiffre : il s'agit pourtant chaque fois du même « 1 ». C'est donc bien le contexte qui détermine ce que vous voyez.

Le contexte joue également un rôle important dans l'art. Les professeurs d'arts plastiques encouragent souvent leurs étudiants à dessiner un objet en se concentrant sur l'espace qui l'entoure. On le nomme « l'espace négatif », il aide à croquer avec plus d'acuité. L'idée est de pousser les futurs artistes à observer avec attention ce qui se trouve devant eux et à mettre de côté, dans un premier temps, leur subjectivité.

D'autres contextes nous « forcent » à voir ce qui n'est pourtant pas là. Dans une étude de 2008, les chercheurs de l'University College de Londres ont réussi à duper un groupe de sujets en leur faisant « voir » des formes rectangulaires qui n'étaient pourtant pas devant leurs yeux ! Explication : les chercheurs ont présenté sur un écran plusieurs séries de rangées verticales composées de petits rectangles noirs. Les rangées apparaissaient souvent complètes, mais, par moments, les chercheurs avaient effacé l'un des rectangles. Les sujets n'y ont vu que du feu, persuadés que tous étaient bien présents dans chacune des séries. Leur cerveau avait rempli inconsciemment ces espaces vides avec un rectangle imaginaire !

Les magiciens sont des experts de l'illusion. Ils jouent avec la mémoire à court terme et les attentes du public pour produire des tours simples mais « bluffants », comme celui de la balle qui disparaît. Le magicien jette une balle en l'air qui retombe sur le sol, puis une deuxième balle qui retombe aussi, et enfin une troisième qui cette fois-ci « disparaît » comme par enchantement. En réalité, il n'y a pas de troisième balle. Le public a suivi des yeux le petit manège du magicien : une balle, puis une autre… et a anticipé le troisième geste, déduisant que c'était un nouveau lancer de balle. Le regard du magicien vers le haut accentue l'effet et trompe le cerveau des spectateurs qui imaginent que la balle a bel et bien disparu.

Nos autres sens peuvent, eux aussi, perturber notre perception visuelle. Au cours d'une expérience, des scientifiques ont demandé à des volontaires de compter combien de fois un point blanc clignotait sur un écran noir. Chaque clignotement s'accompagnait d'un « bip ». De temps en temps, le signal sonore correspondait au clignotement, mais parfois non. Les scientifiques se sont rendu compte que les sujets pensaient avoir vu plusieurs clignotements quand le son se répétait alors qu'il n'en était rien.

Une découverte encore plus intrigante a permis de tisser un lien entre la position de nos mains et notre vision ! Le psychologue cognitiviste Richard A. Abrams et son équipe de l'Université de Washington ont étudié la façon dont la proximité d'un objet par rapport à nos mains affectait la perception de cet objet. Les psychologues proposèrent à un groupe d'individus d'identifier des lettres sur un écran. Dans un premier temps, ils leur demandèrent de mettre les mains à côté de l'écran. Dans un second temps, ils devaient les poser sur leurs genoux. Les scientifiques découvrirent alors que les volontaires réussissaient mieux le test quand leurs mains étaient proches de l'écran (même si on les cachait avec du carton) ! Selon Abrams, le centre visuel du cerveau est particulièrement attentif à l'endroit où se positionnent nos mains, en raison sans doute du rôle qu'elles ont dans une gamme de tâches cruciales comme manger ou tenir des objets.

Nos perceptions varient d'autant plus que ce que nous regardons a une forme ambiguë. Un exemple classique de ce phénomène est l'observation d'un nuage. Chaque individu va puiser dans son imaginaire pour le modeler à sa guise et le «voir réellement» comme il le souhaite. Inspiré par la tendance humaine à projeter des interprétations différentes sur des stimuli ambigus, le psychiatre suisse Hermann Rorschach a créé, dans les années 1920, son célèbre test de la tache d'encre. Une fois surnommé «le rayon X de l'esprit», le test de Rorschach utilise une série de dix taches d'encre symétriques : la moitié est colorée, les autres sont dans des tons gris-noir. Le sujet doit les interpréter. D'après les praticiens qui utilisent le test de Rorschach, la réponse des patients révèle des aspects de leur état émotionnel et mental. Les scientifiques critiquent pourtant ce test qui, à leurs yeux, est trop subjectif et peu fiable.

Un cerveau qui nous joue des tours

Les images équivoques ont depuis longtemps servi l'illusion d'optique. Elles permettent de débusquer les caprices de notre perception. L'illusion du «livre ouvert» (ci-dessous) est un bon exemple. Cette création du psychologue allemand Ernst Mach peut être perçue de deux manières différentes : soit le livre s'ouvre vers vous, soit il vous tourne le dos. Une fois que le sujet a découvert ces deux façons de voir le livre, son cerveau – ne sachant pas laquelle choisir – va faire osciller les deux images continuellement puisqu'elles sont toutes les deux une juste représentation de l'objet.

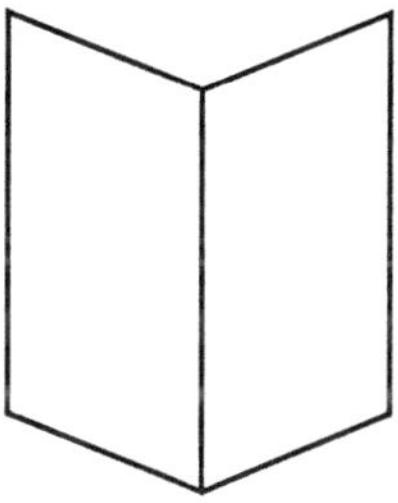

De nombreuses illusions d'optique ont été créées au fil du temps. Les plus connues proviennent de la géométrie : elles jouent avec nos perceptions visuelles de la longueur, de la hauteur ou de la profondeur. Mario Ponzo, un psychologue italien, a remarqué que le cerveau humain évaluait la taille d'un objet par rapport à son arrière-plan. Il illustre sa théorie d'un dessin où une ligne au loin semble plus longue qu'une ligne en premier plan (elles sont en fait identiques) :

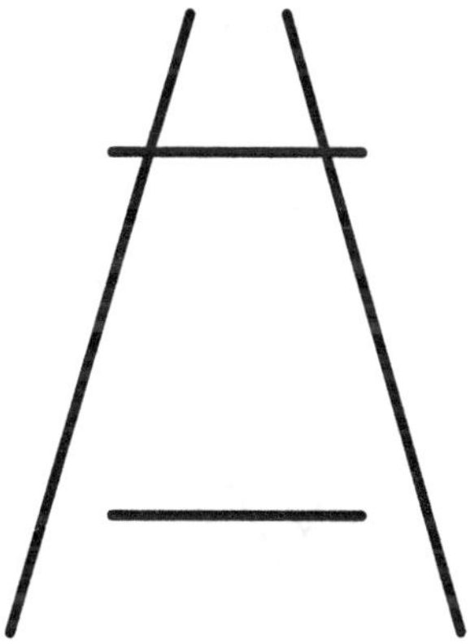

L'illusion de Müller-Lyer est une autre illusion géométrique célèbre, dans laquelle la longueur de deux lignes identiques semble se modifier après l'ajout d'angles sur leurs extrémités. Les angles obtus rendent la ligne plus longue :

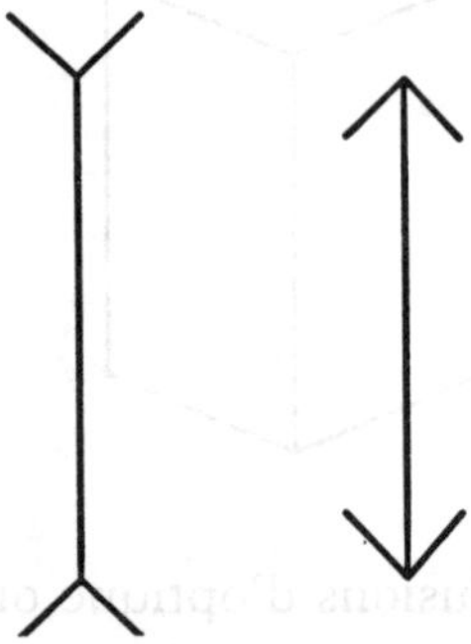

Voici maintenant l'illusion d'optique appelée « le triangle de Penrose » (voir ci-dessous). Cette forme géométrique est une structure dite impossible. Elle est en deux dimensions, mais notre système visuel la reproduit en trois dimensions malgré une contradiction : cette structure ne pourrait jamais exister telle quelle dans la réalité. Ce triangle « magique » porte le nom des Anglais Lionel et Roger Penrose, un psychiatre et son fils mathématicien, qui l'ont popularisé dans les années 1950.

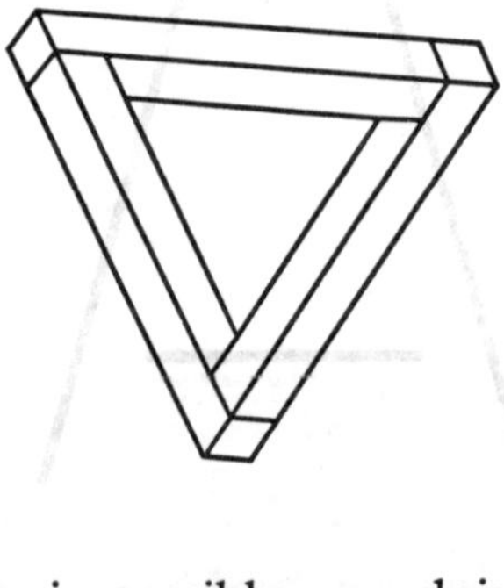

Ces structures « impossibles » produisent des perspectives multiples et inconciliables. C'est le cas notamment du célèbre « diapason du diable » (voir ci-dessous). Cette illusion d'optique nous fait voir simultanément une fourche à trois dents, puis à deux, puis à trois... et ainsi de suite !

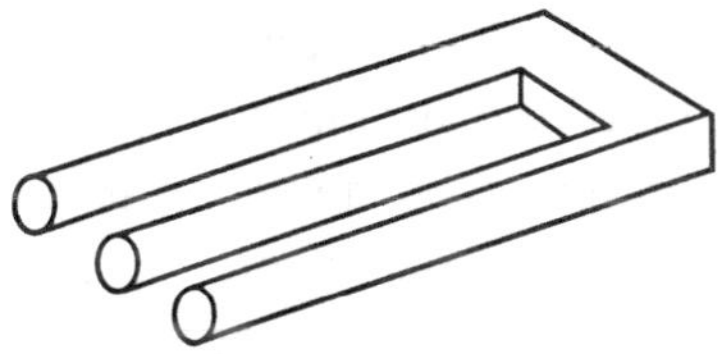

Les chercheurs s'intéressent depuis longtemps aux illusions d'optique, parce qu'elles nous permettent d'en apprendre davantage sur le fonctionnement du système visuel cérébral. Le neurobiologiste Dale Purves a mis au point sa théorie de la perception visuelle humaine en travaillant sur les illusions d'optique. Il l'a décrit dans son livre *Perceiving Geometry : Geometric Illusions Explained by Natural Scene Statistics* («La perception de la géométrie : les illusions géométriques expliquées par les statistiques des scènes naturelles»).

Dans une étude complexe, Purves et son équipe racontent leur découverte : lorsqu'un objet produit sur notre rétine des lignes verticales ou inclinées, il nous paraît plus long que celui qui produit des lignes horizontales. Selon eux, ce phénomène s'explique par le fait que notre environnement naturel est peuplé de formes verticales (les autres humains, les arbres, les habitations…) qui sont souvent physiquement plus hautes que les formes horizontales (sol, lit, assiette…). Ce que nous sommes en train de regarder, à n'importe quel moment de la journée, est le résultat d'une interprétation du cerveau basée sur deux critères : l'image rétinienne, mais aussi les multiples expériences visuelles antérieures. Le système visuel cérébral nous propose, alors, l'interprétation la plus probable de ce que nous sommes en train d'admirer. L'illusion d'optique se produit quand le cerveau fait une mauvaise interprétation : il choisit celle qui, en réalité, diffère de la source réelle de l'image rétinienne.

Le cognitiviste Mark Changizi expose une autre caractéristique de l'illusion d'optique. Pour lui, la plupart d'entre elles sont le résultat d'une anticipation cérébrale du mouvement. Il faut au moins 1/10 de seconde au cerveau pour produire le modèle visuel de ce que l'individu est en train de voir. Un décalage qui montre que le cerveau compose avec d'anciennes informations. Aussi, pour voir l'action «en direct», il doit utiliser le futur et anticiper ce qui est sur le point de se produire. Pour vérifier cette théorie, Romi Nijhawan (un des collègues de Changizi) a mis au point une expérience. Il a montré à un panel de volontaires, un objet circulant devant une ampoule. Lorsque l'objet se trouvait parfaitement dans l'axe de l'ampoule, celle-ci produisait un flash aveuglant. Les sujets ont pourtant tous affirmé avoir vu l'objet dépasser l'ampoule avant que celle-ci s'illumine. Ils avaient donc anticipé son déplacement.

Les scientifiques utilisent l'analogie du sport pour illustrer cette découverte. Quand un joueur de base-ball exécute un «swing» avec sa batte, il n'a pas le temps d'attendre que son cerveau construise une représentation visuelle réelle de l'emplacement de la balle par rapport à lui. Il doit anticiper l'action et positionner sa batte à l'endroit où son cerveau prévoit que la balle va arriver.

Toutes les illusions d'optique ne sont pas des créations de chercheurs de la vision. Un grand nombre émane de la diversité et de la complexité du monde naturel. Le camouflage permet à certains animaux de se fondre dans leur environnement afin d'éviter les prédateurs ou de capturer leurs proies. Pour cela, ils vont accorder leurs couleurs avec le milieu naturel dans lequel ils vivent. Les écureuils et les cerfs arborent des tons couleur de terre tandis que l'ours polaire se pare d'une fourrure parfaitement blanche pour être moins visible dans son milieu enneigé.

L'apparence de la lune est un autre bel exemple des tours d'illusionniste que nous joue Mère Nature. Quand la lune apparaît à l'horizon, elle nous semble toujours plus grosse que lorsqu'elle est haute dans le ciel. Depuis la nuit des temps, les hommes tentent d'expliquer ce phénomène. Ptolémée, comme d'autres observateurs, pensait que c'était l'air entre la lune et l'homme qui grossissait son image. Pourtant, on a découvert par la suite que l'image de la lune sur notre rétine avait la même taille, quelle que soit la position de l'astre dans le ciel ! Les théories modernes avancent des explications d'ordre physiologique ou psychologique. Selon l'une d'entre elles, c'est notre impossibilité à évaluer les distances dans le ciel de la nuit qui nous fait percevoir la lune plus petite une fois qu'elle est positionnée en « hauteur ».

Comme nous l'avons déjà vu, les magiciens rivalisent d'ingéniosité pour singer Mère Nature et ses illusions naturelles. Certains sont devenus des experts en la matière, comme le Britannique Jasper Maskelyne. Cet individu hors du commun nous raconte dans son livre autobiographique *Magic : Top Secret* combien sa formation d'illusionniste a servi... sur les champs de bataille ! Au début de la Seconde Guerre mondiale, Maskelyne quitta la scène et fut affecté sur une base militaire en Afrique où il devint membre d'une unité de contre-espionnage appelée la « A Force ». Sa mission : dissimuler les forces armées britanniques aux avions de reconnaissance allemands. L'illusionniste avait constitué une petite équipe d'hommes compétents en chimie, en ingénierie et des techniciens pour développer des illusions qui tromperaient l'ennemi. Ce groupe atypique fut surnommé familièrement « la troupe magique ». Elle construisit des tanks factices de contre plaqué et de toiles peintes, peaufinant les détails jusque dans la reconstitution de traces dans le sable feignant le déplacement de ces engins de carton-pâte.

L'illusion la plus spectaculaire et peut-être la plus improbable fut réalisée par Maskelyne en 1941. Le défi : faire disparaître temporairement le port stratégique d'Alexandrie ! Le magicien raconte dans son livre comment son équipe et lui-même ont construit une réplique du port à proximité de l'original : les bâtiments étaient factices tout comme le phare reconstitué. De pseudo-canons antiaériens simulaient même des attaques en activant des flashs puissants.

Quand les illusions d'optique n'aident plus les scientifiques à percer les mystères de la vision, quand elles ne servent plus à camoufler un animal ou à dérouter un bombardier ennemi, on les retrouve dans l'univers des œuvres d'art. Avec pour vocation cette fois de générer chez l'observateur une gamme variée de sensations visuelles. Les illusions d'optique font même partie d'un courant artistique qui porte leur nom : l'Op Art, une branche de l'art géométrique abstrait qui émergea au milieu des années 1960. Les illusions d'optique générées par les œuvres Op Art sont le fruit de la manipulation des formes géométriques et des couleurs. Victor Vasarely, le chef de file de ce mouvement, utilisa notamment la figure emblématique du cube de Kepler (voir ci-dessous), celui-ci ayant la particularité de donner l'impression de sortir du tableau ou au contraire d'être creux !

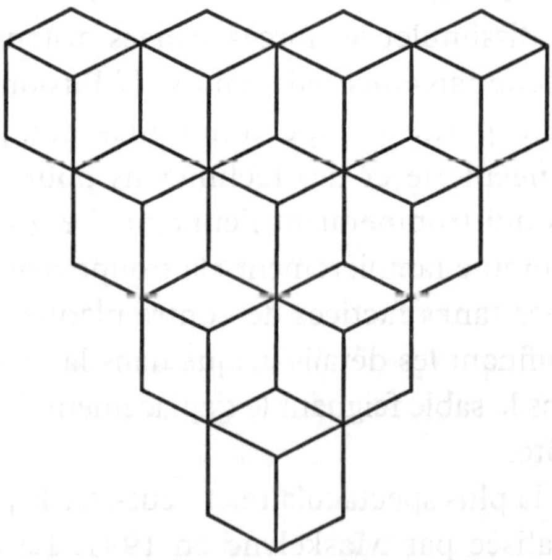

Le Hollandais M. C. Escher a lui aussi joué avec les illusions d'optique dans son travail artistique. On peut contempler dans l'une de ses lithographies de 1960 un grand bâtiment dont l'escalier semble n'avoir ni début ni fin. L'œuvre se nomme : *Ascendant et Descendant*. Pour *La Cascade*, une toile de 1961, Escher a littéralement «mis en œuvre» les caractéristiques du triangle de Penrose : l'écoulement de sa cascade est piégé dans des perspectives improbables. On a la sensation d'une eau qui se déverse en circuit fermé.

L'illusion d'optique et artistique la plus commune ne se trouve pourtant ni dans les musées ni dans les galeries... mais au cinéma ! Chaque fois que nous regardons un film, les images fluides et animées qui apparaissent devant nos yeux sont constituées en réalité d'une multitude de photogrammes fixes qui défilent à toute allure au rythme de 24 photogrammes par seconde ! Cette rapidité permet à chaque image de la pellicule de s'attarder sur la rétine du spectateur juste assez de temps pour qu'elle fusionne avec la suivante. C'est ainsi que se crée l'illusion du mouvement.

La psychologie de l'art

Beaucoup de philosophes ont réfléchi aux relations entre art et perception, et à ce que l'un pouvait bien dire de l'autre. L'historien de l'art influent Ernst Hans Gombrich a beaucoup écrit à ce propos, cherchant à savoir comment les principes de perception pourraient produire une meilleure compréhension et une meilleure appréciation de l'art. Selon lui, les artistes ne peignent pas une réplique de ce que la réalité nous offre, mais plutôt une réalité personnelle et influencée. Aussi, quand on est face à l'œuvre et tente de l'interpréter, on se doit de *«collaborer avec l'artiste... (...) pour transformer un morceau de toile colorée en représentation du monde visible»*.

Le miracle de l'art, pour Gombrich, n'est pas sa capacité à reproduire la réalité. Son rôle est de nous entraîner à voir le monde d'un autre œil. Chaque œuvre d'art invite le spectateur non seulement à explorer la couche picturale qui lui fait face, mais aussi à puiser en lui, dans ses souvenirs, ses idées, ses émotions subjectives afin de former son interprétation. Ce pouvoir de l'art, qui nous pousse à regarder en nous-même, est si insaisissable qu'il n'a pas manqué d'attiser la curiosité de certains scientifiques.

La publication en 1999 par V. S. Ramachandran et William Hirstein d'un article scientifique intitulé : «The science of art : A neurological theory of aesthetic experience» («La science de l'art : une théorie neurologique de l'expérience esthétique») a eu l'effet d'une bombe. Les deux scientifiques auraient réussi à déterminer «huit lois de l'expérience artistique [...] que les artistes appliquent consciemment ou non, pour induire une stimulation optimale des aires visuelles du cerveau».

Ramachandran explique, à l'aide d'une analogie, que la science peut nous aider à mieux apprécier la complexité de l'art : savoir que la plupart des poésies obéissent aux lois universelles de la rime et du mètre poétique ne rend pas moins extraordinaires les œuvres de Shakespeare. Et notre appréciation n'en est pas moins diminuée parce que nous considérons qu'il en avait une maîtrise incomparable. De la même façon, nous savons que des lois naturelles et universelles régissent la perception visuelle humaine. Il est donc logique que l'art obéisse aussi à certaines règles.

Le premier principe découvert par les deux scientifiques est celui du *glissement à l'extrême,* principe bien connu des éthologues[1]. Quand un scientifique apprend à un rat à

1. Qui étudient les mœurs et le comportement individuel et social des animaux domestiques et sauvages (NdT).

distinguer un carré d'un rectangle et qu'il le récompense pour le rectangle, l'animal se dirigera plus fréquemment vers ce dernier. Mieux, si on utilise un rectangle de 20 cm sur 30 pour entraîner ce rat, puis qu'on le remplace par un autre de 10 cm sur 40, l'animal y réagira encore plus positivement. Le rat n'apprend pas à valoriser un rectangle particulier, mais une règle : les rectangles valent mieux que les carrés. Moins la forme ressemble à un carré, et plus le rat va l'apprécier. L'art procède de ce principe, particulièrement dans les œuvres des caricaturistes. L'artiste grossit les particularités physiques et les manières du personnage dont il fait le portrait. Le résultat est souvent frappant : la ressemblance (pourtant très exagérée) saute aux yeux; c'est l'essence même de la personne qui s'éclaire. Les deux scientifiques pensent que cette exagération nous fait naturellement plaisir, parce qu'elle met en avant les traits caractéristiques qui nous séduisent ou intriguent chez quelqu'un.

La deuxième règle mise en lumière par Ramachandran et Hirstein est *le principe d'association ou de liaison*. Face à une peinture représentant une multitude de carrés colorés, le cerveau va, dans un premier temps, se sentir perdu. Cet ensemble cubique paraît désordonné, et le nombre d'associations des carrés est potentiellement infini. Pourtant, dès que son système visuel aura trouvé une liaison cohérente entre les formes (de même couleur par exemple), l'observateur sera aux anges et ne voudra pas en changer : il aime naturellement regrouper des choses similaires. Un tel travail d'association stimule le système visuel qui envoie ensuite des signaux au système limbique (structure du cerveau qui régule notamment les émotions), produisant une sensation agréable. Ce qui pourrait expliquer ce qu'on appelle « l'expérience esthétique ».

Le troisième principe consiste à *isoler une seule composante visuelle et à en amplifier le signal* (la forme, la profondeur ou la couleur par exemple). Cette idée trouve son équivalent dans l'aphorisme célèbre «moins est plus». L'aptitude du cerveau à réaliser cette opération explique pourquoi un dessin ou une esquisse ont parfois plus d'efficacité artistique qu'une photographie en couleurs; même si la photo est par définition très détaillée.

Autre règle, *le principe de contraste*. Par nécessité, le cerveau s'est habitué depuis des milliers d'années à repérer dans la nature les contrastes (une baie rouge perdue dans un feuillage vert ou un insecte sur une paroi uniforme). Un tableau qui joue sur les contrastes, cassant l'homogénéité des couleurs, attirera plus longtemps le regard du spectateur qu'un tableau uniforme.

La résolution de problèmes visuels est le cinquième principe. Il procure un certain plaisir au spectateur qui cherche à comprendre l'œuvre d'art et qui en trouve la clef. Une peinture dont le sens est tacite plutôt qu'explicite pourrait être plus attirante parce qu'elle joue avec nos interprétations et incite le système visuel du cerveau à faire des propositions. Un processus lui-même enrichissant. Cela expliquerait le charme de beaucoup d'œuvres de Picasso ou des surréalistes pour lesquelles l'observateur a besoin de chercher activement un sens.

V. S. Ramachandran et William Hirstein montrent aussi que la plupart des spectateurs préfèrent *les toiles qui offrent des points de vue panoramiques* à celles qui utilisent des perspectives tronquées (point de vue subjectif). Le système visuel du cerveau se sert d'expériences vécues dans le passé et aime retrouver sur le tableau une représentation en concordance avec ce qu'il connaît déjà. Les «coïncidences» résultant d'un cadrage (comme un arbre parfaitement placé au centre de deux bâtiments) ne sont pas agréables car en désaccord avec les irrégularités que l'on trouve généralement dans notre environnement visuel quotidien.

Selon l'avant-dernier principe, *la métaphore amplifie le potentiel artistique d'une œuvre*. Explication : trouver des connexions entre les choses procure un sentiment de plaisir. La métaphore dans l'art est à l'image du haïku : un très court poème japonais qui, en quelques mots bien choisis, éveille des émotions complexes et subjectives. Dans l'art visuel, un tableau réussi peut provoquer instantanément une réponse émotionnelle chez l'observateur, bien avant d'être analysé par la raison. Les poètes occidentaux utilisent également les métaphores pour créer de tels effets : « La mort qui a bu le miel de ton haleine », dit Shakespeare. Le lecteur est touché par ces mots avant de prendre conscience de l'analogie cachée : le « dard » de la mort et celui de l'abeille (en anglais *« sting of death*[1] *»*).

Enfin, dernier point, selon les deux scientifiques, dans une œuvre d'art, *nous sommes attirés par la symétrie.* Les chercheurs ont depuis longtemps reconnu le lien entre symétrie et séduction. Dans une étude, ils se sont rendu compte que les bébés fixaient plus longtemps les visages symétriques. La même relation entre symétrie et séduction se retrouve dans le monde animal. Chez les oiseaux, les femelles mandarins, par exemple, préfèrent les mâles qui ont les deux pattes colorées de la même façon ! Selon Ramachandran et Hirstein, la symétrie attire notre attention parce qu'elle est caractéristique d'un être vivant. Il est probable que nos ancêtres ont reconnu les prédateurs, les proies ou d'autres êtres humains en partie grâce à cela. Les œuvres d'art qui incluent des formes symétriques jouent donc sur ce système d'alerte primitif dont l'évolution nous a dotés. C'est pourquoi nous y sommes particulièrement sensibles.

Il n'est pas surprenant que cet article scientifique ait fait couler beaucoup d'encre. Notamment chez les spécialistes de l'art, qui le trouvèrent trop réducteur. Pour beaucoup, l'expérience esthétique est fondamentalement ineffable

1. En français, on parlerait d'« aiguillon de la mort » (NdT).

– un état subjectif inaccessible aux rigueurs des enquêtes scientifiques. Les deux chercheurs ont répondu qu'ils étaient conscients des limites de leurs huit principes qui ne doivent en aucun cas amoindrir les rôles de l'éducation, de la culture ou de l'expérience dans la création d'une œuvre d'art. Un peu comme Gombrich, ils considèrent que l'art et le cerveau entretiennent une relation symbiotique ; chacun pouvant enrichir la compréhension et l'appréciation de l'autre.

Bien sûr, aucune théorie scientifique ne pourra jamais saisir totalement la richesse et la subjectivité de l'expression artistique, notre perception étant le produit à la fois de notre esprit et de notre cerveau. Les théories scientifiques qui s'attellent à percer les mystères de la vision montrent combien la biologie est importante, mais elles soulignent aussi la complexité qui fait de chaque image perçue une représentation unique et personnelle. La manière dont nous voyons quelque chose en dit autant sur nous (avec nos propres expériences, nos réflexes émotionnels et nos idées philosophiques) que sur les connexions neuronales qui se cachent derrière notre regard.

Chapitre 8

LA CONSOMMATION DE L'INFORMATION

Notre cerveau a besoin d'informations comme notre corps de nourriture. Au menu : événements, dates, idées, images, histoires ou statistiques qui nous permettent de constituer des souvenirs et d'alimenter notre perception du monde. Autrement dit, toutes ces données façonnent notre destin, aujourd'hui plus que jamais, à l'heure d'Internet, de la publicité omniprésente et de l'actualité en continu. Le trafic entre notre monde intérieur et le monde extérieur n'a jamais été aussi intense ! Quels en sont les effets sur notre façon de penser, d'apprendre, de percevoir et de comprendre ?

La saveur des mots

Afin de mieux saisir l'apparition progressive de cette société de l'information, examinons les mécanismes qui régissent l'acquisition et la transmission du savoir. Cela passe avant tout par l'étude des mots : de véritables « atomes du savoir ». Ils sont les livres que nous lisons et les phrases que nous prononçons. Mais le vocabulaire est à double tranchant : il peut aiguiser notre imaginaire comme il peut le calibrer. George Orwell, dans son célèbre roman *1984* en donne un bel exemple. Il nous cuisine une société où les mots ont perdu leur saveur, pervertis par « Newspeak », langue propagandiste inventée dans le but de « réduire l'éventail de la pensée ». Issu d'un régime totalitaire, Newspeak tente d'entraver la liberté de pensée et d'expression en censurant tous les mots considérés comme potentiellement gênants : « liberté » ou « rébellion » par exemple. Le but final de cette entreprise est de vider la langue de toute sa moelle, c'est-à-dire de ses mots. Dans cette dystopie[1] d'Orwell, le pouvoir totalitaire suppose que, si une chose ne peut être dite, elle ne pourra plus être pensée. Les subtilités de la langue sont réduites à néant, et seules les dichotomies élémentaires sont autorisées : bonheur/tristesse ou plaisir/douleur par exemple. La langue est purgée de toute irrégularité; Newspeak emploie « inbon » (pour mauvais), « plusbon » (pour très bon) et « doubleplusbon » remplace « excellent » !

Le Newspeak d'Orwell fut inspiré par un vrai projet linguistique : le « Basic English » du philosophe britannique Charles Ogden en 1930. Une version très simplifiée de la langue anglaise, composée de seulement 850 mots, choisis pour « clarifier la pensée » et simplifier l'apprentissage de l'anglais à l'étranger. Ce projet ne reçut ni le soutien du gouvernement ni celui du public en général. À son propos, le président Franklin Roosevelt écrivit à Winston Churchill pour lui signifier que sa célèbre devise *« Blood, toil, tears and sweat »* (Du sang, du labeur, des larmes et de la sueur) donnerait en Basic English : *« Blood, work, eye water and face water »* (soit : Du sang, du travail, de l'eau des yeux et de l'eau du visage) ! Bien qu'initialement partisan du projet,

1. Le contraire d'une utopie (NdT).

Orwell le rejeta par la suite catégoriquement dans un essai de 1946 intitulé *Politics and English Language* (*Politique et langue anglaise*). Mais sa véhémence concerne plus particulièrement l'anglais moderne qu'il trouve laid, poussiéreux et imprécis. Sa critique, toujours d'actualité, évoque notamment les «métaphores à l'agonie», qu'on utilise à tout bout de champ sans en connaître la signification véritable, comme «se serrer les coudes» ou «tourner autour du pot»[1]. Il récuse aussi l'emploi de ce qu'il nomme les «prothèses verbales», des groupes de mots dénués de sens qui ne servent qu'à étoffer le discours (comme chez ces personnes qui ne peuvent s'empêcher de ponctuer leurs phrases d'un «n'est-ce pas», «en fait», «toujours est-il» ou encore «tu vois»). Orwell tourne enfin en ridicule «le style prétentieux» qui préfère les termes alambiqués aux mots clairs et précis. Il est snob selon lui de dire *«to expedite a letter»* au lieu de *«to send a letter»*. Tout cela ajoute à la négligence et à l'imprécision de la langue anglaise.

De tels exemples n'avaient pas seulement pour but d'amuser les lecteurs. Ils permettaient surtout à Orwell de construire un argument essentiel : «Si la pensée corrompt le langage, le langage peut aussi corrompre la pensée.» Selon l'écrivain, il était nécessaire d'être constamment sur ses gardes afin d'éviter les expressions clichés, «parce que chacune de ces phrases anesthésie une partie de votre cerveau». Il termina son argumentation en lançant un appel aux anglophones, leur demandant de bien réfléchir avant d'utiliser un mot, de le choisir avec soin et d'être certains d'en connaître la signification exacte.

Afin d'éviter les écueils linguistiques qu'il a identifiés, Orwell propose de suivre ces six règles :

1. Les exemples cités par Orwell sont *«stand shoulder to shoulder»* et *«toe the line»* (NdT).

1- Ne jamais utiliser une métaphore, une comparaison ou une figure de style cliché.
2- Ne jamais utiliser un mot long quand on peut en utiliser un plus court.
3- Si l'on peut supprimer un mot dans une phrase, c'est qu'il n'est pas essentiel.
4- Ne jamais utiliser la voix passive quand on peut utiliser la voix active.
5- Ne jamais utiliser une expression étrangère, un mot scientifique ou du jargon si on peut trouver un équivalent dans le langage courant.
6- Transgresser n'importe laquelle de ces règles plutôt que d'utiliser un langage trop rudimentaire.

Dans son livre *Impostures intellectuelles* (coécrit avec Jean Bricmont), Alan Sokal, un professeur de physique à l'Université de New York, donne plusieurs exemples amusants de ce qu'on nomme le « verbiage ». Une de ses cibles favorites est Jacques Lacan, un psychanalyste français connu pour des textes souvent abscons :

> « C'est ainsi que l'organe érectile vient à symboliser la place de la jouissance, non pas en tant que lui-même, ni même en tant qu'image, mais en tant que partie manquante à l'image désirée : c'est pourquoi il est égalable au $\sqrt{-1}$ de la signification plus haut produite, de la jouissance qu'il restitue par le coefficient de son énoncé à la fonction du manque de signifiant : (-1). »

Face aux critiques, les défenseurs de Lacan évoquent une œuvre psychanalytique impossible à traduire à travers le prisme rigoureux de la science, ni même de la philosophie. Les textes de Lacan appartiennent à un autre genre. Cet argument, loin de faire taire Sokal et Bricmont, équivaut selon eux à une espèce de « mysticisme laïque ».

L'euphémisme est une figure de style qui permet d'atténuer et d'adoucir un propos considéré comme trop brutal, trop « cru » (« il est mort d'un cancer » devient « il nous a quitté des suites d'une longue maladie »). Son utilisation fait les joies de beaucoup d'hommes politiques, bien connus pour utiliser un langage précis et soigné. Cent cinquante ans avant George Orwell, le philosophe britannique Edmond Burke remarquait que les défenseurs de la Révolution française avaient une façon bien particulière d'en parler : le mot « massacre » par exemple devenait « agitation », « effervescence » ou « excès » !

Les euphémismes politiques sont légion. Pour ne pas employer le mot « récession », les politiciens nous abreuvent de « croissance négative » ; pour ne pas dire « révolte », ils parlent de « trouble ». Et que penser du langage militaire où les civils tués sont des « dommages collatéraux » et les bombardements, des « attaques de défense » ? Quand le président américain George W. Bush dut annoncer l'envoi de 20 000 soldats supplémentaires en Irak, il parla de « forte augmentation » (*« surge »*). Les commentateurs s'empressèrent de remarquer que le choix de ce mot avait une connotation beaucoup plus positive que le traditionnel « renforcement des troupes ».

Toutes ces gymnastiques verbales permettent de tordre la langue à son avantage, mais restent malgré tout assez faciles à repérer. D'après Geoffrey Nunberg, linguiste à l'Université de Stanford et auteur du livre *Going Nucular : Langage, Politics and Culture in Controversial Times* (« On sort l'arme nucléaire : le langage, les politiques et la culture dans une époque controversée »), il faut se méfier des mots les plus simples et les plus inoffensifs, car ils sont plus difficiles à décrypter dans un discours (par exemple, que veut dire réellement le terme de « croissance » ?).

Diane Ravitch, un professeur américain de pédagogie, nous explique dans son livre *The Language Police : How*

Pressure Groups Restrict what Students Learn («La police du langage : comment des groupes de pression restreignent ce que les élèves apprennent») comment se propagent, dans les publications scolaires, l'euphémisme et la censure. D'après Ravitch, les éditeurs emploient une série incroyablement compliquée de règles pour censurer le langage ou les sujets qui pourraient être considérés comme polémiques ou offensants. Elle découvre aussi que cette censure est, paradoxalement, la conséquence des mouvements pour les droits civiques et le droit des femmes des années 1960-1970, ayant pour mission à l'époque de retirer tout préjugé des manuels scolaires et d'ouvrir l'enseignement historique et littéraire à des points de vue autrefois ignorés. Selon Ravitch, tous ces efforts louables ont poussé les choses à l'extrême, favorisant l'apparition de textes fades, exhaustifs et simplistes au lieu d'analyses complexes et de débats d'idées.

Certains exemples de «tiédeur» que Ravitch nous rapporte dans son livre semblent tout droit sortis d'une comédie burlesque : un éditeur aurait décidé, par exemple, de ne pas publier une légende sur les dauphins car elle portait préjudice (selon lui) aux élèves qui n'habitaient pas près de la mer (il ne faut pas de préjugé régional) ! Un autre rejeta des textes qui évoquaient les hiboux, car ces oiseaux sont tabous pour les Amérindiens Navajos. La fable d'Ésope, «Le Corbeau et le Renard», fut considérée par autre éditeur comme sexiste. L'histoire, adaptée en anglais, met en scène un renard mâle qui flatte un corbeau femelle ; du coup, le sexe des animaux dut être changé pour que l'histoire soit publiée ! Les recherches de Ravitch indiquent que ces quelques exemples ne sont pas des exceptions. La plupart des examens et des manuels utilisés dans les écoles américaines sont régis par les mêmes directives kafkaïennes et absurdes. Les éditeurs, piégés par les groupes de pression aux deux extrémités du spectre politique (droite/gauche), tentent de satisfaire tout le monde en expurgeant tous les textes qui pourraient être offensants, privilégiant ainsi un contenu terne et aseptisé.

Le prisme à travers lequel nous percevons l'information affecte davantage notre pensée et notre perception que les mots. Lors d'un débat, employer le bon vocabulaire ne suffit pas, il faut trouver des combinaisons qui provoquent une image, un sens fort. C'est ce que nous apprend George Lakoff, un professeur en linguistique cognitive à l'Université de Californie, Berkeley. En France par exemple, l'expression «bouclier fiscal» s'est répandue dans tous les médias. Le mot «bouclier», une arme défensive, sous-entend que l'on doit se protéger de quelque chose de menaçant et de dangereux. Cette expression suscite toute une histoire inconsciente ; elle implique un héros (celui qui donne le bouclier), une victime (celui qui doit se protéger), une menace (la fiscalité), un méchant (celui qui réclame les impôts) et un soulagement (ne pas payer). Dans cette perspective, les impôts sont perçus comme une chose négative par nature, et leur réduction comme un acte héroïque pour lequel le contribuable se doit d'être reconnaissant. Ce sentiment est chaque fois un peu plus renforcé quand les politiciens ou les médias utilisent cette expression.

Pour tous ceux qui ne voient pas dans l'impôt quelque chose de forcément négatif, le linguiste propose un vocabulaire alternatif, plus proche des valeurs comme l'équité, la communauté ou la coopération. Signifier par exemple que l'impôt est le «prix de la civilisation» (l'expression est de l'écrivain américain Oliver Wendell Holmes). Lakoff va encore plus loin en parlant de «cotisations pour la démocratie, l'opportunité et l'accès à l'infrastructure qui rend possible l'acquisition de la richesse» !

Les conclusions du linguiste sont très pessimistes : selon lui, ce n'est pas la réalité des faits qui compte, mais la perception qu'on a d'eux. Steven Pinker, psychologue évolutionniste et linguiste, critique les suggestions de Lakoff pour le « relativisme cognitif » dont elles procèdent. Si on le prend au pied de la lettre, alors les mathématiques, les sciences et la philosophie seraient des disciplines se livrant à une sorte de « concours de beauté » destiné à nous séduire, et non des tentatives pour comprendre la nature des choses !... Michael Silverstein, professeur d'anthropologie, de linguistique et de psychologie à l'Université de Chicago, évoque une autre façon de faire passer un message profond dans son livre *Talking Politics* (« Le parler politique ») : selon lui, le langage n'est vraiment efficace que lorsqu'il s'accompagne d'un vrai message. Il cite le « Gettysburg Adress », un discours brillant et émouvant du président Abraham Lincoln qui ne contenait que 272 mots. Une preuve du pouvoir des mots quand ils s'imprègnent de conviction et qu'ils sont parfaitement compris de l'orateur. Comme Silverstein nous le rappelle, les mots sont des mets délicieux quand ils sont issus de la raison et de la réflexion. Les préjugés et la langue de bois sont bien trop indigestes.

Les fast-foods de la pensée

Bien sûr, les mots ne servent pas seulement à convaincre ou à communiquer des pensées profondes ou de grands idéaux. Je dois admettre ma perplexité face à un phénomène courant, qui m'est assez étranger : celui du commérage et du bavardage – mon cerveau ne fonctionne pas ainsi. Mon ignorance dans ce domaine est à l'image de celle des scientifiques qui se demandent pourquoi les humains ont tendance à cancaner, et, surtout, à quoi cela sert. Quel rôle joue le bavardage sur l'individu et la société ?

Depuis peu, ce sujet qui semble pourtant anodin fait débat parmi les spécialistes en psychologie sociale, en anthropologie, en psychologie évolutionniste et en sociolinguistique. Bien que le mot « commérage » ait une connotation plutôt négative (on sait tous les problèmes que la rumeur peut susciter), les recherches ont montré qu'il y avait beaucoup de raisons sociales et psychologiques positives aux ragots ; entre autres, un renforcement des valeurs partagées et de la camaraderie.

Certains vont plus loin en développant l'idée que le commérage est profondément enraciné dans l'instinct humain. Dans son livre *Grooming, Gossip and the Volution of Language* (« Épouillage, bavardage et évolution du langage »), Robin Dunbar – professeur de psychologie à l'Université de Liverpool – montre que la population moyenne consacre environ deux tiers de ses conversations aux cancans. Le psychologue évoque « les rythmes naturels de la vie sociale ». Il compare les séances de commérages chez les humains à celles de l'épouillage chez les primates, pendant lesquelles les singes passent des heures à nettoyer la fourrure de leurs congénères. Chez les grands singes qui vivent en groupe, le but de ces échanges est de souder la communauté. Dunbar suggère que les humains, en évoluant, ont privilégié le langage à l'épouillage parce qu'il prenait moins de temps et permettait à l'individu de faire plusieurs choses à la fois.

De nombreuses recherches vont dans le sens du commérage comme activité essentiellement positive et créant du lien : une étude a montré que, lorsque des individus s'adonnent aux ragots, seulement 5 % du contenu de leur conversation implique des jugements et des critiques négatives. Dans la majeure partie du temps, on s'interroge sur « qui a fait quoi ? », « avec qui ? » et l'on partage des expériences sociales personnelles. Une autre recherche a découvert que seulement dix minutes de bavardages chaque jour étaient aussi efficaces pour stimuler la mémoire et la performance mentale que de faire des mots croisés !

Il existe une forme nuisible de ragot qu'on appelle les « légendes urbaines » ou les « légendes contemporaines » : ce sont des histoires d'une authenticité douteuse mais néanmoins présentée, comme véridiques (le raconteur insiste sur le fait que c'est arrivé à un ami d'un ami, ou à un membre lointain de sa famille). Selon le folkloriste Jan Harold Brunvand, auteur de *The Vanishing Hitchhiker : American Urban Legend and Their Meanings* («L'autostoppeur disparu : les légendes urbaines américaines et leurs significations»), ces légendes constituent une forme moderne de folklore narratif. Les récits imaginaires popularisés par des conteurs ont toujours existé, depuis la nuit des temps. Comment expliquer que cette tradition perdure, alors que la plupart des gens savent lire et que les médias sont omniprésents? Sans doute parce que ces légendes reflètent les espoirs, les peurs et les inquiétudes de notre époque. Personne ne sait comment se créent les légendes urbaines ni qui les invente. Chaque fois qu'on a tenté de suivre la piste de leurs origines (en interrogeant des auteurs probables ou en se référant à des événements réels déclencheurs), cela n'a abouti à rien. Grâce à leur structure narrative souvent solide, leur vague vraisemblance et leur message sous-jacent, ces légendes tenaces influencent l'imaginaire collectif. L'une d'entre elles, peut-être la plus connue, est celle qui propagea la rumeur que des alligators vivaient dans les égouts de New York! Pour renforcer la véracité de la légende, on disait que des New-Yorkais s'étaient débarrassés dans leurs toilettes de petits bébés alligators achetés lors de vacances en Floride... En réfléchissant un tant soit peu, on se rend vite compte de l'énormité de la chose! New York est une ville bien trop froide pour des alligators qui vivent entre 25 et 32 degrés; de plus, il leur serait bien difficile de résister aux bactéries pathogènes qui pullulent dans les égouts de la ville.

Il existe aussi des légendes dites «suburbaines», des idées fausses et lieux communs très répandus, répétés ici et là par autant d'experts que d'amateurs. Par exemple le mythe selon lequel les humains n'utiliseraient que 10 % de leur cerveau. Particulièrement à sa place dans ce livre, cette légende n'est étayée par aucune preuve et réfutée par de nombreuses observations ! On sait par exemple que certaines maladies neurologiques graves – telle la maladie de Parkinson – entraînent de lourds handicaps alors qu'elles détruisent beaucoup moins de 90 % du cerveau. Toutes les aires cérébrales sont donc liées et fonctionnent de concert. Il est également très improbable, d'un point de vue de l'évolution, de justifier le développement de la taille du cerveau humain si 90 % de celui-ci ne sont jamais utilisés !

Plus graves encore sont les rumeurs qui ont couru au sujet du ROR (vaccin contre la rougeole, les oreillons et la rubéole), soupçonné d'être à l'origine de l'autisme chez les jeunes enfants. Le point de départ de cette spéculation est l'apparition de cas d'autisme chez des enfants qui venaient de se faire vacciner. Les médecins administrent le ROR à des enfants entre 12 et 15 mois, l'âge où apparaissent les premiers symptômes autistiques ; certains y ont vu une corrélation entre vaccination et autisme alors qu'il n'existait aucun lien de cause à effet. Les parents voulaient sans doute trouver une explication concrète à l'autisme de leur bambin. Il ne s'agissait pourtant que de coïncidence. Des millions d'enfants ont été vaccinés pendant plusieurs décennies sans développer de troubles. Ce mythe prit de l'ampleur quand, en 1998, le journal médical britannique *The Lancet* publia une prétendue « preuve » du lien entre ROR et autisme. Signé du gastro-entérologue anglais Andrew Wakefield, l'article fabulait sur l'apparition de problèmes intestinaux chez certains enfants vaccinés, qui entraînaient une diminution de l'absorption de vitamines et minéraux essentiels, pouvant être à l'origine de désordres du développement comme l'autisme. L'éditorial du magazine mettait déjà en doute, à cette époque, les hypothèses de Wakefield. Aucune analyse scientifique n'a pu les vérifier, et l'on sait aujourd'hui qu'elles étaient erronées. Une étude récente montre que le taux correspondant aux cas d'autisme dans la population londonienne n'a pas connu d'augmentation suite à l'introduction du vaccin en 1988.

La grande majorité des médecins rejetèrent les spéculations de Wakefield. Michael Fitzgerald, médecin généraliste et père d'un enfant autiste, déclara tout haut ce que la profession pensait tout bas, et accusa le docteur d'avoir « abandonné la médecine pour rejoindre le monde des dogmes pseudo-scientifiques, et devenir une célébrité des médias et des communications populistes ». Malheureusement, ces réfutations ne purent empêcher de nombreux reportages crédules à la télévision et sur les ondes. Conséquence : beaucoup de parents abandonnèrent la vaccination contre ces trois maladies potentiellement fatales. On constata, les années suivantes, une augmentation de cas de rougeoles en Angleterre : presque un millier de cas furent rapportés en 2007 – c'était le chiffre le plus élevé depuis longtemps. On n'avait pas vu un garçon de 13 ans succomber de la rougeole depuis une génération (en 2006). Telles sont les conséquences terribles de la diffusion à grande échelle d'une information trompeuse ou erronée !

Curieusement, les chercheurs ont découvert un phénomène cérébral qui pourrait expliquer la propension de certains individus à croire aux déclarations pourtant absurdes glanées ici ou là. Dans un laboratoire de l'université de Californie, les neuroscientifiques Sam Harris, Sameer A. Sheth et Mark S. Cohen firent passer un scanner cérébral à quatorze adultes par IRMf (imagerie par résonance magnétique fonctionnelle). Ils leur présentèrent ensuite une série d'énoncés pour lesquels les volontaires devaient indiquer leur degré de croyance (vrai, faux ou incertain). Ces déclarations touchaient à différents domaines : les mathématiques (« le nombre 62 peut être divisé par 9 sans laisser de décimale »), les faits (« le Dow Jones a augmenté de 1,2 % mardi dernier ») ou encore l'éthique (« prendre plaisir en voyant souffrir quelqu'un est mal »).

Les résultats furent frappants : évaluer les divers énoncés impliquait différentes régions du cerveau, ce qui montre que la croyance, le scepticisme et l'incertitude empruntent des chemins neuronaux différents. Cette recherche a aussi montré que les volontaires répondaient plus rapidement aux déclarations qu'ils considéraient comme vraies qu'à celles qui leur semblaient fausses ou incertaines. Cette découverte va dans le sens de la théorie du philosophe hollandais du XVIIe siècle Benedict Spinoza : de façon tacite, nous considérons comme crédible toute affirmation que nous arrivons à comprendre. Rejeter une affirmation demande un travail plus long et une analyse consciente. Les scientifiques nous expliquent que le phénomène d'acceptation d'une déclaration ou d'une idée équivaut à la perception physique d'un objet : si nous le voyons, c'est qu'il existe (si quelqu'un nous dit quelque chose et que nous le comprenons, il y a de fortes chances que ce soit vrai). Nous acceptons en général les apparences jusqu'à preuve du contraire. Avoir l'esprit critique demande un effort de remise en cause permanente.

Des greniers vivants

Pendant des millénaires, les humains ont passé une grande partie de leur vie à acquérir et à transmettre leur savoir. Avant l'invention de l'écriture, au sein de nombreuses cultures, les épopées, les poèmes, les mythes et les proverbes véhiculèrent la connaissance d'une génération à la suivante. L'essentiel était la survie de l'information, au-delà du verbiage ou des abus de langage ; car, si un morceau de savoir venait à sombrer dans l'oubli, il serait perdu pour toujours.

Cette « littérature orale » était mémorisée et récitée par un conteur ou un chanteur qui apprenait son métier de ses pairs. Lors de récitations publiques, assez courantes à l'époque, le conteur racontait des histoires, chantait des chansons et relatait des scènes dramatiques. Ces souvenirs «vivants» aidaient à l'éducation des individus, apportant un sens fort et riche à leur identité, leur communauté, et renforçant le sentiment de continuité. Les histoires et les chansons étaient très structurées, rythmées et répétitives – ce qui rendait la mémorisation plus facile. Elles se focalisaient sur des personnages et des événements qui captivaient l'attention du public. L'orateur improvisait souvent, sans déformer les grandes lignes de son propos, ce qui lui permettait de varier les histoires selon le goût et l'intérêt des personnes qui l'écoutaient : ainsi, il perfectionnait continuellement ses récits en fonction des réactions du public et de nouvelles informations.

Les aborigènes australiens sont un exemple significatif de la subtilité et de la complexité des traditions orales. Au cœur de leurs rites brûlait le feu respecté de la mémoire commune, car ils pensaient que le passé existe dans un présent éternel. Les chants aborigènes (qu'on appelle les *«song lines»*, mot à mot, les chants de pistes) évoquent les relations du peuple à la terre, mais sont aussi de véritables cartes géographiques chantées qui aident à perpétuer les connaissances des points d'eau et de nourriture dans la nature. Les différents clans se rencontrent pour chanter face à face ces «pistes», échangeant ainsi leurs informations détaillées sur les territoires des régions environnantes.

Elias Lönnrot, un médecin du XIXe siècle, féru de folklore, se battit probablement plus que n'importe qui pour sauver la richesse des «littératures orales». Il effectua des dizaines d'expéditions à travers l'Estonie, la Laponie et la Carélie pour y chercher des «runo» – des poèmes anciens chantés, typiques de ces endroits. Puis il rassembla des milliers de vers pour former un seul recueil de poésies, qu'il fit publier le 28 février 1835. Cette date est aujourd'hui fêtée en Finlande comme «Le Jour du Kalevala», l'anniversaire de la culture finlandaise. Les mythes que Lönnrot sauva de l'oubli évoquaient un passé où les dieux et les esprits invisibles régissaient la vie des hommes. Ces histoires parlaient de la création, révélaient des légendes sur la lumière et l'obscurité, sur la fertilité et la mort, et se composaient de descriptions détaillées concernant les animaux, les plantes et les saisons de cette région. L'œuvre de Lönnrot poussa les peuples finlandais à établir leur propre nation et à élever le finnois au rang de langue nationale. Pour donner une petite idée de ces vers et de leur puissance, voici les premières lignes du Kalevala traduites en français :

Voici qu'un désir me saisit,
L'idée m'est venue à l'esprit,
De commencer à réciter,
De moduler des mots sacrés,
De chanter la légende d'un peuple,
Et les ballades d'une nation ;
Les mots se fondent dans ma bouche,
Les paroles lentement tombent,
Elles s'envolent de ma langue,
Se faufilent entre mes dents[1]...

L'importance de ces littératures orales déclina après l'invention de l'écriture dans les régions sumériennes, environ 3 200 ans avant Jésus-Christ. Apparurent ensuite les scribes, les bureaucrates et les prémices de la civilisation moderne. Cette avancée permit de transporter des nouvelles et des idées dans des régions lointaines ; on créa des archives, des liturgies et des tas d'autres documents. Et même si beaucoup de sociétés considéraient l'invention de l'écriture comme un cadeau divin, elles furent aussi conscientes du prix à payer. Auparavant, les conteurs tissaient dans

1. Traduction de Jean-Louis Perret en 1927 (NdT).

leur esprit et dans celui du public des tapisseries mentales complexes pleines d'images et d'idées. Leur voix jouait avec les accents, le ton, le timbre et l'émotion (autant qu'avec les mots) pour raconter leurs histoires. L'écriture éclipsa la mémoire, et beaucoup regrettèrent qu'elle devienne ainsi un art oublié. Même Platon – dont ne peut mettre en cause le rôle d'intellectuel – était ambivalent vis-à-vis de l'écriture qu'il nommait «*pharmakon*», mot qui signifie à la fois «médicament» et «poison» !

En dépit des nouveaux horizons qui s'ouvraient grâce à l'écriture, l'alphabétisation mit beaucoup de temps à se propager. Les seules personnes à savoir lire et écrire étaient souvent des moines ou des nobles, soucieux de garder ce savoir pour eux-mêmes. Les grandes œuvres littéraires s'écrivaient et se diffusaient en vase clos, hors de portée de la population.

Tout changea vers 1440. Johan Gutenberg, inspiré par les pressoirs vinicoles de la vallée du Rhin, inventa l'imprimerie. Son procédé d'impression provoqua une révolution au niveau de l'alphabétisation de la population. Les livres devinrent de plus en plus nombreux et plus abordables. Dès 1500, il existait plus d'un millier d'imprimeries à travers l'Europe. L'écrit devenait accessible, suscitant des débats sociaux et intellectuels, comme jamais auparavant. Il permit aux sciences, à l'art et à la religion de se développer. Le livre devint petit à petit une partie intégrante de la vie des gens.

L'explosion du nombre de livres fit croître le rôle des bibliothèques. Elles se transformèrent en banques de «savoir écrit». Les nantis de l'époque furent priés d'ouvrir leur collection privée au plus grand nombre. Le bibliothécaire Gabriel Naudé soutint que collectionner des livres ne servait à rien si l'on ne faisait pas profiter ceux qui pouvaient en faire usage. C'est lui qui suggéra aux collectionneurs de prêter les livres à «personnes de mérite et de savoir» pour une période de temps limité, en consignant tout le processus sur des registres.

Le nombre d'informations facilement disponibles se multiplia, entraînant avec lui une farouche envie de classification encyclopédique. En 1704, John Harris mit au point ce que l'on considère comme la figure de proue de l'encyclopédie moderne anglaise : le «*Lexicon Technicum*». Composée d'un texte clair, de bibliographies et de références croisées, cette encyclopédie devint la référence de toutes les encyclopédies qui suivirent. En 1751, l'encyclopédie de Diderot vit le jour; un livre si riche que Voltaire écrira : «Cet ouvrage immense et immortel semble accuser la brièveté de la vie des hommes.»

Sans doute la plus célèbre, l'*Encyclopaedia Britannica* est l'encyclopédie anglophone la plus ancienne encore disponible en librairie! Rejetant le travail en vase clos avec une seule équipe de rédacteurs, elle eut la bonne idée de chercher activement des contributions extérieures parmi un large éventail de figures contemporaines importantes comme sir Walter Scott, Sigmund Freud, Albert Einstein, Marie Curie, Léon Trostki, Harry Houdini, G. K. Chesterton et H. L. Mencken.

Qu'importe la façon, pourvu qu'on ait l'info...

Aujourd'hui, l'encyclopédie la plus populaire peut se vanter de posséder le plus grand nombre de contributions de toute l'histoire! Je veux bien sûr parler de *Wikipédia*, cette encyclopédie en ligne qui évolue en permanence au gré de la participation de n'importe quel internaute, et qui s'est développée de façon exponentielle depuis sa mise en service en 2001. Il suffit de quelques clics de souris pour que le lecteur se délecte de sujets aussi variés que «les toilettes japonaises», «les romans de Saddam Hussein», «le tréma dans le *heavy metal*» ou encore «les morts survenues au cours d'une partie d'échecs» ! La version française de

Wikipédia se targue de contenir à elle seule plus de sept cent mille articles ; et la version anglophone plus de deux millions (contenant plus d'un milliard de mots) ! Avec autant d'informations gratuitement disponibles, il n'est pas étonnant que ce site Web face partie des dix sites les plus fréquentés au monde.

Unique dans l'univers des encyclopédies, *Wikipédia* ouvre la porte à tout rédacteur, sans se soucier des connaissances ou des qualifications qu'il possède (ou non) pour rédiger un article ou le modifier. Ce système se veut sans discrimination et permet à n'importe qui de contribuer à n'importe quoi. Le principe que revendiquent les « wikipédiens » est simple : un groupe de personnes variées est souvent plus intelligent que n'importe lequel de ses membres. Les créateurs de *Wikipédia* espèrent que leur encyclopédie sera aussi compétente que ses rivales, écrites par des experts, voire qu'elle les surpasse.

Pourtant, derrière ce concept *a priori* génial, se cachent des problèmes considérables. L'encyclopédie virtuelle est par exemple beaucoup moins démocratique et moins méritoire qu'il n'y paraît. En 2007, des chercheurs de l'Université du Minnesota ont communiqué les résultats de leur étude, démontrant que seulement 10 % des rédacteurs de *Wikipédia* contribuaient à 86 % des articles (et seulement 0,1 % de ce groupe participait à 44 % du travail). C'est donc un petit cercle de « super rédacteurs » qui contrôle la majeure partie du contenu de l'encyclopédie. De plus, beaucoup de contributions s'effectuent à l'aide d'un pseudonyme, ce qui permet de rédiger en toute irresponsabilité des inepties ou des contrevérités. Pour preuve, ce canular : plusieurs personnes eurent l'idée d'écrire un article qui évoquait la vie d'un personnage fictif, Henryk Batuta, né à Odessa en 1898, acteur de la guerre civile russe et allié d'Ernest Hemingway durant la guerre d'Espagne. La page encyclopédique fut disponible pendant quinze mois (les rédacteurs de *Wikipédia* avaient établi des références croisées qui faisaient lien avec dix-sept autres articles) jusqu'à ce que la supercherie soit révélée. Ces activistes d'Internet voulaient simplement mettre en garde les internautes contre l'ingurgitation aveugle de l'information.

Que se passe-t-il quand un professionnel expérimenté découvre une erreur sur *Wikipédia* et souhaite la corriger? William Connolley, un climatologue spécialiste du réchauffement climatique, fut accusé par des «rédacteurs sceptiques» d'avoir des points de vue «singuliers et étroits» le jour où il décida de modifier un article sur le sujet, truffé d'erreurs. Son statut d'expert ne lui fut d'aucun secours face à la critique anonyme; et sa participation est désormais limitée par les wikipédiens à une modification unique par jour sur le contenu de l'encyclopédie.

Ce site Web repose sur la «sagesse des foules» – expression popularisée par le livre éponyme du journaliste James Surowiecki en 2004 : tel est l'argument souvent avancé pour défendre *Wikipédia.* Selon Surowiecki, «le grand nombre est souvent plus intelligent que le petit nombre», citant l'exemple de *Qui veut gagner des millions?* Dans cette émission populaire, les experts contactés par téléphone donnent aux joueurs la bonne réponse les deux tiers du temps, tandis que les membres du public arrivent à répondre correctement dans plus de 90 % des cas.

Explication : imaginez la question suivante :

«Parmi les villes ci-dessous, laquelle n'est pas une capitale?»
À : Prague
B : Quito
C : Sydney
D : Édimbourg

La bonne réponse est : C. (Sydney n'est pas la capitale de l'Australie, c'est Camberra !) On pourrait imaginer que la sagesse collective de l'audience se répartisse de cette façon :
14 personnes connaissent la bonne réponse,
20 personnes peuvent éliminer deux des options,
30 personnes peuvent éliminer une des options,
et 36 personnes n'ont aucune idée.

Avec cette information, voici comment l'audience pourrait voter :
Les 14 personnes qui connaissent la bonne réponse vont voter C.
10 personnes sur les 20 qui hésitent entre deux réponses vont voter C.
10 personnes sur les 30 qui hésitent entre trois choix vont voter C.
Et, enfin, 9 personnes parmi les 36 qui n'ont aucune idée pourraient voter C.

La bonne réponse remporte donc le plus haut pourcentage avec 43 % des votes du public. Bien que seulement un septième de l'audience sache que Sydney n'est pas une capitale, près de la moitié du public a voté pour la réponse C. En regroupant leurs fragments individuels de connaissance, la masse de l'audience a été capable de faire remonter à la surface la réponse correcte.

Il est loin d'être évident que *Wikipédia* fonctionne sur ce principe : la compilation d'un ensemble significatif de connaissances n'a rien à voir avec le fait de répondre à des questions à choix multiple. La sagesse des foules ne surviendrait qu'à l'intérieur d'un mécanisme qui cadrerait les décisions individuelles indépendantes. Cela est impossible pour un article encyclopédique. Imaginez que l'on demande à cent personnes (chacune ayant ses connaissances propres et ses points de vue) d'écrire un article sur l'Islam. Comment faire le tri dans la masse d'informations diverses et plus ou moins fiables qui en résulterait? À l'inverse des statistiques résultant d'un jeu de questions/réponses, il n'est pas possible de constituer une page encyclopédique pertinente et compréhensible à partir d'un ensemble d'informations aussi bigarrées. Du coup, les wikipédiens usent et abusent du compromis : c'est le consensus choisi pour la création évolutive des articles de cette encyclopédie virtuelle. Il est légitime de se demander si cette méthode est aussi fiable que le travail *a priori* rigoureux des encyclopédies traditionnelles. Des journalistes du prestigieux magazine *Nature* ont mené l'enquête en 2005. Ils envoyèrent quatre-vingt-quatre articles scientifiques, sans mentionner leur appartenance (la moitié était issue de *Wikipédia*, l'autre de l'encyclopédie *Britannica*) à des experts qui durent les examiner et juger de leur crédibilité. Les résultats de l'enquête firent grand bruit... Les articles de l'encyclopédie virtuelle *Wikipédia* eurent plus ou moins la même valeur que ceux provenant de sa rivale papier!

Cette étude réalisée par *Nature* ne fut pourtant pas très consciencieuse. Certains experts (qui faisaient partie de l'expérience) ont par exemple jugé négativement des articles de la *Britannica*, leur reprochant d'être incomplets. En réalité, les journalistes de *Nature* ne leur avaient envoyé qu'une partie des articles en question; un des experts ne reçut notamment que l'introduction d'un document traitant des lipides (350 mots) alors qu'il en contenait 6 000 sur l'encyclopédie papier! De plus, dans le comptage des erreurs relevées par les spécialistes, les journalistes n'ont fait aucune distinction entre les inexactitudes mineures et les erreurs graves, traitant chaque défaut à la même échelle. En fait, les experts conclurent qu'un nombre important d'articles de *Wikipédia* étaient «mal structurés et déroutants», ce qui interdisait toute véritable comparaison entre les documents.

L'idée que le collectif puisse surpasser l'expert est sujette à caution. En 1999, le tournoi en ligne opposant le champion mondial d'échecs Garry Kasparov à des milliers d'amateurs connectés (une joute intitulée sobrement « Kasparov contre le reste du monde » !) en est une illustration. Chacun des coups effectués par l'équipe « mondiale » devait au préalable être soumis à un vote public, auquel n'importe qui pouvait apporter sa voix. Au total, environ cinquante mille personnes de plus de soixante-quinze pays ont participé au jeu. Pourtant, après quatre mois et soixante-deux coups, c'est Kasparov et non la foule qui remporta la victoire.

Si *Wikipédia* obtient un tel succès, c'est peut-être parce que le public n'accorde plus la même confiance aux spécialistes ou parce qu'il s'accommode mieux de vérités approximatives. Eu égard à ce changement culturel, beaucoup d'autres sites Internet ont brouillé les frontières qui permettaient autrefois de distinguer le savoir d'un spécialiste et l'opinion d'un Monsieur Tout-le-monde. Pour exemple, je peux citer les pages Internet du *Guardian*, l'un des journaux les plus vendus d'Angleterre, dont les articles sont écrits par des journalistes expérimentés ou des figures éminentes. À la fin de chaque article (et c'est le même système en France, avec le journal *Le Monde* par exemple), les lecteurs sont invités à laisser leurs commentaires. Au moment où je rédigeais ce paragraphe, j'ai découvert sur le site Internet du *Guardian* un article traitant des relations entre la Chine et le Tibet écrit par Václav Havel, l'ancien président de la République tchèque (auteur dramatique accompli et lauréat de la Presidential Medal of Freedom and the Ambassador of Conscience Award) ; et je me suis une nouvelle fois demandé quel était l'intérêt d'y ajouter des commentaires anonymes… L'opinion n'est pas la réflexion.

Les nouveaux programmes de la télévision redéfinissent également le partage entre les informations intéressantes et celles qui n'en valent pas la peine. En 2004, des chercheurs de l'université de Cardiff ont montré que les actualités diffusées en continu délivraient des informations peu pertinentes et de faible contenu. Pourquoi? Parce que les chaînes d'information se nourrissent des petites phrases chocs et des commentaires des personnalités du monde politique ou du show business, elles-mêmes piégées par le système de formatage où leurs conseillers en communication les entraînent... Ce qui ne profite en rien à la clarté des propos! Selon cette même étude, pour empêcher le spectateur de zapper, les chaînes d'info en continu réalisent des interviews conçues pour faire surgir, à la suite d'un événement, des déclarations provocatrices. Ces propos seront ensuite disséqués à l'infini par des commentateurs prolixes, rendant l'information initiale (l'événement) exsangue et souvent confuse pour le public. Autre critique des chercheurs : la quantité de reportages sans aucun intérêt qui vampirisent le temps d'antenne pour des non-événements. Exemple, le commentaire rhétorique d'un journaliste sur le retour imminent d'une équipe de football tandis qu'à l'écran apparaissent des images en direct d'une piste d'atterrissage vide. Parfois, ces informations futiles ne craignent pas le mauvais goût : en témoignent les nombreux reportages diffusés en 2005 sur les derniers moments de vie du pape Jean-Paul II, décrivant avec détail et indécence les défaillances cardiaques et rénales du grand pontife.

Paradoxalement, cette manière de traiter l'actualité «en direct», avec une inflation de bilans rapides, laisse moins de temps à l'examen et à l'explication, comme le ferait une émission unique. Les chercheurs concluent que ceux qui regardent l'information en continu sont probablement moins bien informés que ceux qui privilégient un seul programme en fin de journée, qui leur fournit un contexte et une analyse!

Les yeux plus gros que le ventre

L'information prolifère et se répand à l'intérieur comme à l'extérieur des foyers. La publicité esr omniprésente, jusqu'aux endroits les plus improbables : sur une pompe à essence, dans un ascenseur, sur des tourniquets, dans nos boîtes aux lettres, sur des poubelles et même sur des fruits ! Victimes de leur propre succès, les publicitaires sont contraints de trouver des façons de plus en plus inventives et de plus en plus envahissantes de promouvoir un produit, avec pour résultat un encombrement de l'espace public. Il suffit de citer trois exemples récents et significatifs de cette invasion pour mesurer l'ampleur du phénomène : en Californie, l'industrie laitière a eu la bonne idée de faire construire un Abribus qui sentait le cookie (incitant ainsi les jeunes gens à avoir envie d'un verre de lait) ! La construction fut finalement détruite par des officiels de la ville. Autre exemple, en Floride, le logo de MacDonald's apparaissait sur des bulletins de notes remis aux enfants ! Même le ciel n'est pas épargné : en 2000, le programme spatial russe envoya une fusée qui affichait une publicité de 9 mètres de long pour Pizza Hut !

Beaucoup de voix s'élèvent pour dénoncer le matraquage croissant et l'invasion de la publicité, la saturation de notre système sensoriel (nous recevons trop de stimuli), l'enlaidissement de notre environnement ou encore l'empiétement sur notre intimité. Certains publicitaires semblent même s'en inquiéter, car un excès de publicité est contre-productif. La surcharge d'informations peut écœurer le consommateur qui va se déconnecter du message.

La publicité utilise des images frappantes et un langage assez vague. Qui n'a jamais vu une publicité vanter les mérites d'un détergent qui « rendra votre vaisselle quasiment impeccable » ? Tout réside dans l'ambiguïté du mot « quasiment ». En étant attentif, on remarque une multitude de ces mots «atténuateurs» : «peut-être», «jusqu'à», «autant que» ou «semble». Un autre exemple de langage vague est ce qu'on appelle la «prétention incomplète» ; le spot publicitaire nous annonce que tel produit «nous donne toujours plus». Toujours plus de quoi ? Comparé à quoi ?

Il est facile de se laisser abuser par la prétendue efficacité d'un produit, surtout quand la publicité s'accompagne de statistiques *a priori* irréfutables : «86 % des femmes ont constaté une différence après 7 jours seulement.» Le produit paraît donc crédible auprès d'une majeure partie de sa clientèle. Et pourtant, à y regarder de plus près, on constate que ces statistiques sont trompeuses : le nombre de clients interrogés est souvent très bas (moins d'une centaine), et l'origine des données toujours floue.

La pression sociale est une technique particulièrement insidieuse dans la publicité. Ce que l'on appelle théoriquement «erreur *ad populum*» : tout le monde le fait/le mange/le porte/le conduit/donc je devrais le faire aussi. Bien sûr, ce n'est pas une bonne raison, mais les slogans publicitaires tels que «le plus vendu en France» jouent sur cette farouche envie de conformisme. Les adolescents sont particulièrement vulnérables à la pression sociale car ils sont en train d'acquérir leurs propres valeurs et de développer une image de soi. Une étude de 2006 de l'Université du Connecticut a confirmé que les adolescents et les jeunes adultes ayant regardé plusieurs publicités vantant les mérites de telle ou telle marque de bière ou de boisson alcoolisée étaient plus enclins à l'acheter. Les chercheurs ont interrogé quatre mille Américains âgés entre 15 et 26 ans sur leurs habitudes concernant l'alcool et la publicité. Au final, ils ont pu établir le baromètre suivant : pour chaque publicité supplémentaire visionnée au cours du mois s'associe une augmentation moyenne de 1 % de la consommation d'alcool chez ces jeunes. Quand on sait le nombre de publicités diffusées chaque jour sur les chaînes américaines, cette enquête a de quoi inquiéter. Des recherches récentes incitent à un peu plus d'optimisme : elles montrent que les adolescents qui ont appris à développer leur esprit critique sont plus à même de modérer leur consommation d'alcool.

Outre les mots et les images, les publicitaires utilisent d'autres ficelles de leur métier pour influencer notre perception d'un produit et nous inciter à l'acheter. Les psychologues de l'Université de Northwestern ont découvert que la plus petite modification dans la présentation d'un produit pouvait changer dramatiquement la préférence du consommateur pour celui-ci. Dans le cadre d'une expérience scientifique, on demande à un groupe d'individus de choisir entre deux canapés : le premier est assez mou, l'autre plus ferme. Une majorité de personnes choisit le canapé plus ferme (seulement 42 % préférèrent le mou). Pourtant, quand les scientifiques renouvelèrent l'expérience, en disposant cette fois-ci les deux canapés en question parmi trois autres canapés fermes (donc un mou pour quatre fermes), la préférence pour le canapé moelleux s'accrut de façon spectaculaire, atteignant les 77 % de satisfaction ! En manipulant l'environnement d'un produit (comme pour l'expérience décrite ci-dessus), le vendeur peut en souligner les traits distinctifs et le rendre plus séduisant auprès de l'acheteur potentiel.

Selon le neuroscientifique de Stanford Brian Knutson, ces résultats s'expliquent parce que les individus prennent souvent leur décision de façon intuitive et émotionnelle, plutôt que de façon rationnelle. Une théorie que le scientifique a testée dans son laboratoire, en analysant à l'aide d'un scanner l'activité cérébrale de sujets à qui il avait donné vingt dollars et qui devaient visionner une série de produits et leur prix. Pour chaque produit, l'individu était invité à opter pour l'achat. Le scanner a révélé une activité cérébrale au niveau du *noyau accumbens* (partie impliquée dans l'anticipation d'une finalité agréable) quand l'individu regardait un produit qui lui plaisait. Quand les sujets trouvaient le prix d'un objet trop élevé, le scanner indiquait une activité croissante dans le cortex insulaire (région impliquée dans l'anticipation de la douleur). En regardant directement dans le cerveau de ces personnes, avant même qu'elles aient fait leur choix, Knutson pouvait lire leurs émotions face à tel ou tel produit et anticiper leur décision finale.

Le scanner peut également nous aider à comprendre le pouvoir des marques. Dans la vie quotidienne, notre cerveau gagne du temps en simplifiant les processus de prise de décision, créant des raccourcis qui rendent notre analyse d'un produit plus rapide. Cela sous-entend que de nombreux facteurs personnels et subjectifs (nos expériences passées par exemple) ont plus de poids dans notre prise de décision en tant que consommateur que l'analyse de la valeur du produit et l'évaluation des prix. Les marques omniprésentes nous sont familières, c'est pour cette raison qu'elles se vendent si bien.

Notre comportement de consommateur est complexe : il mêle nos expériences et notre instinct. Il n'est pourtant pas immuable. Si l'on faisait mieux connaître ce type de recherches au grand public, il serait moins facilement manipulable. Connaître le fonctionnement du cerveau aussi bien que les publicitaires pourrait nous permettre de devenir des consommateurs éclairés, capables d'effectuer les meilleurs choix.

Dépasser l'écœurement

Le monde actuel génère une masse d'informations et de sollicitations de plus en plus grande grâce à des ressources inédites, souvent technologiques : magazines, émissions de télévision, radio, téléphones portables, e-mails, sites web, blogs, etc. Une production jamais égalée dans l'histoire de l'humanité. Personne ne peut remettre en cause la multitude d'avantages que l'abondance et la libre circulation de l'information ont apporté dans nos existences, mais, comme le souligne le proverbe, « l'excès en tout est un défaut ». J'ajouterais : « Un bon repas doit commencer par la faim » !

Être submergé par un maelström incessant d'informations peut être aussi préjudiciable que la carence : ces extrêmes entraînent tous deux un étouffement de la pensée critique, de la réflexion, diminuant notre capacité à créer des connexions pertinentes entre les faits et les idées, handicapant notre compréhension de la complexité du monde qui nous entoure et de nous-même. Le trop-plein moderne de l'information ronge lentement la vigueur et la rigueur de notre vie mentale.

Plusieurs études menées par des psychologues ont prouvé la toxicité de ces excès sur le cerveau. En 1997, dans un livre intitulé *Data Smog : Surviving the Information Glut* (« Le brouillard des données : survivre à l'excès d'information »), le journaliste David Shenk évoque avec inquiétude la multiplication beaucoup trop rapide de l'information vis-à-vis de nos capacités d'« absorption ». Les conséquences : la saturation (ce qu'il appelle l'« *infoglut* ») et la diminution de notre qualité de vie. Le psychologue britannique David Lewis décrit pour sa part les effets sur la santé du trop-plein d'informations : l'insomnie et la mauvaise concentration. Deux signes d'un « syndrome de fatigue lié à l'information ». Les chefs d'entreprise sont de plus en plus sujets à l'irritabilité, aux problèmes cardiaques et à l'hypertension. Les études du Dr Lewis ont également montré que les gens contraints de travailler dans un milieu où les informations et les sollicitations fusent de toute part deviennent plus vulnérables, multiplient les erreurs, n'arrivent plus à comprendre correctement leurs collègues… et voient leur temps de travail augmenter pour faire face au flot incessant de nouvelles.

Quand les individus se trouvent confrontés à une pléthore d'informations, ils deviennent polyvalents, mais cela n'arrange pas leur situation, comme le prouvent certaines études. Le neuroscientifique René Marois, directeur du laboratoire de recherches concernant le traitement des informations par l'humain (université de Vanderbilt), a mesuré la perte d'efficacité d'un individu lorsqu'il effectue plusieurs tâches simultanément. Pour son expérience, il demande dans un premier temps à ses sujets d'écouter un son puis de le retrouver parmi une série de huit sons. Dans un second temps, ils doivent reconnaître une voyelle (par exemple un A) dans une série de huit images qui apparaissent sur un écran. Quand les sujets effectuent ces deux petits exercices l'un après l'autre, leur performance pour l'un comme pour l'autre est similaire ; mais, quand on leur demande d'effectuer les deux tâches simultanément, la performance de la seconde tâche est plutôt médiocre.

L'un des effets secondaires les plus communs de cet excès d'informations est la distraction. Une attitude coûteuse en temps et en efficacité, pour l'individu comme pour l'entreprise. Le chercheur Eric Horvitz et son collègue Shamsi Iqbal ont réalisé une étude pour évaluer les conséquences des multiples sollicitations (e-mails, surfer sur Internet, chats...) sur la capacité des individus à exécuter les tâches qui leur incombent (écriture d'un rapport, conception de programmes informatiques...). Les chercheurs ont découvert que répondre à des messages instantanés ralentissait notablement le travail : en moyenne, chaque personne avait besoin d'environ quinze minutes, après une interruption, pour se remettre à l'ouvrage. La distraction initiale (l'apparition d'un message virtuel) fait souvent « boule de neige » : on est tenté de répondre à d'autres messages, de parcourir un site Internet, et ainsi de suite. Des économistes américains ont estimé le coût financier de cette productivité perdue : il serait de 650 milliards de dollars par an. En France, certains vendeurs de «filtres d'url» (qui permettent un contrôle de l'accès à Internet) avancent une perte de productivité d'environ 12 % pour les entreprises.

Beaucoup espèrent que la technologie nous permettra bientôt de réguler les problèmes qu'elle a elle-même engendrés. La possibilité de se prémunir des «spams» est déjà une avancée : ces messages non sollicités sont une vraie plaie pour les internautes; leur contenu est souvent grossier, voire insultant, et peut parfois constituer une escroquerie (personnes naïves ou cupides s'abstenir!). Les études estiment qu'ils constituent environ 80 % de la masse des messages reçus sur le Net. Aujourd'hui, il est facile d'acquérir des filtres et/ou de programmer des «listes noires» pour limiter l'afflux de ces courriers parasites.

Autre conseil : ne jamais répondre à des e-mails dont vous ne connaissez pas l'expéditeur et/ou qui semblent ambigus (même pour demander d'être rayé de la liste de contacts de l'expéditeur – c'est souvent un piège!). Évitez d'utiliser votre adresse virtuelle personnelle sur des forums de discussions. Traitez votre adresse mail comme votre adresse de domicile et soyez prudents quand vous la communiquez aux autres.

Plutôt que de passer sa vie à tenter de réguler le flot continu des informations qui lui parvenaient, l'informaticien américain Gordon Bell a opté pour une solution radicale : depuis dix ans, il consigne sur son ordinateur de multiples données qui constituent son existence. Ces vastes archives virtuelles sont pour lui un «cerveau de substitution». Autour de son cou, une minicaméra vidéo enregistre minute par minute ses moindres faits et gestes, tandis qu'un magnétophone se charge du contenu de ses conversations! Ses archives virtuelles incluent plus de cent mille e-mails, cinquante-huit mille photos, des milliers d'appels téléphoniques et l'historique de tous les sites Internet qu'il a consultés depuis 2003. Cette expérience, appelée *«lifelogging»* (la vie archivée), a ses admirateurs et ses détracteurs. Certains voient en Bell le pionnier de ce qui pourrait se passer dans un futur proche : l'arrivée des mémoires virtuelles qui facilitent l'absorption des déluges de données. D'autres, comme Frank Nack (également informaticien), s'opposent à cette idée, soulignant l'importance de l'oubli : pour pardonner à quelqu'un, dit-il, nous avons besoin d'oublier quelques-uns des fragments de notre passé. D'autres encore soulignent les travers possibles d'un enregistrement permanent de nos vies : les individus seraient de plus en plus méfiants et moins naturels dans leurs comportements, endossant les habits du comédien vingt-quatre heures sur vingt-quatre.

Autre problème de ce cerveau de substitution : son effet négatif sur le cerveau humain. En 2007, le neuroscientifique Ian Robertson a interrogé trois mille adultes sur des détails ordinaires de leur vie. Il a découvert que moins de 40 % des moins de 30 ans arrivaient à se souvenir d'une seule date d'anniversaire concernant un membre de leur famille. Plus surprenant, un tiers d'entre eux durent regarder leur portable pour énoncer leur propre numéro de téléphone !

Au-delà de ces détails, ce qui effraie le plus, c'est l'appauvrissement de la compréhension de l'humain qui résulte de la comparaison permanente du notre cerveau avec les systèmes de stockage des ordinateurs. Comme nous l'avons vu dans le chapitre 3, nos souvenirs ne sont pas des « données informatiques » mais des patchworks complexes d'histoires, d'images et d'émotions. Le poète Derek Walcott exprime la même idée dans le discours qu'il a prononcé lorsqu'il a reçu le prix Nobel en 1992 : il compare nos souvenirs aux fragments d'un vase précieux que nous essayons de recoller. Selon lui, cet acte nous aide à aimer.

La technologie ne peut être qu'une partie minime de la résolution des problèmes liés à l'excès de l'information. Il faut plutôt développer des initiatives personnelles permettant à chacun de combattre ce trop-plein de données en les contrôlant. On peut commencer de façon simple en établissant des frontières entre la sphère privée et la sphère professionnelle. Tout bêtement, éteindre son téléphone portable quand on sort du bureau et décider de ne regarder ses e-mails qu'une fois par heure.

Apprendre à chercher méthodiquement l'information dont on a besoin est une bonne façon d'éviter le gaspillage de temps et d'énergie. Taper un mot sur un moteur de recherche est beaucoup plus efficace lorsqu'on utilise les termes appropriés encadrés de guillemets. Si l'on saisit par exemple «marcel proust» et «premier roman» (avec les guillemets qui signifient au moteur de recherche qu'il doit répertorier seulement les sites qui proposent les mots groupés, et non tous les «marcel»), on obtient cinq mille huit cents résultats. Et la réponse, *Jean Santeuil*, se trouve dans le premier. En comparaison, sans les guillemets, nous aurions obtenu cent onze mille résultats.

Laissez tomber de temps en temps votre ordinateur et allez dans votre bibliothèque municipale où l'information est organisée de façon claire et sophistiquée : elle permet l'accès rapide à des milliers de livres sur des centaines de sujets différents. Naviguer entre les rayons des bibliothèques est très utile, mais malheureusement passé de mode. La plupart de ces établissements s'organisent autour d'un système de classification, appelé «classification décimale de Dewey» (d'après le bibliothécaire Melvil Dewey qui souhaitait ranger les essais de façon intelligente). Grâce à ce système, tous les ouvrages qui traitent du même sujet se trouvent à la même place, et les livres dont le contenu a un lien avec ce sujet se trouvent à proximité. De cette façon, la similarité d'un livre ou sa relation de contenu avec un autre constitue une architecture spatiale cohérente – plus le lien entre deux livres est fort, plus ils sont proches sur les rayons, et plus il est facile de les retrouver. Le système donne à chaque livre un code qui l'assigne à l'une des dix catégories majeures selon une classification complexe mais aussi intuitive :

Section 000-099 : Généralités
Section 100-199 : Philosophie – Parapsychologie – Occultisme – Psychologie
Section 200-299 : Religion
Section 300-399 : Sciences sociales
Section 400-499 : Langage
Section 500-599 : Sciences de la nature et mathématiques
Section 600-699 : Techniques (Sciences appliquées)
Section 700-799 : Les Arts – Beaux-Arts et Arts décoratifs
Section 800-899 : Littérature (Belles Lettres)
Section 900-999 : Géographie – Histoire – Sciences auxiliaires de l'Histoire

Ces sections sont elles-mêmes divisées en sous-sections, par exemple :
Section 700-709 : Philosophie et théorie des Arts
Section 710-719 : Urbanisme et art du paysage
Section 720-729 : Architecture
Section 730-739 : Arts plastiques – Sculptures
Section 740-749 : Dessin – Arts décoratifs
Section 750-759 : La peinture et les peintres

Chacune de ses cous-sections peut également se scinder pour plus de précision :
730 : Sculpture
731 Procédés et représentations
732 : Sculptures primitives orientales et de l'Occident ancien
733 : Sculptures grecques, étrusques et romaines
734 : Sculptures médiévales de 500 à 1400
735 : Sculptures modernes après 1400

Les sujets se subdivisent en spécialités encore plus vastes : on utilise les points décimaux (plus il y a de chiffres après la décimale, plus le sujet est spécialisé) :

739 : Art du métal
739.2 : Travail des métaux précieux
739.27 : Joaillerie
739.274 : Les techniques de fabrication de la joaillerie

Il n'est pas nécessaire de mémoriser chaque numéro dans la classification de Dewey : les bibliothèques utilisent des fichiers alphabétiques électroniques permettant au chercheur de trouver le sujet et les numéros du livre à côté de son titre. On peut noter combien le classement de ces livres est intuitif : d'abord les ouvrages généraux (encyclopédies et dictionnaires), puis les systèmes de pensées (philosophiques, religieuses et sociales), puis les sciences et les sciences humaines. Les sous-sections sont également organisées de façon intuitive, allant du général au particulier (à l'aide de la chronologie par exemple) pour ancrer l'information dans une classification cohérente.

Le système de Dewey est un miracle d'organisation. Si j'ai choisi de le détailler, c'est pour montrer son côté pratique, mais aussi et surtout pour souligner un point philosophique essentiel : l'information ne veut rien dire quand elle se situe hors d'un système interne de pensées et de réflexions qui leur sert de contexte ou quand elle n'est pas connectée à d'autres informations déjà existantes.

Nous manquons souvent d'une vision cohérente du monde qui nous permettrait de mieux évaluer et assimiler les nouvelles informations. Le trop-plein d'informations n'est pas, en soi, problématique ; c'est surtout notre incapacité à savoir qu'en faire qui est en jeu. La confusion commune entre information et idée est l'une des raisons de cette défaillance. Selon le professeur d'histoire Theodore Roszak (auteur de *The Cult of Information*), l'esprit pense avec les idées, non avec les informations. Les idées sont de première importance parce qu'elles définissent l'information, lui donnent sens et la génèrent. Selon lui, les idées les plus fondamentales, comme celles des Pères fondateurs des États-Unis («tous les hommes sont égaux»), ne contiennent pas d'information. Elles sont le résultat d'une sensibilité humaine innée qui nous permet, à travers le brouillard des informations, de reconnaître et de synthétiser des schémas de pensée transcendants. Notre vision personnelle du monde nous aide ensuite à remettre l'information en perspective, en lui donnant intuitivement une place dans notre esprit, comme un livre dans une bibliothèque.

Pour créer ce système de pensée, il faut cultiver l'ouverture d'esprit, la culture, la curiosité de soi, des autres et du monde qui nous entoure en général. Nous ne devrions jamais cesser de nous poser des questions, même si les réponses nous paraissent lointaines et que nous ne sommes pas sûrs de bien les comprendre. Prenez du plaisir dans l'apprentissage ! Exercez votre désir inné de découvrir des vérités sur le monde ; nous en sommes tous capables. Connaître le nom de quelque chose et savoir réellement de quoi il s'agit sont deux réalités bien différentes. Le physicien Richard Feynman cite souvent ce que lui disait son père :

«Tu vois cet oiseau ? dit-il. C'est une fauvette de Spencer» (je savais qu'il ne connaissait pas le vrai nom). «Bien, en italien, c'est un *chutto Lapittida*. En portugais, on l'appelle *bom da peida*. En chinois, *Chung-long-tah*, et en japonais *Katano Takeda*. Tu peux apprendre le nom de cet oiseau dans toutes les langues du monde, mais quand tu auras fini, tu ne connaîtras absolument rien de lui. Tu sauras seulement des choses sur les humains qui vivent dans différentes régions du monde et sur le nom qu'ils donnent à l'oiseau. C'est pourquoi nous allons bien regarder cet oiseau et voir son comportement – c'est cela qui compte.»

Utilisez votre imagination autant que possible, particulièrement quand il s'agit de vérifier l'exactitude ou la véracité d'une information. Prenez par exemple le mythe des alligators dans les égouts de New York et imaginez un moment les conséquences si cela était «vraiment vrai». Comme un officiel new-yorkais l'a fait remarquer non sans sarcasme, si ces alligators existaient, le syndicat des travailleurs des eaux usées demanderait une augmentation de salaire ou une prime de risque !

Le plus important est peut-être de considérer chaque nouveau morceau d'information (lu, entendu ou vu quelque part) comme l'une des pièces d'un puzzle géant, et non comme une identité informative à part entière. Acquérir une information n'est pas apprendre ou penser. On ne vit pas pour être informé. Les morceaux du puzzle servent à bâtir des réflexions, des évaluations, qui nous apportent de la compréhension. À l'image de chacun d'entre nous, chaque point d'information prend tout son sens quand il contribue à quelque chose de plus grand que lui-même.

Chapitre 9

LA PENSÉE MATHÉMATIQUE

La pensée mathématique est belle parce qu'elle est possible n'importe où. Tout ce dont vous avez besoin, c'est d'un peu de paix et de beaucoup de patience, le tout accompagné d'une volonté de regarder au-delà des idées reçues. Savez-vous par exemple combien de fois une feuille de papier peut être pliée ? Les livres donnent en général la réponse suivante : pas plus de 7 ou 8 fois. Certains professeurs en ont même fait la démonstration devant leurs élèves. Du moins jusqu'à une époque récente. Car, en 2001, une lycéenne californienne de Pomona a montré qu'ils se trompaient tous.

Britney Gallivan n'était pas convaincue par son professeur de mathématiques et elle décida de mettre cette théorie à l'épreuve. Le nombre de fois que l'on pouvait plier une feuille de papier ne dépendait-il pas de sa longueur et de son épaisseur? Une feuille format A4 pouvait être pliée environ 6 fois, mais les formats plus grands permettaient bien 7 ou 8 pliages! Elle constata que le ratio entre la longueur et l'épaisseur du papier déterminait le nombre de fois qu'une feuille pouvait être pliée. Une feuille A4 particulièrement mince a une longueur environ 10 000 fois supérieure à son épaisseur. Une fois pliée en 2, elle est 2 500 fois plus longue qu'épaisse, en 4, 39 fois plus longue qu'épaisse… Au sixième pliage, sa longueur n'est plus que 2,5 fois son épaisseur. Un septième pli est donc impossible parce que le papier n'a pas assez de longueur par rapport à son épaisseur. Imaginons maintenant une feuille de papier 500 000 fois plus longue qu'épaisse (c'est-à-dire 50 fois plus grande qu'une feuille A4). Après 6 pliages, la feuille serait encore 122 fois plus longue qu'épaisse. Elle pourrait être pliée encore 3 fois avant d'atteindre une proportion longueur/épaisseur qui empêcherait un nouveau pli (9 plis au total).

Quelques calculs plus tard, la jeune Gallivan émit l'hypothèse suivante : il est possible de plier un morceau de papier jusqu'à 12 fois ! Mais il y avait un hic : pour sa démonstration, la jeune femme devait réaliser son expérience sur un morceau de papier d'une longueur de 1 600 mètres ! Avec une persévérance admirable, elle trouva finalement un rouleau de papier assez long, et persuada ses parents de l'aider à le plier dans un centre commercial. Au bout de sept heures, elle parvint au onzième pli : des photographes immortalisèrent le moment. Ce qui est remarquable, c'est qu'il restait juste assez de longueur pour effectuer un douzième pli, exactement comme elle l'avait prévu !

L'exemple de Gallivan est parlant : la pensée mathématique n'est pas réservée aux mathématiciens. Dans ce chapitre, nous verrons que n'importe qui peut accéder aux raisonnements précis et imaginatifs des mathématiques, ou comment la «pensée numérique» peut nous aider à clarifier des processus *a priori* complexes : le Loto et le système électoral américain par exemple. Nous passerons en revue les erreurs mathématiques les plus communes et verrons comment chacun peut les éviter en améliorant ses capacités de réflexion. Commençons d'abord par nous remémorer les termes et concepts statistiques les plus importants, et regardons combien ils nous sont utiles pour penser mieux.

Les statistiques : une gymnastique de l'esprit

Il y a presque un siècle, avec un sens prémonitoire incroyable, l'écrivain de science-fiction H. G. Wells disait : «La pensée statistique sera un jour aussi nécessaire au citoyen que savoir lire et écrire.» Au XXIe siècle, une grande partie des informations sont et seront numériques. Ne pas les comprendre est un handicap aussi profond que l'analphabétisme.

Le mathématicien américain John Allen Paulos définit l'*«innumeracy»* (l'inaptitude au calcul) – un mot inventé par le cognitiviste Douglas Hofstadter – comme «une incapacité de gérer sans problème ces notions fondamentales que sont la probabilité et les nombres». Il a vulgarisé ce concept en écrivant un livre (en 1989), où il explique que cette incapacité est due à un enseignement mathématique trop pauvre en primaire ainsi qu'à une culture où beaucoup de gens revendiquent, avec une fierté perverse, leur ignorance dans ce domaine. D'après le mathématicien, cette inaptitude au calcul fragilise la pensée et le raisonnement, et peut nous empêcher de prendre les bonnes décisions.

Prenez l'anecdote suivante, tirée du livre *Damned Lies and Statistics* («Sacrés mensonges et statistiques») du sociologue Joel Best : en 1995, l'écrivain assiste à une soutenance de thèse et découvre un candidat qui, avec le plus grand sérieux, déclare que le nombre de jeunes blessés ou tués par les armes à feu a doublé chaque année depuis 1950. L'étudiant tirait sa source d'un article tout aussi sérieux. La compréhension mathématique nous permet ici d'affirmer que cette donnée numérique est fausse. Si l'on suppose qu'en 1950 il n'y a eu qu'un accident lié aux armes à feu, cela veut dire que l'année d'après il y en a eu deux, puis quatre, puis huit, ainsi de suite… D'après la donnée avancée par le thésard, il y aurait donc eu en 1965 plus de 32 000 jeunes tués ou blessés par les armes à feu – un chiffre bien supérieur au total d'incidents rapportés cette année. En poursuivant ce processus de doublement des données, nous obtenons plus d'un milliard de jeunes blessés ou tués par les armes à feu en 1980 (un chiffre correspondant à quatre fois la population des États-Unis) ; et, pour 1987, le nombre des victimes dépasserait celui des individus ayant jamais existé sur Terre !

De telles histoires de confusion statistique sont loin d'être exceptionnelles. Beaucoup de gens peinent à comprendre les chiffres astronomiques que les médias, les scientifiques et les politiques utilisent dans leurs discours. Une astuce pour se familiariser avec les grands nombres est de les associer à des images concrètes simples. Par exemple, le nombre 100 000 équivaut à la quantité de mots que l'on trouve généralement dans un roman de longueur raisonnable; 1 million correspondrait donc à 10 romans et 1 milliard, au nombre de mots contenus dans 100 bibliothèques (chacune disposant de 100 romans). Une autre façon de comprendre les grands nombres est de les associer au temps : si vous dites un mot chaque seconde, cela vous prendra un peu plus d'un jour pour dire 100 000 mots; environ une semaine et demi pour dire 1 million de mots, et presque 32 ans pour arriver au «milliardième».

Faisons maintenant le point sur les termes statistiques les plus fréquemment utilisés et leur définition. Savez-vous ce que sont la «moyenne», la «médiane» et le «mode» ? Prenons un exemple simple : imaginez que nous demandons à 10 personnes croisées au hasard de nous dire leur âge et que nous récoltions les réponses suivantes : 7, 13, 19, 27, 27, 48, 51, 60, 75 et 83. L'âge moyen de cet échantillon se calcule facilement en additionnant tous les âges donnés et en divisant le total par le nombre de participants qui ont bien voulu répondre à la question, soit : 7 + 13 + 19 + 27 + 27 + 48 + 51 + 60 + 75 + 83 = 410, divisé par 10 participants = 41 ans (l'âge moyen). La médiane est la valeur centrale au sein de la série de données (que l'on aura auparavant rangées dans l'ordre croissant). Dans notre exemple, comme nous avons recueilli un nombre pair de données (10 âges), nous devons additionner les deux nombres qui se trouvent au milieu de la série, soit : 27 + 48 = 75, que l'on divise ensuite par deux pour obtenir la médiane : 75 divisé par 2 = 37, 5. Le mode, enfin, correspond à la donnée qui apparaît le plus fréquemment dans la liste. Dans notre exemple, rien de plus simple : l'âge de 27 apparaît deux fois et il est le seul à se répéter. Le mode est donc 27 ans.

Comme vous pouvez le constater, la moyenne, la médiane et le mode d'un échantillon peuvent varier significativement, et ces différences prêter à confusion. Prenons un exemple imaginaire mais parlant : à la recherche d'un emploi, M. X. découvre une annonce qui stipule que le salaire moyen dans l'entreprise Y. est de 5 000 euros par mois. M. X. passe l'entretien avec succès et est embauché aussitôt. Un mois plus tard, alors que le patron lui tend sa première paie, M. X. est stupéfait : son chèque n'indique «que» 2 000 euros ! Furieux, il fonce dans les bureaux de la direction et demande une explication. Le P-DG persiste : le salaire moyen est réellement de 5 000 euros par mois. «Je vous explique, dit-il à M. X. J'emploie 9 personnes dans mon entreprise : les 4 employés gagnent 2 000 euros par mois, les 3 cadres gagnent 4 000 euros par mois, et les 2 adjoints de direction 6 000 euros par mois; mon salaire est de 18 000 euros par mois : (4 x 2 000 euros) + (3 x 4 000 euros) + (2 x 6 000 euros) + 18 000 euros = 50 000 euros, que l'on divise par 10 font 5 000 euros, exactement ce qui était indiqué dans l'annonce!» Bien que théoriquement acceptable, il aurait été plus honnête de la part du patron d'avoir utilisé la valeur médiane (4 000 euros) ou encore mieux le mode (2 000 euros).

L'échantillonnage est un autre concept important en statistiques. Pour prévoir le résultat d'une élection avant le scrutin, on pourrait interroger l'ensemble de la population, électeur par électeur, et comptabiliser les intentions de vote pour trouver le résultat. Mais ce travail serait titanesque et très coûteux. C'est pour cela que les statisticiens ont mis au point la technique de l'échantillon représentatif. Le plus difficile reste ensuite à savoir si l'échantillon de votants interrogé est réellement représentatif de l'ensemble de la population, ce qui n'est pas toujours facile (sans tenir compte de sa taille). L'histoire suivante le confirme : Dès 1920, *Literary Digest*, un magazine américain populaire et prestigieux, réalisa, pour chaque élection, des sondages auprès de ses lecteurs afin de déterminer quel serait le candidat vainqueur. Les prévisions du magazine se révélèrent exactes pour quatre scrutins de suite ! En 1932, l'écart entre le résultat du sondage et le résultat réel ne fut que d'1 % ! Pour réaliser ses sondages, le magazine envoyait des quantités énormes de bulletins de vote aux lecteurs ainsi qu'au public en général. En 1932, 20 millions de bulletins furent envoyés, et 3 millions remplis et retournés. Pour l'élection de 1936, avec 2,3 millions de bulletins retournés (sur les 10 millions envoyés), le magazine prédit la victoire du candidat républicain Alfred Mossman Landon. C'était aller à l'encontre du sondage réalisé par un jeune psychologue, George Gallup, qui avait interrogé un plus petit groupe d'individus (4 500 électeurs potentiels) et dont les résultats annonçaient la victoire de Franklin Delano Roosevelt. Et, en effet, le soir des élections, Roosevelt remporta le scrutin sans ambiguïté avec 60,8 % des votes contre 36,6 % pour Landon. Une des victoires les plus écrasantes de l'histoire américaine.

Comment expliquer l'erreur si grossière de *Literary Digest* ? Bien que très important, le panel des personnes interrogées par le magazine était biaisé : la majorité des sondés étaient lecteurs du magazine, les autres, des personnes choisies au hasard dans l'annuaire téléphonique. Ce qui veut dire que la plupart des individus interrogés étaient riches (en 1936, posséder le téléphone n'était pas donné à tout le monde) et plutôt enclins à voter républicain dans la mesure où ils lisaient un magazine conservateur. *A contrario*, le sondage de Gallup avait porté sur un échantillon plus emblématique de la population américaine, d'où la justesse de ses prévisions, malgré le petit nombre des sondés.

De façon surprenante, la méthode de l'échantillonnage prêta à controverse lors du recensement national américain en 2000 (un décompte qui s'effectue une fois tous les dix ans). Répondant aux problèmes du décompte précédent qui avait «oublié» environ 8 millions de personnes (parmi lesquelles un nombre important de minorités, d'immigrants et de pauvres), le bureau national du recensement décida d'introduire l'échantillonnage dans le processus de comptage. L'idée fut approuvée par la grande majorité des statisticiens américains, mais se heurta à l'opposition inflexible du parti républicain qui la qualifia d'anticonstitutionnelle. Aussi, la vieille méthode de comptage individu par individu servit à nouveau au calcul de la population et négligea cette fois-ci environ 3 millions de personnes.

Pourquoi une telle polémique? Parce que connaître avec exactitude le nombre d'habitants n'est pas sans conséquence : le gouvernement américain utilise ces chiffres pour octroyer à chaque État des sièges à la Chambre des représentants et pour répartir, tous les ans, les 200 milliards de dollars de budget à travers le pays. Les grandes villes, comme Chicago ou Los Angeles, ont perdu des centaines de millions de dollars en raison de sous-estimations antérieures. Le président Bill Clinton, partisan de l'échantillonnage, voulut démontrer les faiblesses du modèle de recensement traditionnel, déclarant qu'il «déforme notre compréhension des besoins de notre population et [...] diminue la qualité de vie, pas seulement pour eux [les oubliés du système], mais aussi pour nous tous».

Dans le monde des statistiques, on rencontre souvent deux autres termes : «corrélation» et «causalité» (nous les avons déjà abordés brièvement dans le chapitre 2). Les statisticiens parlent de «corrélation» lorsque deux séries de données sont liées ou dépendent l'une de l'autre : par exemple la taille et le poids. Théoriquement, plus un individu est grand, plus son poids s'élève. Il est important de souligner que la corrélation entre plusieurs séries de données ne veut pas forcément dire qu'il existe un lien de cause à effet. Imaginons une étude scientifique montrant que les enfants qui prennent un petit déjeuner avant d'aller à l'école sont ceux qui ont les meilleures notes en classe. On pourrait en conclure que manger un petit déjeuner aide les enfants à mieux apprendre; d'où les bonnes notes. Mais on pourrait tout aussi bien faire la déduction inverse et dire qu'avoir des bonnes notes diminue le stress et aiguise l'appétit des enfants le matin. On pourrait aussi trouver d'autres liens, ou montrer qu'il n'existe aucune relation de cause à effet entre «bonnes notes» et «appétit», et que ce lien est accidentel.

Le concept mathématique de *probabilité* est omniprésent dans notre quotidien. Une compréhension même élémentaire est très utile dans beaucoup de situations, d'autant que les résultats des probabilités ne correspondent souvent pas à nos intuitions premières. L'«illusion du joueur» est l'une des erreurs de probabilité les plus célèbres (et les plus coûteuses). Imaginez que vous soyez dans un casino et que vous jouiez à la roulette. La malchance vous fait perdre huit fois de suite. D'après vous, quelle est la probabilité de gagner à la neuvième tentative? Avez-vous plus ou moins de chance qu'au premier essai, qu'au quatrième ou qu'au huitième? Bien que beaucoup soient tentés de répondre par l'affirmative, en réalité, il n'en est rien. Pourquoi? Pour la simple raison que les chances qu'un événement survienne au cours d'un processus aléatoire (comme une boule qui tombe sur la case rouge ou sur la case noire à la roulette) sont complètement indépendantes des résultats antérieurs. La probabilité d'obtenir le rouge ou le noir est toujours de 50-50, quel que soit le nombre de nos tentatives.

Il y a peu, je fus invité à dîner chez des amis, et la question des probabilités se glissa dans notre conversation. Une des personnes autour de la table raconta qu'elle connaissait une famille de dix enfants, tous des garçons. Selon cette personne, la probabilité de se retrouver dans une telle situation devait être infime. J'en profitai pour faire une petite démonstration : bien sûr, la probabilité d'avoir un garçon (ou une fille) est toujours d'une sur deux, à chaque grossesse, mais la probabilité qu'une fratrie de 10 enfants soit constituée uniquement de garçons (ou de filles) équivaut à 2 x 2 x 2 x 2 x 2 x 2 x 2 x 2 x 2 x 2, soit 1 chance sur 1 024. Une probabilité pas si minime que cela au final. Plus tard dans la soirée, lorsque la même personne me demanda si la probabilité qu'une même famille ait 5 filles et 5 garçons était de 50 %, j'expliquai qu'elle n'était pas de 50 % mais bien plus basse : 252 chances sur 1 024 (soit 24,6 %).

La divergence entre notre intuition et la réalité du système des probabilités peut s'illustrer d'une autre façon : d'après vous, dans une famille de 4 enfants, quelle est la probabilité que 2 des enfants soient des garçons et 2 autres, des filles? D'abord, il nous faut calculer le nombre total de résultats possibles : 2 (garçons ou filles) x 2 x 2 x 2 (pour 4 enfants) = 16. La probabilité que les enfants soient tous garçons ou toutes filles est donc *chaque fois* de 1 sur 16. La chance que seulement 1 des 4 enfants soit un garçon ou une fille est de 4 sur 16; comme pour une famille de 1 garçon et 3 filles : GFFF, FGFF, FFGF ou FFFG. Il y a donc 2 chances sur 16 que les enfants soient tous des garçons ou tous des filles, et une probabilité de 8 sur 16 qu'un des 4 enfants soit un garçon ou une fille. Cela nous laisse 6 chances sur

16 (37,5 %) pour la seule autre combinaison possible : 2 garçons et 2 filles.

Le «jeu de l'anniversaire» montre combien le calcul de probabilités peut être surprenant. D'après vous, si vous participez à une soirée avec 22 autres invités, quelle est la probabilité que 2 d'entre vous aient la même date d'anniversaire (jumeaux exclus bien sûr!) ? Voyons d'abord le résultat pour une soirée de deux personnes : la probabilité que leurs dates d'anniversaire ne correspondent *pas* équivaut à 364 divisé par 365 (jours de l'année) x 100 (pour obtenir le pourcentage), soit 99,7 %. Pour trois personnes, il est de (364 divisé par 365) x (363 divisé par 365) x 100, cela fait presque 99,2 %. Ajouter une quatrième personne augmente un tout petit peu la probabilité de trouver deux anniversaires similaires : (364/365) x (363/365) x (362/365) x 100 = 98,4 % de chances qu'ils ne correspondent pas. La probabilité est encore très petite, mais, si l'on augmente le nombre de personnes, elle s'accroît de plus en plus rapidement. Pour 10 personnes, la probabilité de ne *pas* trouver 2 mêmes dates d'anniversaire est de 88 %, tandis que, pour 20 personnes, elle tombe à environ 59 %. Au final, dans une salle de 23 personnes, il y a un peu plus de 1 chance sur 2 (50,7% environ) que deux personnes aient la même date d'anniversaire! Qui l'eût cru?

Comme nous pouvons le constater, lorsqu'on évalue une probabilité, il ne faut pas se fier à son intuition mais se livrer à un calcul précis. Si je vous donne l'exemple d'un général qui a gagné 6 batailles d'affilée, il y a fort à parier que vous serez impressionné? Cela signifie t il pourtant que ce général est un brillant tacticien? Pas forcément. Si l'on suppose qu'il y a à peu près le même nombre de soldats et un équipement équivalent de chaque côté des troupes, les chances de gagner ou de perdre sont d'à peu près de 1 sur 2 – donc la probabilité de gagner 6 batailles consécutives équivaut à 2 x 2 x 2 x 2 x 2 x 2, soit 1 chance sur 64. Au cours de l'histoire militaire, des centaines de généraux se sont battus ; il est donc fort probable qu'un petit nombre d'entre eux aient remporté autant de victoires consécutives par le simple fait... du hasard !

Donner de l'importance à des événements purement fortuits est une erreur fréquente, due à une mauvaise compréhension des probabilités. Vous est-il déjà arrivé de penser à quelqu'un alors qu'au même moment le téléphone se mettait à sonner ? Et qui est à l'autre bout du fil... ? La personne à laquelle vous pensiez ! Cette expérience n'est pas rare ; et, bien qu'elle soit amusante, elle n'est pas hautement improbable. Quand on considère le nombre de personnes que nous connaissons (et qui sont susceptibles de téléphoner) et les centaines de pensées qui traversent notre esprit dans une journée, il n'est pas étonnant qu'à certains moments elles puissent coïncider.

Amusé par ces jeux du hasard, le mathématicien John Littlewood voulut un jour calculer la probabilité qu'une personne lambda puisse vivre, au cours de sa vie, ce « miracle » téléphonique. Résultat : il peut se reproduire une fois par mois tout au long de notre existence ! Littlewood parvint à cette conclusion étonnante en définissant d'abord le terme de « miracle » : un événement signifiant qui a une probabilité de se produire 1 fois sur 1 million. En supposant qu'une personne lambda soit particulièrement active huit heures par jour, et que, pendant ces huit heures, elle reçoive des informations visuelles et auditives environ une fois par seconde, cela équivaut à 30 000 petits événements par jour ou 1 million chaque mois. Si, parmi ces millions de petits événements, l'un d'entre eux nous paraît signifiant (alors que tous les autres sont ignorés), nous aurons tendance à penser que c'est un « miracle ».

Du jackpot à l'urne

Evelyn Adams est sûrement l'une des personnes les plus chanceuses du monde... En l'espace de quatre mois (entre 1985 et 1986), cette Américaine du New Jersey a remporté la cagnotte du Loto deux fois de suite, créditant son compte bancaire d'un total de 5,4 millions de dollars ! Les journalistes furent d'autant plus surpris que la probabilité d'un tel événement était, selon leurs calculs, de 1 chance sur 17 billions[1]. En réalité, cette statistique n'est valable que dans le cas où un individu a acheté un seul billet pour chacun des deux tirages. Or Mme Adams avait rempli des centaines de grilles après l'obtention de son premier gain afin de multiplier ses chances d'en gagner un second.

La vraie question est la suivante : parmi les millions de joueurs au Loto, quelle est la probabilité que l'un d'entre eux remporte la cagnotte deux fois ? Les statisticiens de Harvard Percy Diaconis et Frederick Mosteller ont calculé cette probabilité : il existe plus de 1 chance sur 2 que, sur une période de sept ans, quelque part aux États-Unis, un joueur gagne deux fois la cagnotte du Loto. Les deux hommes ont également trouvé que la probabilité de gagner le gros lot deux fois sur une période de quatre mois (comme pour Adams) est de 1 sur 30 ; un chiffre moins impressionnant qu'on aurait pu le penser.

Malheureusement pour elle, ses millions de dollars ne firent pas son bonheur. Mme Adams vit aujourd'hui dans une caravane : elle a dilapidé tout son argent. Les interviews qu'elle donna après sa banqueroute montrent qu'elle subissait un harcèlement permanent de la part d'une foule d'individus (qui voulaient qu'elle partage ses millions) et qu'elle avait en outre développé une addiction aux jeux d'argent. Pour Adams, « gagner au Loto, ce n'est pas toujours ce que l'on croit ».

1. Soit 17 000 milliards (NdT).

Je n'ai jamais joué au Loto et pense ne jamais le faire. Qui a déclaré que c'était «un impôt sur la bêtise» ? Je crois qu'il s'agit plutôt d'un impôt sur notre méconnaissance des statistiques. Les chances de gagner au Loto sont infimes. Elles sont si petites qu'il nous est souvent difficile de comprendre et de nous les représenter.

Voici le calcul statistique : dans un jeu de 49 numéros, la probabilité que les 6 numéros que vous avez choisis soient tirés équivaut à 6 sur 49 au tirage de la première boule (vous avez 6 chances sur 49 que le numéro tiré corresponde à l'un des 6 numéros sélectionnés), multiplié par 5/48 pour la deuxième boule, multiplié par 4/47 pour la troisième, multiplié par 3/46 pour la quatrième, multiplié par 2/45 pour la cinquième, multiplié par 1/44 pour la dernière, soit 1 chance sur 13 983 816 (environ 1 chance sur 14 millions). Pour mieux prendre conscience du peu de chances que vous avez de gagner, je vous propose quelques comparaisons : la probabilité qu'une pièce de monnaie lancée tombe 24 fois de suite sur le côté pile (ou face) est de 1 sur 16 millions. Le risque de mourir des suites d'une piqûre d'abeille est de 1 sur 6 millions, et celui d'être tué par la foudre «seulement» de 1 sur 2 millions. Être foudroyé est donc 7 fois plus probable que de remporter le gros lot !

D'autres raisons doivent nous dissuader des jeux d'argent. Sans surprise, les études nous révèlent que ce sont les groupes sociaux les plus pauvres qui dépensent le plus au Loto : le jackpot est beaucoup plus attirant pour les personnes en difficulté que pour celles qui ont de bons revenus. Les statistiques montrent que le joueur moyen américain dépense environ 313 dollars par an ; tandis que le joueur qui gagne moins de 10 000 dollars par an dépense presque le double pour ce même jeu, soit en moyenne 597 dollars. Pour une grande majorité de joueurs, cela équivaut à jeter son argent par la fenêtre. Le rendement moyen à long terme du Loto américain a été calculé : il est de – 50 %. Autrement dit, pour chaque dollar dépensé, le joueur lambda ne peut espérer engranger qu'un peu moins de la moitié de sa mise (50 cents). Les joueurs les plus pauvres qui dépenseront environ 15 000 dollars sur vingt-cinq années ne «récupéreront» qu'environ 7 000 dollars. En revanche, si la même somme d'argent (597 dollars par an) est placée sur un compte d'épargne (à un taux de 4 %), après vingt-cinq ans, les bénéfices peuvent culminer à 26 000 dollars environ (presque deux fois la somme placée à l'origine) et presque quatre fois ceux des gains probables au Loto!

Au terme de cette démonstration, si vous souhaitez malgré tout tenter votre chance au Loto, alors laissez-moi vous donner quelques conseils mathématiques : la façon de choisir vos numéros peut jouer sur le montant de votre gain (mais, hélas, cela ne va pas améliorer vos chances de le gagner). Le principe est simple : plus il y a de personnes qui remportent la cagnotte, et moins le montant reversé à chaque gagnant est important. Le 14 novembre 1995, en Angleterre, 133 personnes durent se partager les 20 millions d'euros de la cagnotte, repartant avec «seulement» 150 000 euros chacun.

En conséquence, lorsque vous choisissez vos numéros au Loto, évitez de jouer les mêmes combinaisons que les autres; ainsi, vous n'aurez pas à partager votre éventuel jackpot. Les chercheurs de l'Université de Southampton en Angleterre ont comparé le nombre de gagnants au Loto chaque semaine et les numéros joués. Ils ont découvert que, si le joueur choisit les numéros les moins populaires tels que le 26, le 34, le 44, le 46, le 47 et le 49, cela réduit significativement la probabilité de devoir partager le gain avec d'autres participants. Les chercheurs ont déterminé que le chiffre 7 était le plus joué (donc le numéro à éviter), tandis que le 46 était le plus boudé (à cocher impérativement dans sa grille). Il vaut mieux éviter également les séries, comme 1 2 3 4 5 6 (jouée de façon très surprenante par 10 000 personnes chaque semaine en Angleterre) et limiter les numéros qui sont inférieurs à 31 (beaucoup de gens s'inspirent des dates d'anniversaire).

Le battage autour des résultats de l'élection présidentielle américaine de 2000 opposant le démocrate Al Gore et le républicain George W. Bush montre combien la pensée mathématique est complexe. Cette année-là, les deux candidats furent exceptionnellement proches dans la course à l'investiture, avec 48 % des votes pour chacun. Selon CNN, Bush engrangea 50 456 169 votes et Gore, 50 996 116. Mais, bien que le candidat démocrate ait obtenu le plus de voix lors du vote populaire, c'est Bush qui remporta l'élection présidentielle en raison de son score auprès du Collège électoral (*Electoral College*), 271 voix contre 266. Ce résultat provoqua l'indignation des partisans de Gore, qui remirent en cause le système américain, lui reprochant d'être non démocratique. Ils insistèrent vivement pour qu'on abolisse ce fonctionnement électoral qui donne la part belle aux grands électeurs. À mon sens, ce serait une erreur, voici pourquoi.

Récapitulons pour ceux qui n'en connaissent pas les méandres. Dans chaque État, le jour des élections, les citoyens américains votent pour une liste de « grands électeurs » qui défendent le candidat à la présidence de leur choix. Pour chaque État, la liste qui obtient le plus grand nombre de voix remporte tous les sièges qui lui sont dus au sein du « Collège électoral ». Le nombre de sièges à pourvoir est proportionnel au nombre d'habitants de chaque État. Par conséquent, les plus grands, comme les États de New York, de Californie ou du Texas, se partagent plus de sièges que les États plus petits comme celui de Rhode Island ou du Wyoming. Le candidat victorieux est en général celui qui était le plus populaire à la fois dans les grands et les petits États. Ce sont les Pères fondateurs de la nation américaine qui mirent au point le système des grands électeurs. Il faisait figure de compromis entre différentes propositions, comme le vote populaire direct (comme en France) ou le vote réservé au « Congress » (le Parlement américain). Beaucoup de ces Pères craignaient la « pègre », et pensaient que l'électorat serait trop vulnérable à la « rumeur » et aux « passions délirantes ». James Madison, le créateur du système des « grands électeurs », pensait que le suffrage universel indirect aiderait à protéger les minorités de la pression des plus nombreux : « Une union bien construite, disait-il, doit casser et contrôler la violence des factions. » En théorie, opter pour une élection populaire unique aurait permis aux candidats à la présidence les plus populaires de se désintéresser du vote des minorités, et d'agir comme bon leur semblait. *A contrario*, une élection nationale partagée en élections plus petites (une dans chaque État) force les candidats à séduire une plus large gamme d'électeurs pour espérer remporter la victoire. Le système « madisonien », en incitant la majorité à chercher le consentement de la minorité, permit d'éviter les guerres partisanes (qui sont légion dans d'autres pays) et fit des États-Unis un pays plus démocratique.

Le professeur Alan Natapoff, de l'Institut de technologie du Massachusetts, défend le système des grands électeurs contre ses nombreux détracteurs – comme l' « American Bar Association », l'association nationale des juristes américains selon laquelle le système est « ambigu » et « archaïque ». L'argumentation de Natapoff est mathématique et se résume ainsi : dans une élection juste, le pouvoir de chaque électeur est lié à la probabilité que son vote puisse décider du résultat de l'élection. Après avoir analysé sous le prisme des mathématiques le déroulement des élections présidentielles, il en a conclu que l'électeur américain avait plus de chances de voir gagner son candidat favori si les élections se déroulaient État par État que si l'on comptabilisait l'ensemble des votes lors d'une élection nationale unique. Pourquoi ? Parce que le vote d'une personne a plus de chances d'avoir de l'impact sur les résultats d'un seul État (le sien) que sur l'ensemble des votes de toute la nation. État qui, par la suite, aura à son tour plus d'impact sur la nomination finale du président des États-Unis.

Natapoff rejette l'idée que le principe d'égalité soit incompatible avec la mise au point d'élections plus petites dans chaque État. Ce point de vue est, selon lui, trop simpliste. Après tout, on pourrait dire cyniquement que l'égalité existe bel et bien sous les régimes dictatoriaux : chaque électeur a le même pouvoir que son voisin... c'est-à-dire aucun ! La vraie démocratie, affirme Natapoff, est celle qui répartit de façon égale entre « tous les électeurs la plus grande part de pouvoir électoral national ». Les mathématiques vont dans le sens de son argument : imaginez que vous fassiez partie d'une minuscule nation de seulement 5 électeurs ; votre vote serait particulièrement décisif si deux de vos compatriotes votaient pour le candidat A et que les deux autres votaient pour le candidat B. La probabilité que cela se déroule ainsi est (dans ce cas précis) de 37,5 %. Par la suite, plus la population augmente, plus le pouvoir électoral de chaque individu diminue. Au sein d'une nation de 135 électeurs, il est beaucoup moins probable que votre vote soit décisif (seulement 6,9 % de chances). Et, pour cela, il faudrait que le scrutin soit très serré, ce qui n'est pas toujours le cas. Dans cette même nation de 135 électeurs, si la préférence pour l'un des deux candidats s'élève déjà à 55 %, la probabilité que votre vote soit décisif chute à moins de 0,4 %.

Bien sûr, on ne choisit pas son candidat en jouant à pile ou face. En réalité, il y a toujours déjà un favori. Ce déséquilibre n'est pas bon pour le pouvoir électoral de chaque individu. Plus le nombre de votants est grand (pour l'un des deux partis par exemple), moins l'individu a de chance, de voir son vote influer sur le scrutin. Natapoff utilise l'analogie avec une pièce de monnaie dont l'une des faces serait plus lourde que l'autre : si l'on souhaite obtenir un nombre égal de «pile» et de «face», il faut la lancer le moins possible (plus il y a de tentatives, plus l'inégalité est grande). De la même façon, procéder à une élection État par État permet de diminuer l'effet de masse et rééquilibre le pouvoir de chaque individu (un vote a plus de chances d'influer sur le résultat d'un État que sur celui de toute la population américaine).

La présidentielle de 2000 opposant Al Gore et George W. Bush peut susciter la critique : Gore perdit l'élection bien qu'il eût recueilli un demi-million de voix de plus que son adversaire ! C'est la Floride qui fit toute la différence : Bush obtint seulement 537 votes d'avance sur Gore, ce qui lui permit d'emporter le vote du «Collège électoral». Il semble légitime de penser qu'il n'est ni démocratique ni juste que le vote d'un demi-million de personnes soit «neutralisé» par quelques centaines de voix en Floride... On peut répondre de deux façons à cette objection : d'abord, la situation de 2000 reste exceptionnelle : depuis 1824 (date du premier scrutin selon ce système), seules 3 élections ont été remportées grâce aux votes du «Collège électoral» (1876, 1888 et 2000). Entre 1824 et 2004, seules 6 élections sur 46 s'achevèrent sur une différence de 1 % entre les deux candidats (1880, 1884, 1888, 1960, 1968, 2 000). L'écart moyen est habituellement d'environ 9,5 %. L'exceptionnelle situation de 2000 ne peut constituer un argument assez sérieux pour remettre totalement en cause le système des élections américaines. Ensuite, les deux candidats étaient au coude à coude dans d'autres États que la Floride (2 912 790 votes pour Bush contre 2 912 253 pour Gore : en Iowa (638 517 pour Gore contre 634 373 pour Bush), dans le New Hampshire (273 559 votes pour Bush contre 266 348 pour Gore), le Nouveau-Mexique (286 783 votes pour Gore contre 286 417 pour Bush), l'Oregon (720 342 votes pour Gore contre 713 577 pour Bush) ou encore dans le Wisconsin

(1 242 987 votes pour Gore contre 1 237 279 pour Bush). Bien que Bush ait perdu de justesse lors du vote national en 2000, il avait remporté plus d'États que son adversaire (30 contre 21) ; ce qui fit pencher la balance en sa faveur lors du vote définitif.

Le professeur Natapoff fait deux suggestions pour améliorer le système électoral américain. La première, pour augmenter le taux de participation des électeurs et contraindre les candidats à mener campagne dans les États qu'ils considèrent déjà comme acquis ou perdus (et que, pour ces raisons, ils ont parfois tendance à ignorer). Pour cela, il propose de modifier la façon dont on calcule le nombre de sièges qui revient à chaque État au sein du « Collège électoral » ; au lieu de se baser sur la taille de la population répartie dans chaque État, il suggère que l'on s'intéresse au taux de participation des électeurs. À première vue, cette proposition semble étrange : pourquoi un électeur démocrate voterait-il dans un fief républicain (comme le Texas) s'il sait que son vote est susceptible de faire gonfler le nombre de sièges potentiels attribués au parti opposé ? Ce nouveau système de comptage forcerait les candidats à mettre de l'eau dans leur vin et éviterait toute tentation de prêcher le converti. Les slogans extrêmes, souvent responsables de la frilosité de certains électeurs, seraient alors remplacés ; et l'on verrait le taux de participation s'élever. Natapoff fait une analogie avec le joueur de poker qui possède entre les mains un jeu gagnant, mais qui tente de garder les autres dans la partie afin de récupérer un nombre plus important de jetons à l'issue du jeu.

La seconde suggestion de Natapoff permettrait d'éviter la fraude dans les États où les scores sont très proches (on pense encore aux élections de 2000 où le score de l'État de Floride fut entaché d'un soupçon de fraude). Le candidat gagnant « de justesse » un État n'obtiendrait qu'une certaine proportion des sièges au sein de « Collège électoral » (un calcul réalisé selon la courbe de Gauss). Pour remporter la totalité des sièges réservés à un État, le candidat aurait besoin d'une victoire claire et tranchée.

Malgré tous les arguments d'experts valorisant le vote du « Collège électoral » aux États-Unis, comment expliquer qu'environ 75 % des Américains veuillent l'abandonner ? Sans doute pour des raisons identiques à celles qui incitent une grande partie d'entre eux à jouer au Loto alors que leurs gains ne sont (presque) jamais supérieurs à l'argent dépensé… Les hommes se comportent souvent de façon irrationnelle, quels que soient les arguments logiques ou mathématiques avancés.

Pourquoi les gens croient aux choses bizarres ?

L'auteur américain Michael Shermer s'interroge sur ce phénomène dans un livre. Les « choses bizarres » peuvent être des idées rejetées par la plupart des experts ou extrêmement invraisemblables, voire logiquement impossibles, ou bien encore dont la véracité est limitée ou anecdotique. C'est le cas de l'astrologie, des voyants, tireurs de cartes et autres phénomènes occultes. Le créationnisme, qui veut que la Terre ait été créée exactement comme cela est décrit dans la Bible, procède de la même crédulité, quitte à balayer les théories scientifiques de Darwin. Shermer fait remarquer que la croyance en ces choses invraisemblables n'a rien à voir avec l'intelligence : les individus les plus fins ou les plus cultivés sont autant vulnérables que les autres.

Si les hommes sont crédules, c'est parce qu'ils ont une tendance naturelle à préférer la simplicité. Il semblerait qu'entre deux idées, l'une facile à comprendre et à mettre en mots, et l'autre complexe (nécessitant plus d'efforts intellectuels), la majorité des gens adoptent « naturellement » l'idée la plus simple. Et cela, quelle que soit la validité des deux propositions.

Ce penchant pour la facilité est compréhensible dans un monde d'une complexité immense et souvent déroutante. Beaucoup de gens ont le sentiment de ne pas avoir assez de temps et d'énergie pour s'investir dans des réflexions sophistiquées, quand il existe déjà des réponses simples. D'autres prétendent qu'une idée vraiment bonne est forcément une idée simple, reprenant à leur compte le principe d'Occam (ou Ockham), ce point de vue philosophique selon lequel, « entre plusieurs explications, la plus simple est toujours la meilleure ».

Mais il s'agit d'une interprétation erronée du principe de William Occam (1285-1349), moine franciscain et philosophe très influent à son époque. À l'origine, son idée était qu'entre deux théories permettant d'arriver *exactement aux mêmes conclusions* la plus simple (la plus concise ou la plus cohérente) était la meilleure. On sait combien de concepts géniaux (la loi de la relativité d'Einstein par exemple) sont complexes et difficiles à saisir ; *a contrario*, des principes éculés (« soigner le mal par le mal », principe de l'homéopathie par exemple) trouvent preneurs... Il ne faudrait pourtant jamais rejeter une idée sous prétexte qu'elle est un peu plus difficile à comprendre qu'une autre, surtout si elle s'accompagne de preuves scientifiques ou mathématiques sérieuses.

Comment expliquer qu'année après année des gens continuent de dépenser des centaines d'euros en jouant au Loto, alors qu'ils ne gagnent pratiquement jamais ? L'explication n'a rien à voir avec l'argent : ces personnes ont tout simplement besoin de ressentir le « frisson » du jeu. La loterie ouvre les portes du rêve plus que de l'argent facile. D'autres, en revanche, ne peuvent échapper au mécanisme pervers de la croyance et de l'habitude. Le tirage du Loto se déroulant deux fois (trois fois depuis peu) par semaine, il devient une sorte de rendez-vous rituel. Ce cercle vicieux auquel on ne peut mettre un terme est également gouverné par la peur. L'idée que vos numéros fétiches puissent sortir le jour où vous avez décidé d'arrêter de jouer vous oblige à continuer cette course sans fin.

Certains prétendent que les gens à faible revenu jouent au Loto parce que c'est leur seule porte de sortie loin de la misère et des privations. Je ne suis pas d'accord avec ce point de vue : l'immense majorité d'entre eux ne gagne jamais et devient finalement encore plus pauvre !

Enfin, dernière explication possible, si les gens se prêtent aux jeux de hasard (et à d'autres activités « bizarres »), c'est faute d'alternatives plus séduisantes. Certains sociologues décrivent la pauvreté comme un piège : c'est vrai. Avoir sans cesse peur de ne plus pouvoir joindre les deux bouts rend l'existence particulièrement pénible. Les frustrations contaminent l'ensemble de la famille, on n'ose plus aller se soigner, on est tenu à l'écart de la culture et des loisirs, et l'on perd un bien des plus précieux (non matériel pourtant) : son imagination. Le seul espoir, la seule lumière qui pourrait nous délivrer de la misère semble être le Loto. Mais c'est une illusion. Parions plutôt sur l'éducation et l'épargne quand cela est possible !

La passivité, hélas, encourage les personnes dans leurs croyances invraisemblables : on devient réticent à toute idée nouvelle, et on persiste dans de mauvaises habitudes. Le fait est que la pensée logique et méticuleuse demande un effort. Comme le dit Alfred Mander dans son livre *Logic for the Millions* (« La logique pour tous ») : « La pensée est une compétence [que nous devons entraîner]. Ce n'est pas vrai que l'humain est doué naturellement des capacités à penser clairement et logiquement. » Prendre le temps, régulièrement, d'aiguiser son esprit critique, est un atout pour avancer dans l'existence.

Population, prévisions et séries

Il arrive que la pensée mathématique, comme n'importe quel autre type de pensée, se trompe. Une mauvaise utilisation des statistiques, des raisonnements sélectifs et une méconnaissance des entités complexes peuvent conduire à des réflexions bancales. C'est même incroyablement courant, sans doute parce qu'on pense qu'il suffit de citer des chiffres pour donner du crédit à ce qu'on dit. Gardez à l'esprit que les chiffres ne garantissent pas toujours la justesse d'un propos.

Notre planète est dangereusement surpeuplée : voilà un bon exemple de déclaration alarmiste ressassée depuis bien des lunes. Les hommes se sont toujours inquiétés de l'augmentation de la population. L'auteur dramatique grec Euripide (480-406 av. J.-C.) écrivait que la guerre de Troie était un acte divin, servant à « purger la Terre d'une abondance insolente de personnes » ! Au début du XVIIe siècle, de nombreux puritains prirent la mer en direction du Nouveau Monde parce qu'ils considéraient l'Angleterre comme un pays surpeuplé. L'idée qu'il puisse y avoir trop d'individus sur Terre fut formalisée par l'économiste britannique Thomas Robert Malthus dans son œuvre la plus célèbre, *Essai sur le principe de population*, publiée en 1 798. Selon lui, les humains se reproduisent naturellement de façon exponentielle (2, 4, 8, 16, 32...), tandis que les moyens de subsistance n'augmentent que de façon arithmétique (2, 4, 6, 8, 12...). Il en déduit donc que le contrôle des naissances est primordial pour éviter la famine. Il recommande aux plus riches (catégorie à laquelle il appartenait) de se plier à une certaine modération afin d'enrayer les vagues de naissances. Il est en revanche beaucoup plus pessimiste au sujet des pauvres, considérant la famine comme une fatalité naturelle et inévitable dans ce milieu !

Les prévisions de Malthus ne sont pas avérées ; en grande partie parce qu'il n'avait pas anticipé la révolution agricole qui permit d'augmenter la production de ressources afin de répondre aux besoins de la population mondiale (et même au-delà). Avec la réduction significative du prix des aliments de base, la prospérité fut mieux partagée. Le nombre de personnes touchées par la famine chuta brusquement au cours de l'ère contemporaine (alors que la population mondiale continuait d'augmenter).

Aujourd'hui, ce n'est plus l'obsession malthusienne de la famine qui nous angoisse, mais les dommages environnementaux de l'agriculture de masse. En 1968, dans un livre intitulé *The Population Bomb* (« La Population : une bombe »), l'entomologiste Paul R. Ehrlich écrivait que la croissance démographique mondiale mettait en danger le futur proche de la Terre :

> « Nous devons agir pour renverser la détérioration de notre environnement avant que la pression démographique détruise irréversiblement notre planète. Le taux de naissance doit être ajusté sur le taux de mortalité, au risque de voir l'humanité se reproduire jusqu'à l'autodestruction. Nous ne pouvons plus aborder simplement la question des symptômes du cancer qu'est la croissance des populations. Le cancer doit être opéré. Le contrôle de la population est la seule solution. »

Les êtres humains sont-ils toxiques pour la planète ? Je ne le crois pas. Après tout, personne ne souhaite vivre dans un monde pollué ; certains consacrent même leur vie à l'étude des changements climatiques et à l'écologie. C'est le cas de Tony Juniper : selon lui, c'est la consommation prodigue des pays riches qui est en grande partie responsable des problèmes environnementaux (comme le réchauffement climatique) et non les pays du tiers-monde. Les avancées technologiques, comme le développement des énergies renouvelables, associées à une répartition plus jute des ressources terrestres vont contribuer, dans le futur, à préserver l'environnement.

Les arguments mathématiques en faveur du contrôle des naissances sont paradoxalement les moins convaincants. Une statistique très répandue nous informe que le nombre d'êtres humains sur Terre a quadruplé depuis un siècle (passant de 1,6 milliard en 1900 à 6,7 milliards aujourd'hui). Cela sous-entend que cette tendance va se poursuivre, voire s'intensifier dans le futur. Pourtant, quand on analyse les données actuelles, on se rend bien compte que le taux de naissances a chuté dans de nombreuses parties du monde et qu'il a diminué globalement de moitié (en moyenne) au cours de ces cinquante dernières années. Plusieurs pays ont même des populations déclinantes, tels la Russie, l'Allemagne et le Japon. La population italienne aura chuté de presque 30 % en 2050. La croissance exponentielle de la population ne peut se poursuivre indéfiniment. L'United Nations Population Division, qui avait prévu en 1968 que la population mondiale atteindrait les 12 milliards d'êtres humains autour de 2050, a dû revoir sa copie. Le chiffre avancé aujourd'hui est de 9 milliards d'individus. Certains estiment même que le chiffre de 7,9 milliards de personnes est plus probable.

Les pourfendeurs des taux de natalité trop élevés montrent du doigt les pays surpeuplés. Il est vrai que certains pays en voie de développement, comme la Chine ou le Pakistan, ont des densités de population beaucoup plus élevées que la moyenne mondiale, mais on peut aussi épingler certaines petites nations développées où la densité est parfois encore plus grande (la Belgique ou les Pays-Bas). À bien y réfléchir, notre planète est assez vaste pour tout le monde. Avec ses 147 millions de kilomètres carrés de terre, elle peut loger la totalité de ses habitants sur seulement 17 millions de kilomètres carrés ! Dans des conditions de vie et de densité comparables à celles… des Pays-Bas !

La croissance démographique n'est pas due à un manque de contrôle ou d'éducation, elle s'explique par les percées technologiques et médicales qui ont transformé notre façon de vivre : l'eau potable, les vaccins ou les antibiotiques. La mortalité infantile est de plus en plus exceptionnelle, et l'espérance de vie des individus augmente comme jamais auparavant. Dans le même temps, on assiste à une amélioration significative de la qualité de la vie, même si beaucoup de travail reste à faire pour aider les populations les plus démunies. Nous devrions être optimistes, célébrer les réussites de la science et de l'ingéniosité humaine, et non les déplorer.

Autre exemple de détournement de la pensée mathématique : «l'effet Jeane Dixon», en référence à la célèbre voyante américaine du même nom, aujourd'hui disparue. Dixon est bien connue au États-Unis pour avoir prédit l'assassinat du président John F. Kennedy. Mais, si l'on se penche sérieusement sur ses déclarations, on se rend compte que ce n'est pas exactement ce qu'elle a dit. Voici ce qu'elle prédisait dans un magazine, sept ans avant l'événement : «Elle [l'élection présidentielle de 1960] va être dominée par le parti travailliste et gagnée par un démocrate. Mais il va être assassiné ou il va mourir pendant son mandat, pas forcément pendant le premier.»

Laissons à cette voyante le bénéfice du doute et intéressons-nous à sa prédiction assez vague. Les admirateurs de Dixon font remarquer que la probabilité que Kennedy meure en tant que Président était basse (même si la voyante n'a jamais mentionné son nom dans sa prédiction). Comment expliquer qu'elle ait si bien réussi son coup ? Si l'on s'intéresse aux déclarations de la dame, en dehors de cette prédiction spécifique, on découvre qu'elle s'est beaucoup contredite, affirmant que ce serait Nixon (l'autre candidat) qui gagnerait les élections de 1960 et non Kennedy !

Cette voyante fit des milliers de prédictions au cours de ses quarante années de carrière ; la majorité du temps, elles se révélèrent complètement fausses. Par exemple sa prédiction d'une Troisième Guerre mondiale qui débuterait dans l'année 1958 ; ou qu'un vaccin contre le cancer serait découvert en 1967 et que les Soviétiques seraient les premiers à poser le pied sur la Lune.

On peut facilement démonter les mécanismes de l'« effet Dixon » : imaginez un expert de la Bourse qui adresse chaque année à ses clients ses prévisions. Il envoie un millier de messages, une moitié prévoyant que la Bourse va monter tandis que l'autre prévoit l'inverse. L'année suivante, il fait la même chose avec les cinq cents clients qui ont reçu la bonne prévision... et continue ainsi de suite chaque année. Au bout de cinq ans, environ trente de ses clients ont statistiquement reçu la bonne prévision cinq ans d'affilée. Si vous interrogez ces trente clients, ils vous répondront tous que leur conseiller est incroyablement compétent !

Certains scientifiques peuvent aussi être vulnérables à ces mécanismes parce qu'ils sont habitués à chercher méthodiquement des résultats et à prouver des tendances, et qu'il n'est pas facile de faire la différence entre une tendance signifiante et une tendance due au hasard. Dans son livre *Fooled by Randomnes* (« Trompé par le hasard »), Nassim Nicholas Taleb donne l'exemple « des grappes de cancer », un nombre de cas de cancers supérieurs à la moyenne dans un endroit spécifique. Pour lui, ils sont souvent fortuits, faisant remarquer que « le hasard ne semble pas toujours hasardeux » ! Prenons un exemple : vous devez lancer 16 fléchettes sur une cible. Chacune a la même probabilité d'atteindre n'importe quel endroit de la cible. Si l'on divise la cible en 16 parties de taille égale, on pourrait imaginer que chacune des 16 fléchettes puisse finir sa course dans chacune des 16 découpes de la cible. Pourtant, un résultat si « organisé » est rare. Si l'on réalise cette expérience plusieurs fois avec différentes cibles, on se rend compte que beaucoup de fléchettes arrivent au même endroit et que d'autres parties restent vides. Une tendance n'a donc pas forcément un sens. Distinguer une vraie tendance d'une coïncidence exige qu'on étudie toutes les données : celles qui vont dans le sens de la tendance, mais aussi celles qui l'infirment.

Les scientifiques sont victimes d'un autre problème : ils doivent publier fréquemment des recherches qui s'accompagnent de résultats positifs. On appelle cela les «publications biaisées». Incomplètes, elles peuvent déformer la compréhension que l'on se fait d'un sujet. Une étude de 2005 publiée dans la revue *Nature* a montré que 6 % des scientifiques admettaient avoir rejeté des données qui contredisaient leurs recherches antérieures. 15 % ont également déclaré qu'ils avaient ignoré, de temps en temps, des données qui n'allaient pas dans le sens de leur démonstration.

On retrouve cette façon de trier les informations dans les médias, particulièrement dans les journaux télévisés, qui préfèrent mettre en avant le drame et la controverse, et faire l'impasse sur l'actualité «heureuse». Pas étonnant que Monsieur Tout-le-monde en conclue que le monde marche sur la tête! Au lieu de déprimer, considérons ces informations télévisées comme des fragments très sélectifs de ce qui se passe réellement dans le monde.

Dernier exemple de pensée mathématique inappropriée : l'*«intelligent design»* ou «dessin intelligent», une théorie selon laquelle l'ordre de l'Univers n'a pas pu surgir par hasard et qu'il est de toute évidence l'œuvre d'un créateur. Supposer que des tendances impressionnantes ne puissent se produire spontanément au sein d'un système de données «infini» est une erreur.

Le nombre pi (3,141...) est un bon exemple de cela. Il se compose d'une série infinie de chiffres qui ont chacun la même probabilité de survenir, à n'importe quel moment de son développement. Pourtant, au sein même de cette jungle numérique, on arrive à trouver de nombreux exemples de combinaisons qui semblent signifiantes. Un exemple célèbre est la série « 999 999 » qui apparaît à la 762e décimale (bien que sa probabilité soit de 1 sur 1 million). Autre exemple, la série « 12 345 678 » qui survient à un moment donné, après 186 millions de décimales. Nous pouvons même retrouver les premiers 8 chiffres de pi (3 inclus) à la 5 366 472e décimale ! Parce que pi est infini, nous pourrions en théorie continuer ainsi, découvrant toutes les tailles et toutes les combinaisons de chiffres que l'on veut.

La « théorie de Ramsey », théorie mathématique sophistiquée, montre comment, dans une série suffisamment importante d'objets aléatoires, on observe toujours des motifs. Grâce à cette théorie du mathématicien Frank P. Ramsey, les chercheurs ont découvert que, dans des séries de chiffres pris au hasard, il existait plusieurs motifs mathématiques. En voici une démonstration : essayez d'écrire une série à partir des lettres A et B, sans jamais espacer trois A ou trois B de la même façon. Par exemple, si on écrit BABB, on doit ajouter ensuite un A pour éviter une série de trois B, ce qui donne BABBA, puis on ajoute un autre A, pour obtenir BABBAA après lequel nous ne pouvons pas continuer sans créer involontairement une série pour n'importe laquelle des deux lettres dont nous disposons. Si l'on ajoute un autre A, on obtient trois A de suite, et, si au lieu de cela on pose un B, le résultat est une série de trois B également espacés (position 1, 4 et 7). Les mathématiciens ont prouvé que n'importe quelle combinaison de neuf A et B comprendra au moins 3 A ou 3 B également espacés. Tout cela montre, comme disait le mathématicien Théodore Motzkin, que le pur désordre est tout simplement impossible.

La logique : un processus de réflexion nécessaire

Lewis Carroll, l'auteur d'*Alice au pays des merveilles* était également mathématicien et créateur de jeux de logique. Pour lui, ces exercices permettent « de ranger [nos] vos idées de façon ordonnée et de les rendre rapidement accessibles. [Ils donnent] le pouvoir de déceler les erreurs et de déchirer les arguments illogiques et légers que vous allez rencontrer sans arrêt dans les livres, les journaux, les discours et même dans les sermons ».

Suivons le conseil de Carroll et commençons cette fin de chapitre par un petit problème de logique qu'il a lui-même inventé :

Mes poêlons sont les seules choses en étain que je possède.
Je trouve très utiles tous vos cadeaux.
Aucun de mes poêlons ne m'est utile.

Que peut-on déduire de ces trois énoncés ?

Il nous faut d'abord clarifier le propos à l'aide d'une notation simple :

P : Ce sont mes poêlons.
É : Ils sont en étain.
C : Ce sont vos cadeaux.
U : Ils sont très utiles.

Maintenant, réécrivons les trois énoncés du problème en utilisant notre notation et notons également leur contraire :

P → É (pas É → pas P)
C → U (pas U → pas C)
Pas P → U (pas U → P)

Examinons enfin nos propositions symbolisées et tentons de trouver un moyen de les mettre bout à bout pour en extraire une conclusion (notez que nous pouvons lire les affirmations

de la droite vers la gauche ainsi que de la gauche vers la droite), cela nous donne :
C → U → pas P → Pas É

Autrement dit, on place le deuxième énoncé symbolisé et on ajoute le troisième (qu'on lit de la droite vers la gauche), et on termine avec le contraire de la première affirmation symbolisée (qu'on lit de la droite vers la gauche).
Pour trouver la réponse au problème, il nous faut simplement traduire en langage courant la première et la dernière partie de cette série de symboles :

«Vos cadeaux ne sont pas en étain.»

D'après la définition du *Petit Larousse*, la logique est la «science du raisonnement en lui-même, abstraction faite de la matière à laquelle il s'applique et de tout processus psychologique». Elle nous aide à analyser la pensée des autres (et la nôtre), et nous permet de l'évaluer (semble-t-elle juste ou erronée?) Bien sûr, la logique a ses limites : tomber amoureux ou avoir la foi (par exemple) sont des situations courantes qui ne sollicitent pas forcément notre sens de la logique ou de la rationalité! Néanmoins, pour une grande part des événements que nous serons amenés à expérimenter au cours de notre vie, la logique est une force qui peut améliorer et enrichir notre capacité de penser et de raisonner clairement, et nous aider à éviter le piège de l'aveuglement.

On utilise la logique pour déterminer les relations entre différents énoncés et pour tirer des conclusions de ceux qui sont justes. Un énoncé juste ou faux est une «proposition». Par exemple, «se mettre au régime est bon pour la santé». Avec les technologies d'aujourd'hui, nous sommes constamment assaillis par toutes sortes de propositions de ce genre (rumeurs, légendes urbaines, slogans, récits médiatiques). Il est vital de pouvoir faire le tri entre toutes ces données et de penser par soi-même.

Quand vous êtes face à une proposition, il vous faut toujours vous interroger sur les raisons ou les hypothèses (on les appelle les «prémisses») qui la sous-tendent. Par exemple, une personne à qui l'on dit qu'un régime sera bon pour sa santé peut penser que c'est vrai, parce que ses prémisses semblent plausibles :

Les régimes limitent la consommation des calories.
Consommer moins de calories permet d'atteindre un poids sain.
Les personnes en surpoids sont vulnérables à divers problèmes de santé.

Si nous transposons ces affirmations en notations symboliques, comme nous l'avons fait pour le problème de Lewis Carroll, nous obtenons :
R : C'est un régime.
L : Cela limite la consommation de calories.
S : En surpoids.
P : Vulnérable à divers problèmes de santé.

R→L (pas L→pas R)
L→pas S (S→pas L)
S→P (pas P→ pas S)

En examinant ces prémisses, nous arrivons à la conclusion que «les régimes nous aident à ne pas être vulnérable à divers problèmes de santé» (R→L→pas S→pas P) et «ne pas faire de régimes nous rend plus vulnérable à divers problèmes de santé» (Pas R→Pas L→S→P). Examinons de plus près ces prémisses et vérifions si elles sont toutes valables. Si l'une d'entre elles ne l'est pas, alors toute l'argumentation en faveur des régimes s'écroulera.

Il est vrai que les personnes en surpoids sont plus vulnérables à divers problèmes de santé, et que manger moins de calories (la plupart du temps) aide ces mêmes personnes à atteindre un poids normal. Cette prémisse est pourtant problématique : beaucoup de recherches montrent que les régimes ne limitent pas forcément la consommation de calories. Voyons pourquoi.

Quand on est au régime, on contrôle consciemment ses habitudes alimentaires, ce qui déforme notre relation à la nourriture. Au lieu de simplement manger quand on a faim, on choisit ce qu'on mange, quand on mange et quelle quantité on doit manger, en suivant une feuille de route stricte. Conséquence : le corps ne calcule plus ses propres besoins, et les règles du régime remplacent notre contrôle naturel (comme manger moins le soir si nous avons trop mangé à midi) par une segmentation précise des prises de nourriture, avec un réglage précis des calories « autorisées » pour le petit déjeuner, le déjeuner et le dîner. Ces restrictions s'intègrent mal dans les rythmes familiaux et sociaux des repas, ce qui conduit souvent à des écarts de conduite. Il en résulte une grande détresse (fille de la culpabilité), qui nous fait sombrer dans la boulimie (à l'inverse, les individus contrariés qui ne sont pas au régime répondent au stress par un manque d'appétit). Au terme de cette petite analyse, nous pouvons conclure que l'affirmation initiale était fausse : la plupart des régimes sont mauvais pour la santé.

Il existe toutes sortes de propositions : positives, comme « Paris est en France », ou négatives, comme « Londres n'est pas en France ». Elles peuvent avoir un sujet : « Les humains sont des animaux », ou plusieurs sujets : « Les humains, les abeilles et les éléphants sont des animaux. » Nous pouvons lier deux ou plusieurs propositions avec un « et », un « ou » : « Jean est un homme, et Jeanne est une femme », ou « Claude est un homme, ou Claude est une femme ». Comme nous l'avons vu dans les jeux de Carroll ou dans l'exemple du régime, une proposition équivaut à son contraire (« un triangle a trois côtés » et « Il n'a pas trois côtés, donc ce n'est pas un triangle »). Lorsque nous bâtissons des argumentations, nous utilisons toutes ces propositions (et bien d'autres) afin de convaincre au mieux et d'aboutir à des conclusions satisfaisantes.

Des erreurs de logique peuvent toutefois se cacher dans bon nombre de propositions ; on les appelle « raisonnements fallacieux ». Une fois débusquées, elles invalident l'argument. Il existe toutes sortes de raisonnements fallacieux, et il est impossible d'être exhaustif. Récapitulons néanmoins les plus courants afin de rendre service à tous les amateurs de réflexion.

La technique du *faux dilemme* est une forme courante de raisonnement fallacieux. Il s'agit d'empêcher l'interlocuteur d'envisager une autre alternative. Par exemple, on lui dit : « Si vous ne faites pas partie de la solution, c'est que vous faites partie du problème. » Ce genre de raisonnement manichéen rend la pensée subtile et nuancée impossible. Il encourage les individus à camper sur des considérations tranchées.

L'utilisation de l'*émotion* est également un grand classique de raisonnement fallacieux. Il s'agit de manipuler les émotions de l'interlocuteur au lieu de discuter les arguments. Ainsi ce raisonnement « par la conséquence » : « La théorie de l'évolution ne peut pas être vraie car, si elle l'était, cela voudrait dire que nous ne sommes pas différents des singes. »

L'attaque *ad hominem* est un autre recours pour ceux qui manquent d'arguments sérieux. Le but est d'éviter la confrontation des idées en la remplaçant par une critique personnelle de son interlocuteur : « Il est bien connu que

M. Martin croit aux extraterrestres, alors permettez-moi de douter de ce qu'il raconte.»

Lors d'une joute verbale, il est également de bonne guerre, pour certains mauvais joueurs, de contrer un argument en le caricaturant : c'est la *technique de l'homme de paille*. Il est en effet plus facile de réfuter une idée caricaturale qu'un propos complexe. Exemple : «L'écologie, ce n'est rien d'autre que des hippies qui entourent les arbres de leur bras parce qu'ils ont peur du progrès industriel.»

Certains raisonnements reposent sur l'*analogie* : on attribue à une entité une caractéristique similaire à celle d'une autre entité, et l'on prétend que les deux entités sont identiques. Méfiez-vous de ces pseudo-comparaisons. Il s'agit de raisonnements fallacieux nommés «fausses analogies». Par exemple : «Les athées sont comme les bolcheviques. Ceux-là aussi ne croyaient ni en Dieu ni aux Tables de la Loi. Les athées sont donc des anarchistes immoraux.»

Comme nous l'avons vu plus tôt dans le chapitre (à propos de «l'effet Dixon»), beaucoup ont tendance à tisser des liens significatifs entre des événements purement fortuits. Cette forme de raisonnement fallacieux est appelée *«post-hoc ergo propter hoc»* (du latin qui veut dire «après cela, donc à cause de cela»). Si un événement B suit un événement A, alors cela signifie que A est la cause de B. Par exemple : «Le Président ne portait pas de chapeau de cow-boy pendant son discours au Texas. Ensuite, aux élections présidentielles, il a perdu le Texas. Il aurait dû mettre son chapeau!»

D'autres techniques bâtissent leur raisonnement sur la *généralisation* : le tout a forcément les mêmes caractéristiques qu'une de ses parties (ou l'inverse). Par exemple : «L'un de ses fils a toujours des problèmes avec la police. C'est une famille à problèmes. » Ou bien, inversement : « L'Église catholique est très conservatrice ; les catholiques sont donc tous conservateurs. »

C'est lorsqu'on base sa réflexion sur une *définition approximative* qu'on s'expose peut-être à la plus grande erreur de logique. Car un raisonnement méticuleux et efficace n'est possible qu'avec une définition précise, ni trop vague (« Un chien est un animal avec quatre pattes et une queue », cette définition est impropre, elle convient aussi pour le chat et beaucoup d'autres animaux) ni trop pointue : dire qu'« un poème se compose de vers qui riment » n'est pas toujours vrai – il existe de nombreux poèmes en prose.

Certaines définitions fallacieuses expliquent le sens d'un mot avec le mot même qu'elles tentent de définir ! On appelle cela un « raisonnement circulaire ». Exemple : « Qu'est-ce que Dieu ? C'est un être qui a des caractéristiques divines » (« divines » signifie « comme Dieu »).

Dans son dernier livre, *The Demon-Haunted World* (« Le monde hanté par les démons »), l'astronome Carl Sagan explique ce qu'est la « science qui nous permet de détecter les idioties ». Inquiet du succès de la superstition à la fin du XXe siècle, il propose de ne se fier qu'aux conclusions qui reposent sur une série d'arguments clairs et précis, et nonforcément à celles qui nous plaisent.

Carl Sagan explique son amour profond pour la science en raison de sa nature fascinante – la combinaison de deux attitudes qui semblent complètement opposées : « ... une ouverture presque totale à n'importe quelles idées, même si elles sont bizarres [...], une tendance à l'émerveillement [...] et en même temps [...] un scepticisme vigoureux et intransigeant, parce que la grande majorité des idées sont complètement fausses ».

L'équilibre délicat entre d'une part l'émerveillement et l'ouverture aux nouvelles idées, aux autres façons de voir, de comprendre notre monde, et d'autre part la capacité à faire une pause, à analyser, à poser une question (et souvent aussi à douter) est au cœur de la pensée juste. La logique, considérée par erreur comme froide et calculatrice, ne coupe pas l'individu du mystère de l'amour et de la foi. Ces ambiguïtés sont inhérentes à la vie humaine. Au lieu de cela, le raisonnement prudent et la pensée indépendante nous aident à garder les pieds sur Terre.

C'est de là que nous avons la meilleure vue sur les étoiles.

Chapitre 10

LE FUTUR DE L'ESPRIT

Notre voyage touche à sa fin, et nous allons le terminer avec une question essentielle : que réserve l'avenir à l'esprit des nouvelles générations ? À une époque où les avancées médicales et technologiques vont galopant, les « futurologues » nous prédisent un avenir de plus en plus grandiose et de plus en plus ambitieux : des casques à énergie magnétique nous permettront d'acquérir des capacités savantes, nous pourrons télécharger des livres entiers dans notre tête et, pourquoi pas, fusionner avec les machines ! Quelle que soit notre fascination pour de telles perspectives, je me demande si elles se réaliseront un jour et, surtout, si cela est souhaitable. Dans ces ultimes pages, nous verrons les partis pris qui corroborent cette vision futuriste de l'humanité, et j'avancerai mes propres idées sur ce que l'avenir peut apporter à notre compréhension du monde, à nos sentiments et à notre imagination.

Le « casque des génies »

Nous avons déjà évoqué le professeur Allan Snyder du centre pour l'esprit de l'université de Sydney, et son casque

TMS (stimulation magnétique transcrânienne) dans les chapitres 1 et 5. Son invention permettrait aux individus lambda d'acquérir de façon temporaire des capacités savantes. Pour rappel : le casque est fixé sur la tête du «cobaye» et envoie pendant 15 minutes des impulsions d'énergie magnétique au niveau du lobe frontal. À la fin du traitement, le sujet se trouve doté de capacités inédites (même si ces effets se dissipent au bout de quelques heures). À en croire les résultats, il est possible d'imaginer un futur proche où les avancées technologiques permettront à tout un chacun de devenir savant!

Snyder explique que le cerveau utilise les données sensorielles brutes pour effectuer sans discontinuer une quantité incroyable de calculs. Néanmoins, pour une majorité d'individus, ces calculs automatiques sont «mis à la poubelle» lorsqu'il rassemble les données et généralise l'information pour produire des concepts. *A contrario*, les autistes savants ne conceptualiseraient pas de cette façon et seraient capables d'optimiser tous leurs calculs. Cet accès privilégié à des processus habituellement inaccessibles expliquerait leurs capacités. Pour Snyder, ralentir temporairement l'activité cérébrale au sein de l'hémisphère frontal gauche (siège de la pensée logique et conceptuelle) facilite l'accès à ces calculs et peut faire émerger brièvement des compétences savantes chez des individus lambda.

Cette théorie est problématique : un accès privilégié à des calculs ne rend pas compte de la créativité particulière des savants de haut niveau. Il pourrait expliquer pourquoi et comment le savant Stephen Wiltshire arrive à dessiner des paysages bourrés de détails, mais il ne nous apprend rien sur les réalisations du Français Gilles Tréhin - à savoir les plans complexes d'une ville utopique sortie tout droit de son imaginaire prolifique. Il permettrait peut-être de comprendre pourquoi certains individus possèdent l'oreille absolue[1]

1. La faculté de reconnaître n'importe quelle note musicale sans besoin d'un repère (NdT).

(leur cerveau découpe instantanément et automatiquement les sons), mais ne peut rendre compte des exploits de Matt Savage, un adolescent savant capable de composer plusieurs albums de jazz originaux.

La théorie de Snyder a encore plus de mal à expliquer les capacités mathématiques savantes (comme les miennes). Pour le scientifique, ce phénomène serait le résultat d'un mécanisme fondamental (mais pour le moment inconnu) d'« équipartition », permettant au cerveau de diviser instantanément les nombres en parties égales. Selon ma propre expérience (et comme je l'explique dans le chapitre 5), ma théorie est tout autre : les capacités mathématiques sont le résultat d'une hyperconnectivité cérébrale, qui pourrait également être la clef d'autres capacités savantes. Les chercheurs admettent déjà que cette caractéristique est souvent présente chez les personnes autistes.

Des expériences scientifiques ont semé le doute sur la théorie de Snyder : en 2000, les médecins australiens Robyn Young et Michael Ridding ont réalisé des tests de stimulation magnétique transcrânienne sur 17 volontaires et ont constaté des améliorations signifiantes (mais temporaires) chez seulement deux des participants ! Elles étaient d'ordre graphique et mémoriel. Young et Ridding en conclurent que « ces capacités sont peut-être limitées à un petit pourcentage de la population, de la même façon qu'elles semblent être limitées à un petit pourcentage chez les handicapés ». Les études de Snyder montraient, elles aussi, une réussite (temporaire) sur seulement une poignée d'individus.

Ces capacités furtives ne sont pas très frappantes : Snyder évoque des améliorations au niveau du dessin d'animaux domestiques (cheval, chat), dans la détection de coquilles dans des textes courts ou encore dans la faculté à compter le nombre de points apparaissant brièvement sur un écran (voir chapitre 5). En revanche, aucun des sujets n'a été capable, suite aux radiations, de faire preuve d'esthétisme et de complexité au niveau du dessin, de composer une musique originale, de factoriser un nombre de quatre chiffres ni d'apprendre, avec aisance, une langue étrangère (voire de la créer lui-même!). La stimulation magnétique transcrânienne n'est donc qu'un moyen très imparfait d'exploiter certaines capacités de l'esprit savant. En réalité, leur biologie est beaucoup plus complexe et plus subtile que Snyder ne le pensait.

De nombreux scientifiques s'accordent sur l'idée que les techniques de radiations magnétiques ne conduiront probablement jamais aux espérances de Snyder et de ses collègues. Durant plusieurs années, Eric Wassermann, un neurologue américain de l'Institut national de la santé, a lui aussi testé les effets de la TMS sur des centaines d'individus. Résultat : aucun d'entre eux n'a jamais « révélé un génie soudain dans un quelconque domaine ». Darold Treffert, le chercheur le plus éminent en ce qui concerne le syndrome savant, est également sceptique : « La probabilité que des capacités savantes signifiantes puissent émerger après 10 ou 20 minutes de stimulation magnétique transcrânienne sur des volontaires lambda est, à mon avis, égale à zéro. »

Si la TMS ne peut faire émerger des capacités savantes, elle reste prometteuse dans d'autres domaines; notamment le traitement de maladies neurologiques telles que l'épilepsie et la schizophrénie. Une étude de 1999, effectuée par des chercheurs de l'université de Göttingen en Allemagne, a révélé des résultats remarquables sur 9 patients souffrant d'une épilepsie rebelle aux médicaments. 8 patients sur 9 ont vu la fréquence et la sévérité de leurs crises décroître de façon significative après des traitements quotidiens. Cette technique a également réduit les hallucinations auditives auxquelles les schizophrènes sont particulièrement sujets. Ces résultats encourageants se sont prolongés quelques semaines après la fin du dernier traitement; un patient en a même bénéficié durant deux mois!

Les stimulants du cerveau

La stimulation magnétique transcrânienne n'est pas la seule tentative des scientifiques dans la recherche de stimulants cérébraux : certains travaillent sur la création d'une «pilule de l'intelligence», un médicament qui permettrait l'amélioration de notre mémoire et de nos compétences mentales. Des compagnies américaines (comme Helicon et Sention), qui développent actuellement des médicaments pour traiter les lésions ou les maladies cérébrales, anticipent un futur proche où des personnes saines pourront également les utiliser pour «lifter» leur cerveau. On sait déjà aujourd'hui que certains voyageurs combattent les effets du décalage horaire en prenant du Modafinil, un médicament normalement prescrit pour traiter la narcolepsie[1]. Autre exemple, celui d'étudiants qui ont pris l'habitude d'absorber de la Ritaline (un médicament contre les troubles de l'attention) pour optimiser leur concentration pendant les révisions.

Le marché potentiel des stimulants cérébraux est gigantesque : aux États-Unis, on dénombre pas moins de 4 millions de patients atteints d'Alzheimer et 12 millions de personnes souffrant d'infirmités cognitives légères (annonciatrices souvent de cette maladie). On compte aussi des dizaines de millions d'individus qui connaissent «un déclin de la mémoire dû à l'âge», un terme scientifique qui se réfère à une forme légère de négligence. Aux États-Unis encore, les ventes de compléments nutritionnels comme la vitamine B12 ou le ginkgo biloba (supposés améliorer la mémoire et les fonctions cognitives) dépassent, chaque année, le milliard de dollars. Rappelons ici que les preuves scientifiques de leur efficacité restent faibles.

1. Une hypersomnolence diurne, due à des accès irrépressibles de sommeil survenant plusieurs fois par jour et durant de 2 à 30 minutes (NdT).

Il n'est donc pas étonnant que certains tirent la sonnette d'alarme et s'inquiètent d'une consommation banalisée et quotidienne de traitements médicaux à des fins intellec tuelles ou stimulantes. Pour le philosophe et directeur du Conseil présidentiel de la bioéthique Leon R. Kass, l'utilisation de tels traitements dévalorise la réussite de l'individu : «L'excellence est le fruit de l'effort, du talent et de la discipline; avaler un médicament [pour réussir] équivaut à de la tricherie.»

La «pilule de l'intelligence» est censée augmenter la circulation du sang dans le cerveau et stimuler les neurotransmetteurs qui joueraient un rôle dans l'apprentissage et la mémoire. Des tests sur sa fiabilité ont été réalisés essentiellement sur des rats et des souris : il s'agissait de voir si les rongeurs, placés dans un labyrinthe après absorption du produit, s'en échappaient plus rapidement. Ce fut le cas, mais le neurologue britannique Steven Rose reste très critique : ces expériences ne montrent presque rien de l'effet potentiel du médicament sur le cerveau humain. L'absorption du produit par la souris pourrait stimuler l'appétit de l'animal, qui, pour recevoir sa récompense, courrait d'autant plus vite dans le labyrinthe. La réussite aux tests serait donc la conséquence d'une augmentation de la motivation du rongeur plutôt que le résultat du pouvoir exacerbé de son cerveau.

Steven Rose fait remarquer que les rares tests effectués sur des humains (souvent des personnes atteintes d'Alzheimer) s'adressaient à des groupes de moins de 10 individus; et que l'évaluation des effets positifs du médicament était jaugée par les médecins et les infirmières (de façon subjective), au lieu d'être répétée sur de nouveaux patients. Il faut souligner que ces personnes «cobayes» souffraient également d'anxiété, d'accès de colère ou de dépression. Selon Steven Rose, une quelconque amélioration de leur mémoire pouvait être la conséquence de l'atténuation, due au médicament, de ces sentiments négatifs.

Le scepticisme envers les prétentions excessives des stimulants cérébraux est renforcé par les conclusions d'une étude de 1998, effectuée par le chercheur Nancy Jo Wesensten et ses collègues de l'institut militaire de la recherche Walter Reed. Cinquante volontaires furent invités à rester éveillés durant cinquante-quatre heures. À chacun, on distribua soit un placebo, soit 600 mg de caféine (ce qui équivaut environ à six tasses de café), soit une dose de 100, 200 ou 400 mg de Modafinil. Passé quarante heures, les scientifiques demandèrent aux participants d'effectuer toute une série de tests d'évaluation de leurs performances cognitives et en conclurent que la caféine ou la dose la plus haute de Modafinil aidaient, de façon identique, au maintien du niveau normal des facultés cognitives. Autrement dit, le café avait fonctionné aussi bien que la « pilule de l'intelligence » !

D'autres chercheurs s'inquiètent de la dangerosité à long terme de ces nouveaux produits, dont les conséquences chimiques sur le fonctionnement et le comportement neurologiques sont encore inconnues. Leurs effets secondaires sont potentiellement considérables. Prenez l'exemple du patch de nicotine : on a découvert qu'il pouvait améliorer les fonctions cognitives de certains patients atteints de la maladie d'Alzheimer et se révélait tout aussi efficace aussi chez les adultes souffrant d'hyperactivité ou de schizophrénie. Néanmoins, ses effets secondaires (un rythme cardiaque élevé, une hypertension, des risques d'insomnie, des nausées et des vertiges) sont trop dangereux pour en recommander l'utilisation dans le traitement de ce type de maladies.

Bien sûr, le désir d'augmenter ses performances au moyen de drogues ou de médicaments ne date pas d'hier : chacun connaît la tasse de café matinale avant le travail ! Et les consommations d'alcool, de tabac ou de mescaline sont des pratiques intemporelles et multiculturelles. Les amphétamines, considérées souvent comme des stimulants récents, ont fait leur apparition il y a... plus d'un siècle déjà ! Au cours d'une étude de 1987, portant sur 51 des plus grands orchestres des États-Unis, les chercheurs découvrirent qu'un quart des musiciens utilisaient des bêta-bloquants (prescrits originairement pour traiter l'hypertension) afin de contrôler leur trac ! Aujourd'hui, la gamme et la variété colossales des médicaments promettant une amélioration de l'attention, de la mémoire et des performances intellectuelles sont sidérantes. Même Eric Kandel, figure de proue du développement de ce genre de substances (et prix Nobel « partagé » de médecine en 2000), se dit consterné par l'idée que des étudiants puissent les utiliser pour obtenir de meilleures notes. Il insiste sur le fait qu'elles s'adressent exclusivement aux personnes souffrant de maladies graves (Alzheimer, amnésie due à la chimiothérapie, etc.). Pour les individus sains, ces traitements ne valent pas la prise de risques auxquels ils les exposent.

Des cerveaux hybrides

Les récits de science-fiction ne sont rien comparés à l'histoire de Johnny Ray. Un peu avant le nouveau millénaire, Ray, un Américain quinquagénaire, fut victime d'une attaque cérébrale qui le paralysa et le priva de toute parole. Un an plus tard, le neuroscientifique Philip Kennedy introduisit dans la tête du pauvre homme une puce électronique qui pouvait enregistrer les signaux d'activité cérébrale et les décoder. Au cours de tests, Kennedy demanda à Ray de se concentrer mentalement sur des mouvements spécifiques (du type mouvement de bras) et réussit à capturer le signal cérébral correspondant ; puis il le programma informatiquement. Ce « signal-mouvement » fut associé au déplacement d'un curseur sur un écran d'ordinateur. Au fil du temps, Ray apprit à le bouger virtuellement et à composer des messages, n'utilisant rien d'autre que le pouvoir de sa pensée ! Il fut capable d'utiliser le curseur aussi facilement que l'on bouge la main ou que l'on tourne la tête. Cette petite flèche informatique devint un prolongement de lui-même ; ses « gestes », automatiques et courants. Pour Kennedy, Ray est « le premier Cyborg du monde ».

Le neuroscientifique imagine d'autres possibilités technologiques qui permettront à notre esprit de se connecter directement sur une machine. Peut-être pourrons-nous télécharger des livres, naviguer sur le Web, nous amuser, contrôler des robots à distance ou encore conduire, simplement par la force de la pensée. Kennedy n'est pas le seul à fantasmer : des chercheurs de Rhode Island ont appris à des singes comment manier un flipper numérique par la seule activité mentale ! Alors qu'en Australie des scientifiques ont mis au point un appareil qui permet d'allumer la lumière d'une pièce ou sa radio au moyen d'ordres mentaux ! D'autres chercheurs sont encore plus enthousiastes et imaginent un futur où l'esprit et la machine iraient de pair : ils espèrent que tous ces appareils informatiques vont aider les humains à transcender leur biologie et à fusionner avec l'ordinateur. Le professeur de robotique Kevin Warwick est devenu l'un des avocats britanniques les plus éminents de ces technologies, n'hésitant pas à déclarer que l'humanité doit être « mise à jour » si elle ne veut pas être renversée, demain, par des machines intelligentes ! En 2002, Warwick attira l'attention de tous les médias lors d'une tentative de transmission télépathique avec sa femme Irena. On posa des électrodes, au niveau du bras, sur les nerfs médians des deux protagonistes : leurs pulsations électrochimiques étaient converties par un ordinateur en des signaux numériques, puis pouvaient « voyager » de l'un à l'autre par l'intermédiaire du réseau Internet. Quand la femme de Warwick bougea un simple doigt, son mari ressentit un picotement au niveau du bras : « C'était comme un choc électrique léger. » D'après Warwick, ce résultat n'est qu'un début : dans une génération, les individus seront capables de communiquer leurs pensées par télépathie à l'aide de puces implantées au sein du cerveau !

Les anticipations de Warwick ont fait l'objet de nombreuses critiques, y compris de la part de ses collègues enseignants. Inman Harvey, un professeur en sciences cognitives et en informatique, n'hésite pas à dire qu'il est « un charlatan », « un bouffon », et décrit ses prédictions comme « ridicules ». D'autres font remarquer, non sans humour, que l'expérience télépathique du scientifique n'a rien de révolutionnaire : aujourd'hui, on peut ressentir le même type de picotements quand notre amie nous envoie un SMS et que notre portable est sur vibreur ! Warwick est la victime de son enthousiasme en des croyances étranges : il a troqué son costume de scientifique contre celui d'un bateleur médiatique.

L'inventeur et pionnier de l'intelligence artificielle Ray Kurzweil est un « cyber-gourou » encore plus flamboyant de la fusion ultime de l'homme et de la machine. Créateur de la toute première « machine à lire » à destination des aveugles, il est l'auteur de nombreux livres dans lesquels il expose sa conviction que les humains seront bientôt capables de graver leur personnalité sur des disques durs, acquérant ainsi une sorte d'immortalité virtuelle.

Comme celles de Warwick, les prédictions de Kurzweil ont été vivement critiquées par la communauté scientifique. Elles sont jugées naïves et irréalisables. Les deux hommes fondent leur vision du futur sur l'idée que le cerveau humain est analogue à l'ordinateur. Chaque cerveau est pourtant bien singulier, non seulement en raison de différences biologiques (le genre, l'âge ou la santé de l'individu), mais parce qu'il est en perpétuelle évolution, réagissant constamment à l'environnement externe et interne de son propriétaire. Chaque pensée, chaque rêverie, chaque émotion a un effet subtil, mais tenace sur sa structure incroyablement complexe. C'est pour cette raison que beaucoup doutent de la vraisemblance du « téléchargement de l'identité » ou de la « mise à jour » de l'humain ; ces choses-là ne seront jamais réalisables, quelles que soient les avancées technologiques.

Michael Chorost, l'auteur de l'autobiographie *Rebuilt : How Becoming Part Computer Made Me more Human* (« Reconstruit : Comment un morceau de machine m'a rendu plus humain »), évoque avec justesse la réussite technologique, mais aussi ses limites. Né avec un lourd handicap auditif, Chorost devint complètement sourd vers l'âge de 35 ans. Un chirurgien l'opéra et fixa un implant cochléaire artificiel dans son oreille, ce qui bouleversa son existence. Bien qu'il juge l'invention remarquable, Chorost souligne que la reproduction des sons par l'implant est très médiocre quand on la compare au système auditif naturel. La qualité des sons qu'il « entend » est mauvaise, particulièrement dans les situations bruyantes ; ce qui l'oblige, de temps en temps, à lire sur les lèvres pour comprendre ce que les gens lui disent. Chez certains individus, l'implant n'est d'aucun secours ; il ne fonctionne pas, sans qu'on puisse comprendre pourquoi. Chorost ne se laisse pas impressionner par les prévisions des futurologues (comme Warwick ou Kurzweil), qu'il qualifie de « techno-optimisme prétentieux » : pour lui, les machines ne remplaceront jamais le cerveau des hommes. Il souligne que son implant lui permet de se sentir plus humain, et non l'inverse ! Il l'aide à établir un dialogue profond et intime avec l'autre. À travers son expérience singulière, Chorost illustre les différences fondamentales entre l'esprit et l'ordinateur : il a découvert combien les sentiments et les croyances affectaient bon nombre de conversations qu'il écoutait (son implant ne lui est d'aucun secours à ce niveau). Il s'est rendu compte que la communication humaine allait bien au-delà du simple échange de données d'entrée (entendre) et de données de sortie (parler).

Le point de vue du philosophe Michael Polanyi sur la façon dont on acquiert le savoir et la compréhension rejoint l'expérience de Chorost. Pour lui, le savoir humain est fondamentalement complexe, individuel, et passe irrémédiablement par le corps. C'est un «savoir incarné», soit l'antithèse des données informatisées. Le corps humain est «l'instrument ultime de tout notre savoir externe, intellectuel ou pratique [...] on utilise toujours notre corps pour toutes les expériences du monde».

Les cognitivistes Andy Clark et David Chalmers soulignent le rôle essentiel joué par l'activité corporelle dans la cognition. Les enfants, par exemple, apprennent beaucoup plus en interagissant avec le monde qui les entoure qu'en lisant simplement des livres ou en écoutant des mots. Plusieurs méthodes éducatives les encouragent à utiliser des objets tangibles, tels que des perles colorées ou des cubes de bois, pour les aider à acquérir une compréhension intuitive de concepts mathématiques abstraits.

Clark et Chalmers mettent en avant différentes études qui montrent combien les gestes aident à structurer ses pensées lorsqu'on veut les verbaliser. Suzan Goldin-Meadow, professeur en psychologie de l'Université de Chicago, traite de cela dans son livre *Hearing Gesture : How Our Hands Help Us Think* («Écouter nos gestes : Comment nos mains nous aident à penser»). Dans l'un des exemples cités, elle explique comment des élèves d'un cours de sciences, étudiant le passage des saisons, ont utilisé des gestes pour faciliter leur compréhension d'un problème :

> «Gail était en train de chercher dans quelle position le soleil devait se trouver pour irradier plus directement. Elle le représenta avec son poing gauche, qu'elle tint à une certaine distance du globe; en même temps elle déclara que le soleil devait briller à peu près en direction de l'équateur. Puis, sans parler, elle fit un geste, traça une ligne imaginaire de son

poing jusqu'au globe. À la fin de son geste, qui s'arrêta juste au-dessous de l'équateur, elle révisa son jugement :
– Non, c'est à peu près ici, plus sur [...] l'hémisphère Sud. Ça brille a peu près ici. »

Un autre exemple montre combien notre corps facilite et structure notre pensée : une majorité de joueurs de Scrabble manipulent physiquement leurs lettres, avant de les poser sur le plateau, pour stimuler et diriger leurs pensées, et trouver la meilleure combinaison possible. De cette façon, on peut dire que ces « lettres-pions » font partie intégrante de la cognition du joueur. C'est le même phénomène qui se produit lorsque je tape ces lignes sur mon ordinateur : je rallonge mes phrases ou décide d'en couper un morceau ; je les réécris complètement ou je les reformule... Toutes ces actions sont au cœur du processus de penser de l'écrivain, le stimulant pour trouver de meilleures idées, le poussant à affiner son propos ou sa phrase, l'invitant à retravailler, etc.

Pourtant, le plus grand avantage de la cognition incarnée, c'est qu'elle permet de donner un sens à notre vie à travers des choix engagés. Être pourvu d'un corps sensible et vulnérable nous expose à la souffrance ; d'où la nécessité de réfléchir à deux fois avant d'agir (ce qui ne serait pas le cas si nous n'étions qu'entités numériques). Selon le philosophe Hubert Dreyfus, cette caractéristique nous engage à faire attention et à prendre en considération les conséquences importantes que nos décisions peuvent avoir sur notre avenir.

À l'instar de Chorost, Polanyi, Dreyfus et des scientifiques travaillant dans le domaine de la cognition incarnée, je suis scandalisé à l'idée de « mettre à jour » mon humanité, même si celle-ci est imparfaite ! Je doute que, demain, une machine puisse reproduire quelque chose d'aussi riche et d'aussi subtil que l'intelligence humaine. Les visions fantaisistes de Warwick Kurzweil et les autres, semblent une réponse à ceux qui s'obstinent à voir dans la condition humaine désespoir et futilité. Des individus plus motivés par une « science de la détresse » que (contrairement à ce qu'ils prétendent) par l'imagination. Ces oracles, mettant sur un piédestal des nirvanas artificiels, sont les produits de l'angoisse plutôt que de l'ambition.

Un futur plus humain

Imaginons un futur bien différent de celui des « cybergourous », un futur où les avancées médicales et technologiques continueraient à améliorer notre vie, mais où la frontière entre l'homme et la machine resterait intacte. À quoi ressemblerait un tel avenir ?

De nouveaux traitements feront leur apparition, peut-être bientôt, pour soulager de façon intelligente et efficace des maladies neurologiques graves et dévastatrices comme l'épilepsie, la schizophrénie, Alzheimer, certaines formes d'autisme ou encore la dépression. En ce qui concerne l'autisme, des chercheurs ont déjà commencé à exploiter la technologie du virtuel pour aider de jeunes enfants à apprendre un vaste éventail de tâches quotidiennes. Justine Cassell et Andrea Tartaro de l'Université Northwestern ont réalisé une étude portant sur six enfants souffrant d'autisme de haut niveau, de 7 à 11 ans. Elles ont examiné leur comportement et la façon dont ils interagissaient avec d'autres enfants, ainsi qu'avec un personnage virtuel prénommé Sam.

Sam a des cheveux marron, raides comme des baguettes ; il porte un T-shirt bleu clair et un pantalon bleu foncé. Il a l'apparence androgyne d'un enfant de 8 ans. Lorsque les scientifiques le projettent sur un grand écran, il invite les « petits » à converser et à jouer avec lui. Contrairement aux « vrais enfants », Sam n'est jamais fatigué et ne perd pas patience. Les chercheurs peuvent modifier son apparence et ses conversations pour que les enfants autistes soient exposés à différentes formes de comportements. Le but est de les aider à exercer des compétences sociales basiques (comme jouer ensemble ou tenir une conversation) afin qu'ils se préparent à les reproduire dans la vie quotidienne. Les études montrent que ces enfants aiment communiquer avec leur ami virtuel, parlant davantage qu'avec des enfants de chair et d'os.

À Haïfa en Israël, d'autres chercheurs se servent de la *réalité virtuelle* pour aider les jeunes autistes à apprendre à traverser la route ; une compétence essentielle, mais difficile à exercer et à acquérir *in situ* ! 6 enfants, de 7 à 12 ans, utilisèrent, pendant un mois, les simulations virtuelles inventées par le chercheur Yuval Naveh et apprirent à traverser des rues informatisées (vérifiant le passage du petit bonhomme rouge au petit bonhomme vert et regardant de gauche à droite pour éviter les voitures factices). Ces enfants autistes se sont considérablement améliorés lors de l'apprentissage ; ils furent ensuite capables de transférer leurs compétences à des situations réelles.

Petit à petit, d'autres troubles neurologiques cèdent du terrain aux avancées médicales ingénieuses. La recherche sur la maladie d'Alzheimer a permis de développer un vaccin qui élimine l'accumulation de plaques au niveau du cerveau, cause majeure, semble-t-il, de la maladie. Ce vaccin stimule le système immunitaire dans la production d'anticorps qui attaquent les peptides Aß responsables de la formation des plaques. En réparant les dommages causés au niveau des neurones et en freinant le déclin cognitif caractéristique de la maladie, les scientifiques espèrent que ce vaccin, combiné à d'autres thérapies, pourra un jour offrir un soulagement conséquent aux malades.

La « LifeShirt » (littéralement « chemise de survie ») est

une technologie avant-gardiste mise au point pour aider les médecins à diagnostiquer les personnes atteintes de trouble bipolaire ou de schizophrénie. Ce vêtement électronique surveille constamment les mouvements du patient et enregistre ses données physiologiques (respiration et rythme cardiaque). Grâce aux informations récoltées, les chercheurs ont découvert que les personnes atteintes de trouble bipolaire étaient sujettes à des phases d'hyperactivité (déambulant dans tous les sens dans un nouvel espace), tandis que les schizophrènes, dans une même situation, avaient tendance à rester relativement immobiles. La distinction par les médecins de ces deux pathologies est souvent difficile ; les informations délivrées par la « chemise de survie » leur permettent désormais de s'assurer qu'un patient a été correctement diagnostiqué et qu'il suit le traitement adéquat.

Toutes ces nouvelles technologies thérapeutiques vont s'accompagner, dans les années à venir, d'un savoir et d'une compréhension scientifiques du fonctionnement cérébral de plus en plus sophistiqués. Une des pistes de recherche neurologique les plus intéressantes est celle qui porte sur l'imagerie par résonance magnétique fonctionnelle (IRMf) : une technique qui permet de visualiser l'afflux sanguin dans des zones spécifiques du cerveau ; donnant aux chercheurs la possibilité d'identifier leur rôle au niveau des processus mentaux et de les cartographier.

Une des recherches les plus récentes (mars 2008), utilisant la technique de l'IRMf, indique que les mesures de l'activité cérébrale contiennent beaucoup plus d'informations sur les processus neuronaux sous-jacents qu'on n'aurait pu l'imaginer. Grâce à des programmes informatiques qui traitent les données issues des scanners, les scientifiques commencent à cumuler des résultats impressionnants. Ils ne se focalisent pas seulement sur l'activation de telle ou telle région, en fonction d'un travail cérébral, mais examinent précisément comment toutes ces activités « clignotantes » fusionnent pour nous fournir une perception quotidienne du monde.

Dans une étude dirigée par le neuroscientifique Jack Gallant de l'Université de Californie à Berkeley, les chercheurs utilisèrent l'IRMf pour enregistrer l'activité du cortex visuel de sujets en train de regarder des milliers d'images sur un écran. On sait que les neurones du cortex répondent aux aspects spécifiques d'une image en produisant des « activités signatures » pratiquement identiques pour des images similaires. Aussi, les scientifiques rassemblèrent les données issues du visionnage des volontaires et les introduisirent dans un programme informatique. Lorsque, plus tard, ils montrèrent aux mêmes volontaires une image qui ne se trouvait pas dans la série diffusée originairement, le programme informatique, analysant leur activité cérébrale nouvelle, fut capable de dire (parmi un millier de possibilités et dans 80 % des cas) quelle image les sujets étaient en train de regarder !

Gallant et son équipe espèrent comprendre davantage le fonctionnement du système visuel humain ; ils vont multiplier et affiner une série de programmes informatiques (en fonction des théories envisagées) et, pourquoi pas, demain, les utiliser pour étudier les activités cognitives difficiles à cerner : l'attention, l'imagination ou encore le rêve.

À mon avis, il est essentiel que ces avancées technologiques et médicales fascinantes s'accompagnent d'un changement des mentalités, notamment par rapport à la « différence ». Récemment, les scientifiques et le public considéraient les autistes savants comme des curiosités, des singes intelligents, capables de calculs incroyables pour amuser la galerie. Aujourd'hui encore, certains les décrivent comme des sortes d'ordinateurs-robots, de calculatrices sur pattes, d'aberrations de la nature ou les dotent de pouvoirs surnaturels… Une pléthore de considérations qui sont tout sauf humaines ! Comme je l'ai expliqué un peu plus tôt dans ce livre, c'est bien notre humanité qui rend possibles de telles capacités.

J'espère que les idées fausses, déformantes et blessantes disparaîtront dans les années à venir grâce aux connaissances engrangées depuis des dizaines d'années sur la complexité et l'idiosyncrasie du cerveau, et parce que nous sommes maintenant conscients que des troubles aussi compliqués que l'autisme peuvent prendre des formes très variées, Mieux encore, on pourrait imaginer que notre société trouve les moyens de profiter au mieux des talents et de l'énergie des esprits extraordinaires pour acquérir une grande diversité de ressources intellectuelles, et faire face à tous les défis et aux opportunités qui nous attendent.

Le futur n'appartient pas aux futurologues. Si l'on donne la chance à tous les esprits, quelles que soient leurs différences, de se rencontrer et de bâtir ensemble l'avenir, chacun de nous pourra utiliser son cerveau pour ce qu'il a toujours su faire de mieux : imaginer des lendemains meilleurs et plus radieux.

REMERCIEMENTS

Ce livre est le fruit de plusieurs années de recherches scientifiques et de réflexions personnelles. Durant cette période, ma vie et mon esprit ont été infiniment enrichis par toutes sortes d'idées et de découvertes, d'expériences et d'aventures partagées. Ma reconnaissance va tout d'abord aux personnes suivantes, pour leur aide, leurs encouragements et pour tout ce qu'ils m'ont appris.

Je remercie mon éditrice française, Catherine Meyer des Arènes pour son professionnalisme et son aide précieuse au moment de la traduction de ce livre en français.

Un grand merci à mes éditrices américaines, Leslie Meredith et Donna Loffredo, de Simon & Schuster. Ainsi qu'à Bruce Nichols, mon tout premier éditeur, un homme chaleureux et enthousiaste.

Merci également à mes éditrices anglaises, Rowena Webb et Helen Coyle de Hodder.

À mon agent littéraire Andrew Lownie pour son efficacité et son amitié.

Un immense merci à tous les scientifiques et chercheurs avec qui j'ai eu la chance et l'honneur d'apprendre beaucoup sur moi-même et sur la façon dont mon cerveau (et celui des autres) fonctionne : Vilayanur Ramachandran, Shai Azoulai, Edward Hubbard, Bruce Miller, Darold Treffert, Simon Baron-Cohen, Julian Asher, Daniel Bor, Chris Ashwin, Jac Billington, Sally Wheelwright, Neil Smith et Gary Morgan.

Un remerciement particulier à Jean-Philippe Tabet et Margo Flah pour leur générosité et leur hospitalité lors de l'écriture de ce livre.

Et enfin, une infinité de mercis à ma famille et à mes amis pour leur amour, leur soutien et leurs encouragements. Un *takk spécial* à Sigriður Kristinsdóttir et Hallgrimur Helgi Helgason, Laufey Bjarnadóttir et Torfi Magnússon, Valgerður Benediktsdóttir et Grímur Björnsson.

Thanks à Ian et Ana Williams et à Olly et Ash Jeffery.

Et enfin, *merci* à Jérôme Tabet.

BIBLIOGRAPHIE

ANDREASEN, Nancy C., *The Creating Brain*, New York, Dana Press, 2005.

ASPERGER, Hans, « Die Autistischen Psychopathen im Kindesalter (Autistic Psychopathy of Childhood) », *Archiv für Psychiatrie und Nervenkrankheiten*, 1944.

BEST, Joel, *Damned Lies and Statistics*, Berkeley, University of California Press, 2001.

BORODITSKY, Lera, SCHMIDT, Lauren A., PHILLIPS, Webb, « Sex, Syntax, and Semantics » *in Language in Mind*, Cambridge, The MIT Press, 2003.

BROWN, Donald E., *Human Universals*, Philadelphia, Temple University Press, 1991.

BRUNVAND, Jan Harold, *The Vanishing Hitchhiker American Urban Legends and Their Meanings*, New York, W.W. Norton & Company, 1981.

BUTTERWORTH, Brian, *The Mathematical Brain*, London, Macmillan, 1999.

BUZAN, Tony, *Use Your Memory*, London, BBC Books, Rev Ed edition, 1989.

CARROLL, Lewis, *Alice au pays des merveilles*, Paris, Gallimard, 1865.

CARSON, Shelley H., PETERSON, Jordan B., HIGGINS, Daniel M., « Decreased latent inhibition is associated with increased creative achievement in high-functioning individuals », *Journal of Personality and Social Psychology*, Volume 85, Number 3, 2003.

CHOMSKY, Noam, *Le Langage et la Pensée*, Paris, Payot, 1990.

CHOROST, Michael, *Rebuilt*, Boston, Houghton Mifflin, 2005.

DAMASIO, Antonio, *L'Erreur de Descartes*, Paris, Odile Jacob, 2008.

DEHAENE, Stanislas, *Le Cerveau en action*, Paris, PUF, 1998.

DUNBAR, Robin, *Grooming, Gossip, and the Evolution of Language*, Cambridge, Harvard University Press, 1996.

EBBINGHAUS, Hermann, *Memory*, London, Thoemmes Continuum, English Ed 1913 edition, 1998.

EHRLICH, Paul R., *The Population Bomb*, New York, Ballantine Books, 1968.

FLAHERTY, Alice Weaver, *The Midnight Disease*, Boston, Houghton Mifflin, 2004.

FROMKIN, Victoria, RODMAN, Robert, *Introduction to Language*, New York, Harcourt Brace, 6th edition, 1997.

GALLIVAN, Britney C., *How to Fold Paper in Half Twelve Times*, Pomona, Historical Society of Pomona Valley, Inc., 2002.

GARDNER, Howard, *Frames of Mind*, New York, Basic Books 10, 1983.

GARDNER, Howard, *The Shattered Mind*, New York, Alfred A. Knopf, 1974.

GOLDIN-MEADOW, Susan, *Hearing Gesture*, Cambridge, Belknap Press of Harvard University Press, 2003.

GOLEMAN, Daniel, *L'Intelligence émotionnelle*, Paris, J'ai lu, 2003.

GOMBRICH, Ernst H., *L'Art et l'Illusion*, Paris, Phaidon, 2002.

GOULD, Stephen Jay, *The Mismeasure of Man*, New York, W.W. Norton & Company, 1981.

GREENBERG, Joseph H., *Universals of Language*, Cambridge, The MIT Press, 1963.

HERMELIN, Beate, *Bright Splinters of the Mind*, London, Jessica Kingsley Publishers, 2001.

HERNSTEIN, Richard, MURRAY, Charles, *The Bell Curve*, New York, The Free Press, 1994.

HOFFMAN, Donald D., *Visual Intelligence. How We Create what We See*, New York, W.W. Norton & Company, 1998.

HOSTETTER, Autumn B., ALIBALI, Martha W., « On the tip of the mind : Gesture as a key to conceptualization », *in* FORBUS K., GENTNER D. & REGIER T. (Eds.), *Proceedings of the Twenty-Sixth Annual Conference of the Cognitive Science Society*, 2004.

HOWE, Michael J. A., *Genius Explained*, Cambridge, Cambridge University Press, 1999.

HOWE, Catherine Q., PURVES, Dale, *Perceiving Geometry*, New York, Springer-Verlag, 2005.

KARL, H. S. Kim, RELKIN, Norman R., LEE, Kyong-Min, HIRSCH, Joy, « Distinct cortical areas associated with native and second languages », *Nature*, Number 388, 1997.

KLEMMER, Scott R., HARTMANN, Bjorn, TAKAYAMA, Leila, « How bodies matter : Five themes for interaction design, in proceedings of DIS06, designing interactive system », *Processes, Practices, Methods, & Techniques*, 2006.

LAKOFF, George, *Don't Think of an Elephant*, Vermont, Chelsea Green, 2004.

LAPLANTE, Eve, *Seized-Temporal Lobe Epilepsy as a Medical, Historical, and Artistic Phenomenon*, New York, Harper Collins, 1993.

LENNEBERG, Eric H., *Biological Foundations of Language*, New York, John Wiley & Sons, 1967.

LONNROT, Elias, *The Kalevala*, London, J.M. Dent & Sons Ltd, 1966.

LURIA, Alexander, *The Mind of a Mnemonist*, Cambridge, Harvard University Press, 1968.

MALTHUS, Thomas R., *An Essay on the Principle of Population*, Cambridge, Cambridge University Press, 2-Vol édition, 1990.

MANDER, Alfred E., *Logic for the Millions*, New York, Philosophical Library, 1947.

MARTINSON, Brian C., ANDERSON, Melissa S., DE VRIES, Raymond, « Scientists behaving badly », *Nature*, Number 435, 2005.

MILLER, George A., «The magical number seven, plus or minus two », *Psychological Review*, 63, 1956.

MOYER, Robert S., LANDAUER, Thomas K., «Time required for judgments of numerical inequity », *Nature*, Number 215, 1967.

NASAR, Sylvia, *Un homme d'exception*, Paris, Calmann-Lévy, 2002.

NUNBERG, Geoffrey, *Going Nucular*, New York, Public Affairs, 2004.

ORWELL, George, « Politics and the English Language », *Horizon*, Number 76, 1946.

PAULOS, John Allen, *Innumeracy*, New York, Hill and Wang, 1988.

PENROSE, Roger, *The Emperor's New Mind*, Oxford, Oxford University Press, 1989.

PINKER, Steven, DESJEUX, Marie-France, *L'Instinct du langage*, Paris, Odile Jacob, 2008.

POLGÁR, László, FARKAS, Endre, *Nevelj zsenit! (Bring up Genius!)*, Budapest, Interart, 1989.

RAMACHANDRAN, Vilayanur S., *L'Esprit et ses fantômes*, Paris, Odile Jacob, 1999.

RAMACHANDRAN, Vilayanur S., *A Brief Tour of Human Consciousness*, New York, Pi Press, 2005.

RAMACHANDRAN, Vilayanur S., HIRSTEIN, William, «The science of art : A neurological theory of aesthetic experience », *Journal of Consciousness Studies*, Volume 6, Numbers 6-7, 1999.

RAVITCH, Diane, *Language Police – How Pressure Groups Restrict what Students Learn*, New York, Alfred A. Knopf, 2003.

PRIEDHORSKY, Reid, CHEN, Jilin, LAM, Shyong K., *et al.*, *Creating, Destroying, and Restoring Value in Wikipedia,* 2007 International Conference on Supporting Group Work, 2007.

RORSCHACH, Hermann, *Psychodiagnostic*, Paris, PUF, 1993.

ROSZAK, Theodore, *The Cult of Information*, Berkeley, University of California Press, 1994.

SACKS, Oliver, *The Man Who Mistook His Wife for a Hat and Other Clinical Tales*, New York, Simon & Schuster, 1985.

SAGAN, Carl, *The Demon-Haunted World*, New York, Random House, 1996.

SHENK, David, *Data Smog*, New York, HarperEdge, 1997.

SHERMER, Michael, *Why People Believe Weird Things*, New York, W.H. Freeman & Company, 1997.

SILVERSTEIN, Michael, *Talking Politics*, Chicago, Prickly Paradigm Press, 2003.

SOKAL, Alan D., «Transgressing the boundaries : Towards a transformative hermeneutics of quantum gravity», *Social Text*, Numbers 46/47, 1996.

SOKAL, Alan, BRICMONT, Jean, *Impostures intellectuelles*, Paris, Odile Jacob, 1997.

STERNBERG, Robert, *Beyond IQ. A Triarchic Theory of Intelligence*, Cambridge, Cambridge University Press, 1985.

SUROWIECKI, James, *The Wisdom of Crowds*, New York, Doubleday, 2004.

TALEB, Nassim Nicholas, *Fooled by Randomness*, New York, W.W. Norton & Company, 2001.

TAMMET, Daniel, *Je suis né un jour bleu*, Paris, Les Arènes, 2007.

TREFFERT, Darold A., *Extraordinary People*, Backinprint.com, 2000.

TULVING, Endel, *Elements of Episodic Memory*, Oxford, Oxford University Press, 1985.

VYGOTSKY, Lev S., LURIA, Alexander R., *Studies on the History of Behavior : Ape, Primitive, and Child*, New Jersey, Lawrence Erlbaum, 1993.

WAKEFIELD, Andrew J., MURCH, S. H., ANTHONY, A., LINNELL, J. *et al.*, « Ileal-lymphoid-nodular hyperplasia, non-specific colitis, and pervasive developmental disorder in children », *The Lancet*, Volume 351, 1998.

WALES, Jimmy, « Special report Internet encyclopaedias go head to head », *Nature*, Number 438, 2005.

WYNN, Karen, « Addition and subtraction by human infants », *Nature*, Number 358, 1992.

YAMAGUCHI, Makoto, « Questionable aspects of Oliver Sacks (1985) report », *Journal of Autism and Developmental Disorders*, Volume 37, Number 7, 2006.

INDEX DES NOMS PROPRES

S

T

U

V

W

Y

Z

TABLE

Cet ouvrage a été publié sous la direction éditoriale de Catherine Meyer.
La maquette a été réalisée par Daniel Collet (In Folio).
La révision a été assurée par Marceau Piana.
La couverture a été créée par GG.

Achevé d'imprimer en France par CPI Bussière
à Saint-Amand-Montrond (Cher) en janvier 2009.
Dépôt légal : janvier 2009.
ISBN 978-2-35204-075-0
N° d'impression : 090249/1.